e-mail

Leia também:

Melancia
Férias!
Sushi
Casório?!
MARIAN KEYES

Um Amor de Detetive
SARAH MASON

Marsha Mellow e Eu
MARIA BEAUMONT

Matt Beaumont

e-mail

Tradução
Heloisa Maria Leal

BERTRAND BRASIL

Título original: e

Capa: Raul Fernandes

2005
Impresso no Brasil
Printed in Brazil

CIP-BRASIL. CATALOGAÇÃO-NA-FONTE
SINDICATO NACIONAL DOS EDITORES DE LIVROS, RJ.

B341e Beaumont, Matthew
e-mail/Matt Beaumont; tradução Heloisa Maria Leal. — Rio de Janeiro: Bertrand Brasil, 2005
392p.

Tradução de: e
ISBN 85-286-1147-7

1. Romance inglês. I. Leal, Heloisa Maria. II. Título.

CDD — 823
05-2676 CDU — 821.111-3

EDITORA BERTRAND BRASIL LTDA.
Rua Argentina, 171 – 1º andar – São Cristóvão
20921-380 – Rio de Janeiro – RJ
Tel.: (0XX21) 2585-2070 – Fax: (0XX21) 2585-2087

AVE MARIA

✉ **Tradutora**

Para: Monica Maligo
Raquel Ezequiel (Casa & Jardim)
Rodrigo Strozenberg (DPZ)
Lula Vieira (V&S Propaganda)
Paulo Sant'Anna (Africa)
Danilo Castro (J.W. Thompson)
Luiz Nogueira (McCann Erickson)
Manoel Mauger (J.W. Thompson)

Assunto: Agradecimento

Sem vocês, esta obra-prima do humor nunca poderia ter sido traduzida como merecia. Obrigada.

Segunda-feira, 3 de janeiro

✉ **David Crutton — 3/1/00, 8:13**
Para: Fiona Craigie
Cc:
Assunto: mexe essa bunda

Tira essa porra de Walkman, vem até aqui e me mostra como é que eu faço para enviar um e-mail para todos os funcionários. Toda vez que eu clico "ok" em cima do endereço, ele o copia para a Miller Shanks de Helsinque.

✉ **David Crutton — 3/1/00, 8:27**
Para: Todos os Departamentos
Cc: james_f_weissmuller@millershanks-ny.co.usa
Assunto: NOVO MILÊNIO, NOVOS DESAFIOS

Primeiramente, um feliz milênio novo para todos vocês. Obrigado por sacrificarem seu feriado bancário para virem começar a trabalhar na concorrência da Coca-Cola. Como vocês já sabem, dentro de duas semanas faremos uma apresentação para conquistar essa conta publicitária altamente prestigiosa. Para isso, precisaremos dar o máximo de nós.

Por mais difícil que possa parecer, tenho certeza de que podemos escalar esse cume. Se alguém ainda tiver dúvidas, basta dar uma olhada em tudo que realizamos nos últimos doze meses. Quando vim trabalhar na companhia, no começo de 99, estávamos devagar quase parando, e Jim Weissmuller, de Nova York, me deu uma montanha para galgar.

Ele disse: "Faça com que a Miller Shanks de Londres seja grande outra vez". A conquista das contas da Freedom Televendas, do Canal LOVE e da Mako Automóveis, o fabricante número um de veículos automotivos das Filipinas, nos catapultou de volta à lista dos vinte melhores da *Campaign* pela primeira vez em oito anos.

Ele disse: "Faça com que a Miller Shanks seja respeitada". Na pesquisa da *Marketing Week* que indagou aos clientes com qual agência de publicidade mais gostariam de trabalhar, nós disparamos do 45º para o 33º lugar.

Ele disse: "Ganhe prêmios". Eu trouxe Simon Horne para sacudir o departamento de criação com esse exato propósito. Seu trabalho já está dando frutos, com os fabulosos anúncios de Pinki e Liam para o Protetor de Meias-Calças da Kimbelle levando bronze no Creative Circle.

Podemos ficar extremamente orgulhosos do nosso trabalho. Ainda estamos muito longe do cume, mas já assentamos acampamento e o assalto final se aproxima!

Vamos levantar acampamento, amarrar nossas cordas e começar o ano de 2000 com o pé direito, acrescentando uma marca de $84 bilhões à nossa lista de clientes.

Vamos lá, meu time!

David Crutton
CEO

✉ **pertti_vanhelden@millershanks-helsinki.co.fin**
3/1/2000, 8:46 (hora local 10:46)
Para: david_crutton@millershanks-london.co.uk
Cc:
Assunto: NOVO MILÊNIO, NOVOS DESAFIOS

Seu e-mailing, acredito, está chegando até mim em Helsinque por engano, mas ainda assim é divertido estar sabendo de meus companheiros em Londres. Eu não estava percebendo que é possível praticar alpinismo na velha cidade de Londres. Muito fascinante!

A propósito, podemos ajudar-lhes de alguma forma com a concorrência da Coca-Cola? É uma bebida muito popular por aqui, na Finlândia estupidamente gelada, principalmente entre os nossos inumerosos jovens "prafrentex". Como seu colega de cargo, estou pedindo a meu departamento de criatividade da pesada para ter um monte de idéias geniais para vocês.

Aproveitando que estou no ciberespaçonet, pode arranjar-me ingressos por favor para *Great Balls of Grease*? A Sra. Van Helden e este seu malcriado estarão visitando em Londres no dia 12 de fevereiro. Estaremos pondo nossos bastões nas malas.

Seu amigo, Pertti

David Crutton — 3/1/00, 8:49
Para: Todos os Departamentos
Cc:
Assunto: mexe essa bunda gorda

Tira a porra do nariz dessa revisteca e me explica por quê, apesar dos seus grandes esforços, meu último e-mail foi para aquele debilóide ridículo, van Helden. E me arranja dois ingressos para *Great Balls of Fire* ou *Grease*, 12 fev. Acho que aquele mané finlandês não sabe a diferença.

Daniel Westbrooke — 3/1/00, 9:17
Para: Todos os Departamentos
Cc:
Assunto: um novo rosto

Gostaria que todos vocês me ajudassem a dar as boas-vindas a Katie Philpott, que hoje começa a trabalhar conosco como estagiária de atendimento. Katie vai trabalhar com o grupo de Harriet Greenbaum na campanha da Mako. Ela vai emprestar sua energia e vivacidade a uma equipe já tão dinâmica. Por favor, dêem-lhe as mais calorosas boas-vindas, no estilo da Miller Shanks.

Daniel Westbrooke
Diretor de Atendimento

Rachel Stevenson — 3/1/00, 10:10

Para: Todos os Departamentos

Cc:

Assunto: mudanças

Infelizmente, Fiona Craigie decidiu nos deixar e não é mais a secretária de David Crutton. Tenho certeza de que vocês me ajudarão a lhe desejar tudo de bom. Lorraine Pallister assumirá o cargo temporariamente, até a chegada da funcionária efetiva. Por favor, dêem-lhe as boas-vindas.

Rachel Stevenson
Recursos Humanos

Simon Horne — 3/1/00, 10:14

Para: Departamento de Criação

Cc: David Crutton
Daniel Westbrook

Assunto: mexam-se

Vocês não precisam que eu lhes lembre da conta da Coca-Cola. Essa é a graúda.

Excalibur.

O Santo Graal.

Eldorado.

A Marca mais Famosa do Mundo.

David Crutton e Dan Westbrooke vão nos passar o briefing ao meio-dia na sala de reuniões.

Quero ver inteligência.

Quero ver argúcia.

Quero ver esperteza.

E, principalmente, quero ver vocês lá.

Si

✉ **Daniel Westbrooke — 3/1/00, 10:18**
Para: Simon Horne
Cc:
Assunto: mexam-se

Simon, sei que talvez seja apenas um detalhe insignificante, portanto perdoe o meu pedantismo. Não me importo que você me chame de Dan em particular, mas, diante da plebe, por favor refira-se a mim como Daniel. O diminutivo soa íntimo demais, e, na qualidade de Diretor de Atendimento, creio que vale a pena manter uma certa distância da ralé! Vejo você às 12:00.

✉ **Daniel Westbrooke — 3/1/00, 10:22**
Para: James Gregory
Cc:
Assunto: Katie Philpott

James, estou ocupado demais no desempenho de minhas atribuições como Diretor de Atendimento para oferecer à jovem Katie meu tradicional chá com muffins de boas-vindas. Como você é o gerente de contas com quem ela vai trabalhar mais, será que posso lhe pedir para se encarregar dela e familiarizá-la com nossa rotina? Basta dizer que não quero uma reprise do que aconteceu com o último estagiário.

✉ **Simon Horne, 3/1/00, 10:30**
Para: Susi Judge-Davis
Cc:
Assunto: Coca

Susi, lindinha, me faz um favorzão? Vê se as duplas de criação estão sabendo do briefing da Coca às 12:00. E me traz também um bule de café descafeinado e uns biscoitinhos daqueles que tem na cozinha, uns miudinhos, de canela.

✉ **Susi Judge-Davis — 3/1/00, 10:31**
Para: Simon Horne
Cc:
Assunto: Coca

Vou fazer isso agora mesmo, lindinho... Bicotas, S.

✉ **pertti_vanhelden@millershanks-helsinki.co.fin**
3/1/00, 10:32 (hora local 12:32)
Para: david_crutton@millershanks-london.co.uk
Cc:
Assunto: mexe essa bunda gorda

Estamos adorando seu ironicalismo. "Debilóide ridículo, van Helden!" Os humores britânicos são imbatíveis. *Benny Hill*, *Love Thy Neighbour*, *Are You Being Severed?*. Vemo-los todos no Canal Satellite Golden Hits. No entretanto, não estamos percebendo "mané". Não surge em nenhum de nossos excelentes dicionários.

"I'm free!" — Pertti

✉ **Daniel Westbrooke — 3/1/00, 10:35**
Para: Katie Philpott
Cc:
Assunto: *bienvenue*

Katie, minhas mais sinceras desculpas por não poder lhe dar atenção agora de manhã. Você entrou para a nossa família feliz numa hora complicadíssima, em que estou aqui preso tendo que dar o pontapé inicial na concorrência da Coca. Tenho certeza de que você deve estar meio deslumbrada com o glamour de tudo, mas logo, logo vai se habituar. Anexei uma folha que define os cargos principais da nossa agência. Os neófitos anteriores a consideraram indispensável. Se tiver alguma pergunta, fale com James Gregory, que nomeei seu "big brother".

ANEXO

CEO — O maestro, o chef de cuisine, o manda-chuva, o responsável por tudo.

DIRETOR DE ATENDIMENTO — Ou eminência parda, se preferir. Guardião de todos os clientes da agência e responsável pelo desempenho de todos no Atendimento. Uma parte fundamental do seu emprego é aprovar cada BRIEFING DE CRIAÇÃO antes de ir para o Departamento de Criação. Essas despretensiosas folhas A4 são os "textos sagrados" sem os quais nenhuma campanha publicitária pode ser concebida. Vale dizer que, com um tal espectro de responsabilidades, um Diretor de Atendimento deve possuir uma energia inquebrantável e uma visão ilimitada.

DIRETOR DE CONTAS — É o encarregado da administração diária de uma ou mais contas; dirige um grupo de gerentes e executivos de contas; por sua vez, presta contas ao Diretor de Atendimento.

DIRETOR EXECUTIVO DE CRIAÇÃO — Quando o Diretor de Atendimento fornece ao cliente uma caríssima tela em branco, é o Diretor de Criação quem aplica aquelas pinceladas vibrantes em azul-cobalto, verde-montanha e vermelhão que fazem com que seus produtos tediosos ganhem vida de maneira tão chamativa nos estabelecimentos comerciais da nação.

DUPLA DE CRIAÇÃO — Cada uma compreende um REDATOR e um DIRETOR DE ARTE. O Diretor de Criação distribui briefings de criação para as duplas e extrai deles o que têm de melhor para dar.

✉ **James Gregory — 3/1/00, 10:36**
Para: Katie Philpott
Cc:
Assunto: olá, recém-chegada

Oi, Katie. Sou James e vou ser seu gerente de contas na campanha da Mako. Dan Westbrooke me pediu para ficar de olho em você. Estou até o pescoço organizando a reunião da Mako de hoje à tarde (o corre-corre de sempre), mas vou bater um papinho com você mais tarde. Nesse interim, vai curtindo esse anexo. Foi escrito por algum roteirista anônimo e já passou por várias gerações de estagiários. Informa tudo que você precisa saber sobre como uma típica agência funciona (ou melhor, não funciona).

ANEXO

CEO

É sabido que alguns CEOs têm uma placa de metal em cima da mesa que diz "Eu sou o responsável". Ou isso é um erro de impressão ou uma mentira deslavada. O que deveria dizer é: "Você é o responsável". Com efeito, a alta responsabilidade do cargo que o CEO ocupa consiste no fato de ser ele quem escolhe o trouxa que vai pagar o pato oficialmente por qualquer roubada em que a agência se meter. Para isso, ele/ela só precisa de uma confortável cadeira giratória com design ergonômico, uma lista de telefones internos e um distintivo novinho e reluzente. Decisões, decisões...

Diretor de Atendimento

Um nome imponente, e é para ser, mesmo, porque foi criado como compensação para aqueles diretores de contas tapados de pai e mãe que nunca, jamais, em tempo algum chegarão a ser CEOs. Eles não têm o menor poder, mas, de tanto começarem as frases com "Na qualidade de Diretor de Atendimento...", acabam acreditando que têm. Esse título também impressiona em coquetéis onde não há publicitários presentes.

Diretores de Contas

Piada de Lâmpada # 1:

P. — Quantos diretores de contas são precisos para trocar uma lâmpada?

R.— Quantos o cliente quer que sejam?

Isso diz tudo que você precisa saber sobre diretores de contas.

Diretores de Criação

Todos os diretores de criação são zeros à esquerda. Esse fato foi comprovado por vários testes científicos. Não importa quão talentosos eles tenham sido antes de se tornarem diretores de criação (e, falando sério, alguns deles foram verdadeiros gênios), no momento em que se instalam naquele escritório nababesco com uma TV de 46 polegadas e móveis Bauhaus, assumem o cargo de Zero à Esquerda. Esse fenômeno tem deixado perplexos os cientistas que por ele se interessam — e que, para dizer a verdade, são muito poucos.

DUPLAS DE CRIAÇÃO

Conta a lenda que as duplas de criação compostas por um redator e um diretor de arte, tal como existem hoje, foram criadas na década de 60 pelo craque da publicidade Bill Bernbach. O cacete. Na verdade, o cacete é pouco — visualize o obelisco de carne que King Kong traria entre as pernas, se Hollywood não tivesse tanto respeito pelas solteironas na platéia. A verdade é que a primeira dupla de criação se formou depois de ver o comercial cult da David Bailey's em que aparecem os Gêmeos Kray. Ao ver esses infames gângsteres do East End dando sua risadinha debochada e patenteada na caixa de brownies da Bailey, nossa dupla embrionária ficou pasma. Os dois acharam que se também entrassem na onda, vestissem ternos transados com gravatas fininhas e fizessem cara de maus, isso serviria para afugentar qualquer um do atendimento que tivesse a temeridade de sugerir "alguns retoques" no seu trabalho.

Piada de Lâmpada # 2:

P. — Quantos diretores de criação são precisos para trocar uma lâmpada?

R. — Vai à merda, não vou trocar absolutamente nada.

✉ **Pinki Fallon — 3/1/00, 10:39**

Para: Simon Horne

Cc: David Crutton

Daniel Westbrooke

Assunto: mexam-se

Desculpe, gente, mas dá para me dispensar da campanha da Coca? Ela representa tudo que é errado no modelo socioeconômico do capitalismo ocidental, e o meu professor de ioga jamais me perdoaria. De mais a mais, Liam e eu estamos até o pescoço com o lançamento dos Super Dri Pads da Kimbelle, que deve nos manter muito, muito, muito ocupados durante as próximas duas semanas. Desculpe, etc... ☺

✉ **Katie Philpott — 3/1/00, 10:42**
Para: James Gregory
Cc:
Assunto: OI, VOCÊ AÍ!

Obrigada pelo e-mail. Não entendi quase nada, mas ha, ha, ha assim mesmo! Ainda não faço a menor idéia de quais são as minhas atribuições, mas, se puder ajudar na sua reunião da Mako — canetas, blocos, esse tipo de coisa —, basta me dar um toque. Aliás, que foi que aconteceu com o último estagiário? Já ouvi alguns boatos, mas ninguém quer me contar. Katie P

✉ **Liam O'Keefe — 3/1/00, 10:45**
Para: Vince Douglas
Brett Topowlski
Cc:
Assunto: NOVO MILÊNIO, VELHO LERO-LERO

Lá se vão mais mil anos. Como foi de réveillon? Eu passei o meu em casa com um korma de supermercado, uma garrafa de José Cuervo, meu novo Sony Vega e o DVD de *A Justiceira*, que inclui cenas cortadas nunca antes vistas dos peitos da Pammy... eu recomendo, se você ainda estiver vivo na virada do próximo. Não sei se vou te ver no briefing da Coca. Pinki acabou de mandar um e-mail para Horne com outro protesto ético. Não sei como é que aquele imbecil vai fazer a cabeça dela dessa vez. Fique atento aos acontecimentos.

✉ **James Gregory — 3/1/00, 10:50**
Para: Katie Philpott
Cc:
Assunto: OI, VOCÊ AÍ!

A história é a seguinte: o último estagiário passou o primeiro mês sentado perto da saída de incêndio esperando uma mesa decente. Teve hipotermia e entrou na justiça. Mas não se preocupe, as coisas mudaram. É por isso que puseram você perto da copiadora enorme do terceiro andar: para você morrer de calor, não de frio.

Nigel Godley — 3/1/00, 10:54
Para: Todos os Departamentos
Cc:
Assunto: quarto para alugar

Aluga-se quarto em apartamento aconchegante no centro de Balham.

- Comércio próximo, ponto de ônibus e posto de gasolina
- Cozinha em pinho de riga
- Área com sistema de vigilância
- De preferência não-fumante
- Que goste de gatos
- E de gerbos também
- 380 mensais
- O primeiro que vir, se muda!

Ligar para x4667 — Nige

Brett Topowlski — 3/1/00, 10:59
Para: Liam O'Keefe
Cc:
Assunto: NOVO MILÊNIO, VELHO LERO-LERO

Incrível. É o primeiro feriado bancário do ano e eu estou sentado no departamento de criação da Miller Shanks olhando para a cara do Vin, tentando criar uma campanha para a Freedom Televendas. Eu disse a ele que nós precisamos de uma idéia visual. Ele é o diretor de arte, de modo que agora o problema é dele. Resumo dos nossos réveillons: não tenho a menor lembrança do meu; acordei num latão de lixo em Westminster às cinco da matina de 1° de janeiro, mas desfrutei uma vista espetacular do Big Ben quando me debrucei na beirada para vomitar. Vin passou o dele em Berlim, e seu pinto pintou tanto que agora ele está sem coragem de me contar o que andou aprontando. Na volta, ficou muito decepcionado com o fato de o bug Y2K não ter funcionado e feito o boeing despencar do céu, pois ele acha que a descarga de adrenalina teria feito maravilhas pela sua ressaca.

Não se dê ao trabalho de mandar um e-mail para ele. Ele tirou uma licença de ano-novo para aprender os rudimentos da informática. Sua primeira providência hoje de manhã foi me pedir para iniciar o seu Mac, para poder acessar Notes. Ele tinha 4.735 e-mails não lidos. Ele amarelou e me fez desligar o PC. Não disse uma palavra depois disso. Dei a ele um bloco e uns lápis-de-cor e ele começou a melhorar.

✉ **David Crutton — 3/1/00, 11:04**
Para: Simon Horne
Cc:
Assunto: hippie bocó

Será que existe alguma coisa em que aquela cabeça-oca da Pinki *aceite* trabalhar? Ela não quer trabalhar na campanha do Camel por motivos óbvios; na do Recrutamento Militar, porque ela é anti-militarista; na do Action Man, idem; na das tinturas da Floréal, porque eles torturam gatinhos. Pelo amor de Deus, ela não quer trabalhar nem na dos Vidros Duplex Everest, porque ferraram as janelas novas da casa da mãe dela! Você vive dizendo que ela e Liam formam a melhor dupla de criação que você tem, mas já parou para pensar que a hipersensibilidade política dela seria mais adequada a alguma outra carreira? (Não posso deixar de pensar em ajuda humanitária às vítimas da fome no continente africano.) Sonda isso, porque, se perdermos a conta da Coca e ela não tiver movido uma palha, vou despachá-la no próximo vôo para a Somália.

✉ **Simon Horne — 3/1/00, 11:24**
Para: David Crutton
Cc:
Assunto: hippie bocó

Deixa comigo. Vou ter uma conversinha de pé de ouvido com ela.

✉ **Simon Horne — 3/1/00, 11:33**
Para: Pinki Fallon
Cc: Liam O'Keefe
Cco: David Crutton
Assunto: Coca

Pinki, respeito seus princípios, mas precisamos muito que você e Liam colaborem com *l'équipe du bruît* nessa campanha. Posso te dizer umas cositas antes de você se decidir?

Naturellement, nós compartilhamos suas preocupações *vis-à-vis* essa situação da Coca/Bezerro de Ouro. É uma conjuntura revoltante.

David prometeu expressar nosso ponto de vista com a máxima veemência da próxima vez que se encontrar com os representantes deles.

Em segundo lugar, se não ganharmos essa conta, muita gente vai perder o emprego.

Tenho certeza de que você não quer na sua consciência o peso de ter aumentado a taxa de desemprego.

Espero ver você às 12:00.

✉ **Pinki Fallon — 3/1/00, 11:39**
Para: Simon Horne
Cc: Liam O'Keefe
David Crutton
Assunto: Coca

Telefonei para o Mestre Shenkar e ele está tranqüilo. Sei que essa conta vale mais do que o PIB da Guatemala, mas David não vai fechar negócio a menos que apresentemos a eles uma alternativa mais holística para o imperalismo capitalista, vai? ☺

✉ **David Crutton — 3/1/00, 11:41**
Para: Pinki Fallon
Cc:
Assunto: Coca

Confia em mim, sou um publicitário. Te vejo na reunião.

✉ **Susi Judge-Davis — 3/1/00, 11:56**
Para: Departamento de Criação
Cc:
Assunto: Coca

Por favor, dirijam-se à sala de reuniões para o briefing da Coca. Simon pediu para vocês levarem blocos e *não* se atrasarem.

✉ **Zoë Clarke — 3/1/00, 12:30**
Para: Carla Browne
Cc:
Assunto: aquele cachorro!!!

In-super-crível!!!!! Soube o que aquele cachorro do Putton fez com a Fi? Ela foi embora!!!!! Ele mandou ela tirar as coisas da mesa nesse minuto. Ela nem teve tempo de se encontrar comigo no banheiro para abrir um bom berreiro!!!!!! Não consigo acreditar que ele despediu ela num feriado bancário!!!!! A gente nem devia estar aqui!!!!! O que estão dizendo é que ele fez isso porque ela não conseguiu consertar a porcaria do e-mail dele!! Tentei a manhã inteira encontrar ela no celular. Ela deve ter direito a processar ele por aquele negócio, demissão impertinente, imprevidente, sei lá. Vamos conversar no almoço!!!!!!! Te encontro no Bar Zero, pode ser? Beijinhos, Z.

✉ **Carla Browne — 3/1/00, 12:35**
Para: Zoë Clarke
Cc:
Assunto: aquele cachorro!!!

Eu soube, coitadinha!! Será que aquele merda não sabe que é um momento difícil para ela? Sim, porque viu o quanto ela torrou no Natal? E, tirando os quilinhos extras, ela era uma puta secretária. Mas não tenho como ir almoçar. Ainda estou com uma ressaca dos diabos — ainda bem que esse negócio de milênio só acontece de dez em dez anos. E tenho que começar a apresentação da Coca do Dan Dantesco. Cara, você devia ver esse documento. Graficos e mais gráficos circulares!!!!!!!! Quem é que lê essas abobrinhas? Acho que vou passar a noite toda aqui — lá se vai a minha horinha de step na academia. Se conseguir falar com a Fi, me manda um e-mail com os detalhes!!!! Estou com tanta peninha dela!! Beijocas, C.

✉ **Liam O'Keefe — 3/1/00, 12:42**
Para: Brett Topowlski
Cc:
Assunto: babacas

Já viram bosta maior do que esse briefing da Coca? Será que o Crutton e o Westbrook acham mesmo que a gente pode criar uma campanha que preste com base numa estratégia dessas? "Coca: a seiva da vida" — que diabo isso quer dizer? E o que é "o sistema de entregas do estilo de vida gasoso" em língua de gente? Até mesmo a Pinki disse que é um lixo. Coisa que me preocupa muito — confio no toque mágico dela em briefings de merda. Te vejo no BZ em quinze minutos e aí a gente conversa sobre peitos... ou por outra, como é que eu vou enfiar os air bags premiados da Alison Armitage num comercial de absorventes da Kimbelle sem a Pinki pegar no meu pé por Incorreção Política Grave.

✉ **Simon Horne — 3/1/00, 12:45**
Para: Departamento de Criação
Cc: David Crutton
Daniel Westbrooke
Assunto: mexam-se II

Tenho certeza de que vocês me ajudarão a agradecer a David e a Daniel pelo briefing fantasticamente inspirado.

"Coca: a seiva da vida" é uma estratégia extremamente incisiva, que dá a vocês a oportunidade de realizarem um trabalho muito famoso.

Sem dúvida, suas secreções criativas devem estar correndo como o Ganges durante uma inundação.

Gostaria de ver as primeiras idéias no começo da semana que vem.

Vamos sair em campo e agarrar a fera da publicidade pelos colhões peludos.

Si

✉ **Brett Topowlski — 3/1/00, 12:49**
Para: Liam O'Keefe
Cc:
Assunto: babacas

BZ à uma hora. A propósito, tem alguma idéia de como sejam as nossas secreções criativas? Vin acabou de assoar o nariz, e acho que as dele agora estão num Kleenex.

✉ **David Crutton — 3/1/00, 12:59**
Para: Chandra Kapoor
Cc:
Assunto: e-mail

Quando os anúncios da Microsoft me perguntam "onde você quer ir hoje", eu não respondo "para a Finlândia". Depois da Letônia, é o país mais chato da Europa.

Na qualidade de Diretor do CPD (o tipo do nome infeliz — os únicos dados que vocês sabem processar são aqueles que a gente vê nas mesas de Las Vegas), você certamente saberá responder a esta perguntinha bem simples: por que cargas d'água toda vez que eu envio um e-mail interno ele vai parar em Helsinque? Uma funcionária nossa já perdeu o emprego hoje por causa disso. Quero isso destrinchado agora.

Nota: não jogue a culpa no Bug do Milênio. Essa é a desculpa mais esfarrapada que já inventaram desde "o cachorro comeu o meu dever de casa".

✉ **Zoë Clarke — 3/1/00, 14:10**
Para: Carla Browne
Cc:
Assunto: a verdade nua e crua!!!

Caraca, mané!!! Finalmente consegui falar com a Fi no celular e nós saímos para bater um papo correndinho no Bar Zero. Acabei de voltar!! In-supercrível!!!!! Ela está muito mal, coitadinha!!!!! Tenho que ir. A cretina da Pinki está berrando para eu marcar a sessão de shiatsu dela, e a filha-da-puta da Susi é incapaz de mover uma palha!! Quem ela pensa que é, aquela mocréia sebosa?!!!! Beijinhos, Z.

✉ **Carla Browne — 3/1/00, 15:00**
Para: Zoë Clarke
Cc:
Assunto: a verdade nua e crua!!!

Cara, coitada da Fi!!!! Mas e eu?!!!! Não conta para ninguém, mas a Rachel não sei das quantas me ligou e disse que o escroto do Putton quer que eu trabalhe para ele!!!! Ninguém dura mais de cinco minutos com ele (a Fi bateu o recorde, ficou quatro meses!), e, como eu sou a secretária mais antiga, eles acham que eu tenho uma chance de agüentar o rojão. Que droga!!!! E agora, que é que eu faço!!! ? Dan Dantesco vai ter um ataque se me perder, mas a Rachel me convenceu. Paga mais 5.000 paus!!!!! Beijocas, C.

✉ **Zoë Clarke — 3/1/00, 15:03**
Para: Carla Browne
Cc:
Assunto: a verdade nua e crua!!!

Não a-cre-di-to! A Fi ganhava mais 5.000 do que nós? Aquela vaca. Mas era uma xexelenta, mesmo, e fofoqueira como ela só. Mereceu tudo que aconteceu com ela!!! Sabia que ela me contou de você com o Brett T. na festa de Natal? Eu não ia falar nada, mas você merece um mínimo de honestidade! Mas e aí, quer mesmo trabalhar para o Putton? Dinheiro não é tudo!!!!!!!!!
Beijinhos, Z.

✉ **Carla Browne — 3/1/00, 15:07**
Para: Rachel Stevenson
Cc:
Assunto: nosso encontro

Rachel, muito obrigada pela oferta. Estou encantada com o fato de o sr. Crutton ter sugerido meu nome para o cargo. Obviamente, envolve grandes responsabilidades e oferece inúmeras possibilidades de amadurecimento pessoal, de modo que não é uma decisão difícil. Aceito com o maior prazer
— Carla

✉ **james_f_weissmuller@millershanks-ny.co.usa**
3/1/00, 15:15 (hora local 10:15)
Para: todos_os_departamentos@millershanks-london.co.uk
Cc:
Assunto: NOVO MILÊNIO, NOVOS DESAFIOS

Gostaria de endossar totalmente os sentimentos expressos na comovente circular de David Crutton enviada horas atrás.

A diretoria em Nova York está muito satisfeita em relação ao empenho de vocês no ano passado para colocar o nosso nome em evidência e nos obrigar a estarmos sempre nos superando.

Sob a excepcional liderança de David, a Miller Shanks de Londres está em vias de recuperar sua justa posição de escritório principal de nossa rede européia. Estou ansioso para ver as provas com meus próprios olhos, quando visitar vocês a fim de dar meu apoio à concorrência da Coca-Cola.

Ganhar essa conta seria uma grande vitória para nós. Continuem com o seu magnífico trabalho!

Jim Weissmuller
Presidente da Miller Shanks Worldwide

Zoë Clarke — 3/1/00, 15:21
Para: Rachel Stevenson
Cc:
Assunto: hip, hip, hurra!

Fiquei tão feliz pela Carla ao saber que você ofereceu a ela a oportunidade de trabalhar para o David! Ela merece muito, muito mesmo, e espero que aceite. Acho maravilhoso trabalhar para uma companhia que sabe perdoar seus funcionários. Muitas agências não tratariam com um décimo da compreensão de vocês aquele episódio constrangedor com o cliente da Arabian Airlines — Zoë

P.S. Sei que você a fez jurar que guardaria segredo, mas espero que não se importe por ela ter contado para mim — afinal, sou a melhor amiga dela no mundo!!!!!!!!

pertti_vanhelden@millershanks-helsinki.co.fin
3/1/00, 16:13 (hora local 18:13)
Para: david_crutton@millershanks-london.co.uk
Cc:
Assunto: FINLÂNDIA FASCINANTE

Oh, seu último e-mail deflagrou um grande debático! "O país mais chato da Europa"? Estamos compilando uma pequena lista de "Prazeres Finlandeses" para lhe doar muito o que pensar.

- A majestosa rena.
- 397 sabores diferentes de vodca.
- A Maratona de Skate de Outono em Raahe, que está durando quatro dias e quatro noites!
- Rena *à la grêcque*, a especialização do chef do Holiday Inn de Helsinque.
- O acasalamento anual das baleias-mirins na ilha de Björkoby.
- O Museu Nacional do Arenque em Väasa.

Estarei providenciando para mandar-lhe um exemplar do esclarecedor folheto "Finlândia: a Cultura, a História e os Peixes", do Comitê Finlandês de Turismo e Pesca. Creio que você o estará achando muito estimulatório!

Tally-ho! Pertti
P.S. Meus craques da criativa estão neste momento trabalhando em seus primeiros conceitos "xixi beleza" da Coca-Cola. Você está com o coração no mamão, não?

✉ **Daniel Westbrooke — 3/1/00, 16:16**
Para: Rachel Stevenson
Cc:
Assunto: Carla Browne

Carla me disse que ofereceram a ela o cargo de secretária de David. Desculpe a vulgaridade, mas estou começando a ficar de saco cheio deste lugar. Por que sou sempre o último a saber das coisas? Acho que teria mais chances de descobrir o que acontece por aqui se fosse ao Groucho Club e ouvisse do pessoal da Saatchi e da Bartle Bogle.

A hora não poderia ser pior. Sou eu que estou encarregado, sozinho, da concorrência mais importante da história desta agência. Como é que vou agüentar as pontas sem a assistência adequada de uma secretária?

Estou na Miller Shanks há quinze anos, e acharia bom se pelo menos uma vez na vida me tratassem com o respeito que se deve a um Diretor de Atendimento.

Daniel Westbrooke — 3/1/00, 16:24
Para: David Crutton
Cc:
Assunto: Carla Browne

Adorei saber que Carla decidiu aceitar a sua maravilhosa oferta. Ela é uma moça ótima e o tempo que passou desempenhando o cargo puxadíssimo de secretária do Diretor de Atendimento lhe deu o preparo necessário. Embora eu vá sentir muito a sua falta, tenho certeza de que vocês dois se darão às mil maravilhas. Se houver qualquer coisa, por menor que seja, que eu possa fazer no sentido de ajudá-la na transição para o posto de Guardiã do Supremo Escritório, por favor, não hesite em me pedir. Escolha excelente!

Brett Topowlski — 3/1/00, 16:43
Para: Liam O'Keefe
Cc:
Assunto: TESÃO!

Já viu a interina que contrataram para o Crutton? Vin farejou os feronômios dela em uma fração de segundo — eu te juro, cara, o pinto daquele garoto é uma varinha rabdomântica em matéria de aranhas. Arranja uma desculpa qualquer para usar a copiadora perto da mesa e dá uma olhada na gostosa da pg. 46 da *Swank* (sutiã 46/chantilly/chave dinamométrica). É irmã gêmea dela!

Zoë Clarke — 3/1/00, 16:59
Para: Carla Browne
Cc:
Assunto: PIRANHA!!!!!!!!!!!

Já viu a interina do Crutton? Se aquilo não é vulgaridade, então não sei o que é!!!! Acabei de ver o Vince Douglas babando no decote dela!!!!!!!!!! Dá para acreditar que eu achava ele uma gracinha? Beijinhos, Z.

✉ **Ken Perry — 3/1/00, 17:08**
Para: Todos os Departamentos
Cc:
Assunto: carpete

Vocês talvez já tenham notado que um novo carpete foi instalado na recepção durante a licença de Natal. Para garantir um desgaste de material mais uniforme por toda a extensão da área acarpetada, venho por meio desta pedir a todos os funcionários abaixo do cargo de diretor de contas o obséquio de perfazer o curto trajeto da porta até os elevadores contornando o perímetro da recepção. Isso deixará aquela importantíssima zona central de maior movimentação para os membros da cúpula, os clientes e demais visitantes.

Grato pela colaboração.

Ken Perry
Coordenador de Serviços Gerais

✉ **Liam O'Keefe — 3/1/00, 17:36**
Para: Brett Topowlski
Cc:
Assunto: TESÃO!

Acabei de ver a boazuda. Alcançou 9.6 na escala Xoxotorichter. E quando abre o bocão a voz é a mesma da Daphne de *Frasier*. Agora, se prepara. Por acaso bati um papo com ela — assim, como quem não quer nada —, e ela vai ao Bar Zero com a gente. O nome dela é Lorraine — Lol para os íntimos.

✉ **David Crutton — 3/1/00, 18:09**
Para: Simon Horne
Cc:
Assunto: cadê o meu departamento de criação, porra?

Acabei de acompanhar nosso cliente da Freedom pelas salas do nosso "dinâmico, fervilhante departamento de criação", e está parecendo uma cidade-fantasma — só faltam aquelas plantas que aparecem rolando ao vento nos filmes de faroeste. Até a Pinki, o ás da criação de vocês, estava saindo às pressas — atrasada para a aula de aeróbica zen, pelo que entendi. Apanhei aquela secretária pamonha, a Zoë, colocando os cílios postiços. Ela disse que estavam todos prestando contas de uma pesquisa. O cacete! Deviam é estar pesquisando os peitos da minha nova interina, isso sim.

Hoje é o meu primeiro dia de trabalho de um novo século. Se essa bandalha continuar, vou ter o maior prazer em fazer jus à minha fama de pavio curto. Eu me pauto por aquele princípio testado e aprovado: "Os últimos a chegar serão os primeiros a sair" (segundo o qual vocês figurariam em quinto lugar na minha lista).

✉ **Simon Horne — 3/1/00, 18:42**
Para: David Crutton
Cc:
Assunto: cadê o meu departamento de criação, porra?

Acabo de sair neste exato momento de uma reunião barra-pesada com o pessoal da Mako. Você tem razão, a situação é totalmente insustentável.

Está na hora de chapar Timberlands em *derrières*. Pode deixar comigo.

A propósito, a Mako está pintando aquela clássica substância amarronada e fétida.

Pelo visto, eles recusaram a nossa campanha antes do Natal, mas, embora seja Harriet quem devesse estar dirigindo a conta, ela se "esqueceu" de tocar no assunto.

Já agendamos com o Pequeno e o Grande sua participação nos comerciais de TV. Sendo uma dupla de humoristas de primeira linha, duvido muito que aceitem de bom grado um cancelamento.

Estamos num mato cujo nome é Merda.

Sans cachorro.

Como se tentar dar uma aura de sofisticação a um carrinho montado por camponeses filipinos já não fosse bastante *difficile*.

Si

✉ **Simon Horne — 3/1/00, 18:44**
Para: Susi Judge-Davis
Cc:
Assunto: duplas

Susi, minha linda, me faz um favoretto pequetitinho: dá uma olhada rápida no departamento e me diz se alguma das minhas excomungadas duplas ainda está aqui.

✉ **Harriet Greenbaum — 3/1/00, 18:48**
Para: David Crutton
Cc:
Assunto: Mako

Só para manter você por dentro, estamos começando a ter problemas com a Mako. Antes mesmo do Natal informei a Simon que nosso cliente jamais aprovaria o Pequeno e o Grande. Para ser franca, concordo totalmente com ele — P&G são os comediantes mais sem graça, cafonas e feios que poderiam existir. Apesar dessa oposição, Simon manteve o seu compromisso com eles. Na qualidade de diretor de criação, está no seu direito. No entanto, na reunião de hoje, o pessoal da Mako ficou surpreso e decepcionado quando tornamos a apresentar a mesma campanha.

O tempo está contra nós. A data de lançamento do novo modelo deles já está marcada, e temos que lhes apresentar uma nova campanha na sexta.

✉ **Susi Judge-Davis — 3/1/00, 18:50**
Para: Simon Horne
Cc:
Assunto: duplas

Nem um gato-pingado, lindinho, sinto muito... Bicotas, S.

✉ **Harriet Greenbaum — 3/1/00, 18:59**
Para: James Gregory
Cc:
Assunto: Mako

Você estava na reunião, de modo que não preciso lhe dizer o quanto estamos encrencados. Sugiro que se encontre comigo para uma autópsia. E traz a Katie. É uma boa oportunidade para apresentá-la aos duros ossos do ofício da publicidade.

✉ **Simon Horne — 3/1/00, 19:28**
Para: Departamento de Criação
Cc:
Cco: David Crutton
Assunto: suas carreiras

Está pintando um pesadelo na Mako.

Ainda temos que criar uma campanha para o Super Dri da Kimbelle.

E estamos prestes a iniciar a maior concorrência em que qualquer um de nós trabalhará na vida.

Por que, então, meu departamento de criação está deserto? Será que eu sou o único por aqui que se lixa?

A partir de amanhã, quero ouvir o *squik-squik-squik* ensurdecedor dos pilôs no papel, à medida que as preciosas idéias instaladas em seus crânios despencarem nos blocos.

E, antes de me trazerem os frutos de sua faina, façam a si mesmos uma única pergunta:

Vale um ouro?

Si

✉ **Nigel Godley — 3/1/00, 23:34**
Para: Todos os Departamentos
Cc:
Assunto: tem alguém aí?

São onze e meia da noite e eu ainda estou aqui, pondo em ordem planilhas de horas. Se tiver mais alguém "metendo a cara", me manda um e-mail!

Nige

✉ **Carla Browne — 3/1/00, 23:36**
Para: Nigel Godley
Cc:
Assunto: tem alguém aí?

Estou aqui!!!!!!!!! Quem é você? Em que andar está? E será que sabe fazer em PowerPoint essas porcarias de figuras parecendo fatias de torta dos gráficos circulares? Se puder me ajudar, me manda um e-mail imediatamente — quero ir para casa!!!!!! Carla do 4º andar.

Terça-feira, 4 de janeiro

▼

✉ **David Crutton — 4/1/00, 7:57**
Para: Harriet Greenbaum
Simon Horne
Cc:
Assunto: Mako

Ontem à noite meu celular perturbou todos os camarotes do térreo da Royal Opera House. O diretor de marketing da Mako do Reino Unido queria saber quantas vezes vai ter que nos dizer que não gosta do Pequeno e do Grande até que isso entre nas nossas cabeças. Quais foram mesmo as palavras textuais dele? "Colocar humoristas com o prazo de validade vencido há vinte anos atrás do volante do meu carrão de 22.000 para executivos não é a idéia que eu faço de um comercial de automóveis do cacete, porra!". Acho que ele foi bem claro.

Gostaria de ver os dois no meu escritório em meia hora, e quem sabe poderemos descobrir uma maneira de não perder essa conta antes mesmo de termos feito um único comercial para eles.

✉ **pertti_vanhelden@millershanks-helsinki.co.fin**
4/1/00, 8.02 (hora local 10:02)
Para: david_crutton@millershanks-london.co.uk
Cc:
Assunto: Mako

Que bom estar sabendo que você também acredita que Deus madruga quando cedo o ajudam! Quão estamos adorando seu Pequeno e seu Grande aqui na Finlândia! Todos *Seaside Specials* deles dos anos 70 estão em nossa emissora Satellite Golden Hits. É uma grandiosa pena que o Sr. Mako não está compartilhando seu excelente bom gosto vanguardista. Mas, enfim, clientes como esses são as crases que nós que estamos escolhendo a publicidade devemos estar carregando.

Até loguinho! Pertti

✉ **David Crutton — 4/1/00, 8:09**
Para: Chandra Kapoor
Cc:
Assunto: olho da rua

Ontem na hora do almoço informei a você que os meus e-mails estão indo parar por engano na Finlândia. Fiquei na expectativa de uma resposta imediata. Até agora, bulhufas, patavina e neca de pitibiriba. Já conheci bombeiros hidráulicos mais confiáveis do que o seu departamento. Tem certeza de que quer mesmo acabar lavando pára-brisas na Mile End Road?

✉ **David Crutton — 4/1/00, 8:17**
para: Rachel Stevenson
cc:
Assunto: CPD

Eu estava aqui todo enrolado com o meu e-mail, quando, de repente, tive uma idéia genial. Durante a Segunda Guerra Mundial, quando os nazistas tinham dificuldades com a Resistência francesa, eles reuniam a população inteira de uma cidadezinha. Em seguida, para cada hora que os maquis se recusassem a se render, eles atiravam na cabeça de um habitante.

Gostaria de fazer algo semelhante com o pessoal do CPD. Desconfio que atirar neles esteja fora de cogitação, mas que tal despedir um a cada hora passada sem resolver o meu problema?

Fico-lhe muito grato se puder verificar a legalidade dessa idéia sob a legislação trabalhista vigente.

✉ **Rachel Stevenson — 4/1/00, 8:32**
para: David Crutton
Cc:
Assunto: CPD

David, me perdoe. Acabei de falar com Chandra no telefone. Ele não estava sabendo do seu problema. Se você andou tentando entrar em contato com ele por e-mail, ele não os recebeu. Diz que o CPD está um caos, mas que vai cuidar disso agora mesmo.

✉ **Nigel Godley — 4/1/00, 8:43**
para: Todos os Departamentos
Cc:
Assunto: à venda

MÁQUINA DE GRAVAR LOGOTIFOS LOGOMAX

- Portátil e de fácil manuseio
- Seminova
- Grava qualquer logotipo em canetas, chaveiros, agendas, sacolas etc.
- Inclui adaptador para você personalizar seus brindes de aniversário!
- A maneira perfeita de "brindar" o novo milênio!
- O primeiro que vir, compra
- £ 35 ou oferta mais próxima

Ligar para x4667 — Nige

✉ **Harriet Greenbaum — 4/1/00, 9:04**
para: Simon Horne
Cc:
Assunto: Mako

Só para constar, Simon, eu não esqueci de dizer a você que o pessoal da Mako não gosta do Pequeno e do Grande. Não havia a menor necessidade. Você estava na reunião com o cliente antes do Natal e ouviu com os seus próprios ouvidos. Se vai ficar inventando mentiras para David sobre o que eu fiz ou deixei de fazer, prefiro que não faça isso quando eu estiver presente. Insulta a minha inteligência.

✉ **Simon Horne — 4/1/00, 9:10**
para: Harriet Greenbaum
Cc:
Assunto: Mako

Você tem alguma idéia do quanto eu estou sobrecarregado?

Querem que eu administre e inspire um departamento de doze duplas de criação.

Pedem que eu represente as criações da agência para os nossos clientes, aquele bando de filisteus.

E, ainda por cima, tenho, sabe-se lá como, que arranjar tempo para engendrar *coups de grâce* criativos de minha própria lavra.

Se uma vez ou outra eu esqueço algum detalhe que um cliente diz numa reunião, ora, sou apenas humano.

Si

✉ **Simon Horne — 4/1/00, 9:11**
para: Susi Judge-Davis
Cc:
Assunto: estresse

Enxaqueca, enxaqueca!

Susi Judge-Davis — 4/1/00, 9:12
para: Simon Horne
Cc:
Assunto: estresse

Já estou levando o café e o Migraleve, lindinho... Bicotas, S.

Harriet Greenbaum — 4/1/00, 9:16
para: Simon Horne
Cc:
Assunto: Mako

Me desculpe por ser chata, mas eu não definiria como "detalhe" a declaração do cliente de que não só odeia o Pequeno e o Grande, como acha que eles estão totalmente ultrapassados para uma marca que dá ênfase à tecnologia. Mas não adianta mais discutirmos isso. Sugiro que de agora em diante colaboremos na criação de uma nova campanha. O fantasma da sexta-feira se aproxima.

Brett Topowlski — 4/1/00, 9:35
para: Liam O'Keefe
Cc:
Assunto: zona proibida

Se você e a Presidente do Mundo da Lua F.C. estão planejando mostrar ao Horne alguma idéia hoje, não façam isso. Ele está com a cachorra. Vin e eu levamos para ele nossos roteiros de Reeves e Mortimer para a campanha da Freedom. Ele achincalhou com todos eles — disse que não era a primeira vez que os via numa campanha publicitária. Vin observou que era *a primeira vez* que alguém os usava numa campanha de televendas, mas não colou. Mas, enfim, quem aquele puto pensa que é, arrotando originalidade? O trampa do Pequeno e o trolha do Grande? Babaca. Sabia que Barry Clement foi diretor de arte dele? Meu amigo Nick está no grupo dele, na Abbott Mead, e Clement jura que Horne não teve uma única idéia original durante os quatro anos em que os dois trabalharam juntos. Era Clement quem tinha todas as idéias, e a única coisa que Horne dizia era "Sim, meu querido, mas vale um ouro?''. Não se falaram nunca mais desde que romperam, e Clement quase deu nele na D&AD do ano passado.

Mas e aí, que foi que aconteceu contigo depois do BZ ontem à noite? Você grudou naquela interina como um chiclete. Vin está pê da vida contigo. Diz que viu ela primeiro.

✉ **Susi Judge-Davis — 4/1/00, 9:39**
para: Departamento de Criação
Cc:
Assunto: agenda de Simon

Si está tendo uma manhã muito estressante. Se tiverem algum trabalho para ele ver, será que podem por favor esperar até mais tarde? Se for da máxima urgência, deixem-no comigo que eu tento colocar na frente dele. Obrigada... Susi

✉ **Melinda Sheridan — 4/1/00, 9:39**
para: Harriet Greenbaum
James Gregory
Cc:
Assunto: trajes de Batman

Um passarinho me contou que não vamos mais produzir aqueles três comerciais de trinta segundos com os Srs. Pequeno e Grande para a Mako.

Por que nós, os otários do RTV, somos sempre os últimos a receber informações de importância fundamental para nós?

Para mim, isso não representa nenhuma perda — pessoalmente, acho P&G tão divertidos quanto uma ida ao ginecologista. No entanto, Simon me garantiu que o cliente praticamente já tinha autorizado os roteiros, e vocês devem estar a par de que temos contratos com esses pretensos reis do humor. Eles vão esperar o dinheiro deles. Também compareceram a quatro provas de guarda-roupa, de modo que agora tenho em meu poder dois trajes de Batman feitos sob medida, com capas de láicra cor-de-rosa, bem como um fatura de 16.000.

Desgraça pouca, queridinhos...

✉ **Nigel Godley — 4/1/00, 9:39**
para: Carla Browne
Cc:
Assunto: ajudante

Um arqui-super-hiper-ultra-megabom dia para você! Foi muito legal poder te ajudar com o seu documento ontem à noite. Não se esqueça de que criar gráficos apresentáveis em PowerPoint é mamão com açúcar, desde que você se lembre das Dicas Duca do Nige! Sempre que eu puder ser útil, me procura na minha salinha no departamento de contabilidade — Nige

P.S. Quer que eu te dê preferência na máquina de gravar logotipos?

✉ **Carla Browne — 4/1/00, 9:52**
para: Zoë Clarke
Cc:
Assunto: merda, merda, mil vezes merda!!!!!

Puta que pariu!!!!!! Fiz a maior burrice do mundo!!!!!! Simplesmente deixei o Nigel, aquele panaca que faz as planilhas de horas, me ajudar com o documento da Coca ontem à noite. Sei que sou uma perfeita idiota, mas já era quase meia-noite e eu só quer a ir para casa!!!!! Agora não consigo mais me livrar dele!!!!!!! Acho que ele ficou a fim de mim!!!!!! Que é que eu faço?!??!? Ele usa mocassins cinza e curte o Shopping Channel!!!!!!!!!!!!!!!!!!!!!!!!!!!!!! Beijocas, C.

✉ **James Gregory — 4/1/00, 9:54**
para: Harriet Greenbaum
Cc:
Assunto: não fui eu!

Harriet, já sei o que você vai dizer, mas não fui eu. Juro que nunca disse a Melinda ou a ninguém do RTV que o cliente tinha aprovado P&G. Não sei como isso pode ter acontecido. Será que não dá para a gente esconder os 16.000 em alguma outra coisa?

Harriet Greenbaum — 4/1/00, 10:16
para: James Gregory
Cc:
Assunto: não fui eu!

Eu sei que não foi você. Essa conta já está indo ladeira abaixo desde que um certo membro graúdo do departamento de criação resolveu se mudar de armas e bagagens para a Terra dos Teletubbies. Não se preocupe, eu cuido disso.

Ken Perry — 4/1/00, 10:24
para: Todos os Departamentos
Cc:
Assunto: 0898

A partir de hoje vocês não poderão mais acessar os serviços de alta tarifa do prefixo 0898. Essas ligações representam uma parcela significativa de nossas despesas mensais com telecomunicações.

Compreendo que muitos de vocês consideram inestimáveis os serviços comerciais e municipais disponibilizados por essas linhas. Lamento pelo inconveniente, mas peço que procurem fontes alternativas para as informações destarte obtidas.

Grato pela colaboração.

Ken Perry
Coordenador de Serviços Gerais

Harriet Greenbaum — 4/1/00, 10:33
para: Simon Horne
Cc:
Assunto: Mako

Recebi um e-mail alarmante de Melinda referente ao seu compromisso com P&G. Fui até aí e tentei falar com você, mas Susi não quis nem me deixar chegar perto de você. Tenho a mais absoluta certeza de que ninguém do meu grupo autorizou você a deixar que os custos de pré-produção atingissem essa cifra astronômica.

Não faço a menor idéia de como isso aconteceu. Talvez você possa recorrer à sua legendária criatividade para nos ajudar a recuperar os 16.000 que Melinda diz que gastamos.

✉ **Liam O'Keefe — 4/1/00, 10:58**
para: Brett Topowlski
Cc:
Assunto: preciso de uma Aspirina

Acabei de chegar. Li o seu e-mail. Porra, cara, que noite! Lol? Minha boca é um túmulo. Será que o Vin algum dia vai voltar a falar comigo? Espero que sim, porque tenho que contar ao pobre coitado o que ele perdeu.

Quer dizer que acabou a sopa do 0898? E agora, como é que eu faço para falar com a Trixi do *Ripe'n'Raw 1-2-1*? Ela é a única mulher que conheço que realmente compreende a profunda necessidade masculina de conversar sobre peitos gigantescos e lingerie sem nenhuma finalidade prática.

Minha cabeça está pedindo um Bloody Mary. BZ na hora do almoço, ou será que você vai estar na sua mesa fazendo *squik-squik-squik* com os seus pilôs?

✉ **Simon Horne — 4/1/00, 11:15**
para: Harriet Greenbaum
Cc:
Assunto: Mako

Quer dizer que, além de tudo mais, eu ainda tenho que me preocupar com o vil metal?

O que achei foi que, no momento em que o cliente visse na sua frente o Pequeno e o Grande com trajes de Batman, até mesmo um Homem de Neanderthal como ele pararia de negar o evidente valor da idéia.

Será que eu estava tão errado assim em pensar que 16.000 eram um preço pequeno a ser pago em defesa da nossa arte?

Obviamente, fui ingênuo em supor que teria seu apoio.

Mas sou um profissional e não tenho o hábito de ficar acusando os outros.

Vou levantar, sacudir a poeira e dar a volta por cima.

🖂 **Simon Horne — 4/1/00, 11:23**
para: David Crutton
Cc:
Assunto: Harriet Greenbaum

Me acredite, David, não quero jogar ninguém num mar daquela substância marrom e gosmenta. Você sabe que esse não é o meu *modus operandi*.

Mas devo deixar claro que Harriet me garantiu com todas as letras, em inúmeras ocasiões, que os gastos que estávamos acumulando na campanha da Mako eram autorizados.

Não que eu a esteja criticando.

Tenho o máximo respeito por ela tanto como ser humano quanto como profissional da área da publicidade. No entanto, ela tem andado muito estressada ultimamente.

A opinião geral na empresa é a de que James Gregory a vem carregando nos ombros desde que ela se divorciou. Os 16.000 não autorizados podem não ser a primeira mancada dela nessa conta.

Ela precisa de nosso apoio neste momento difícil.

Talvez fosse interessante fazer uma auditoria em suas outras contas.

Si

🖂 **Brett Topowlski — 4/1/00, 11:33**
para: Liam O'Keefe
Cc:
Assunto: preciso de uma Aspirina

Acha que está apaixonado? Acabaram de pôr a mim e a Vin na campanha da Kimbelle, porque vocês dois não estão conseguindo dar conta do recado, seus manés imprestáveis. O que nós sabemos sobre "incômodos" cabe num

Post-it. Não sei como vamos arranjar tempo para mais isso antes de *voarmos para a ensolarada ilha Maurício no fim de semana a fim de filmar o comercial do Canal LOVE, na companhia de sensacionais sereias sem sutiã (superdotadas, sedentas de sexo e se sopapeando por mim)*. Não que eu queira deixar você com inveja, mas elas são o que há. Vin está superando seu caso com a Lol da única maneira que conhece: pediu a um estagiário espinhento do CPD para ajudá-lo a dar uma busca na internet atrás de sites de pornografia rural, e, pelo visto, isso está conseguindo tirar a Miss Manchester da cabeça dele. É comovente ver como uma linda criadinha de granja dinamarquesa pintando e bordando com dois Dobermans e um porco pode levantar o astral de um homem. BZ à 1:15.

✉ **Rachel Stevenson — 4/1/00, 11:45**
para: Carla Browne
Cc:
Assunto: mudança de planos

Carla, tenho um assunto urgente a discutir com você. Tentei lhe telefonar para falarmos a respeito, mas encontrei seu telefone ocupado por mais de meia hora.

Infelizmente, houve uma mudança de planos em relação ao cargo de secretária de David Crutton. Ele reavaliou a sua ficha e achou que fez mal em relevar aquele episódio do strip-tease com a delegação de marketing da Arabian Airlines. Ele acredita que, dado o pequeno incidente diplomático que se seguiu, um emprego com um componente tão forte de interface entre o cliente e o público seria inadequado para você neste momento.

Ambos lamentamos muito decepcioná-la, mas queremos lhe garantir que seu futuro é brilhante, e, de mais a mais, você está trabalhando para um dos mais respeitados executivos da agência, Dan Westbrooke.

Se quiser discutir o assunto mais a fundo, por favor me telefone.

✉ **David Crutton — 4/1/00, 11:57**
Para: Daniel Westbrooke
Cc:
Assunto: Coca

Tenho a impressão de ter pedido a você para deixar um rascunho da apresentação da Coca na minha mesa assim que chegasse hoje de manhã. Onde é que está, porra? Quando entrei para essa companhia só concordei em manter você no cargo porque você deixava Jim Weissmuller usar a sua casa na Toscana. Mas, se não consegue entregar meia dúzia de gráficos circulares banais dentro do prazo, por que ainda me dou a esse trabalho?

A propósito, pode ficar com a sua secretária. Uma pessoa me lembrou que o comportamento escandaloso daquela galinha idiota com uma garrafa de tequila no ano passado quase provocou a Segunda Guerra do Golfo.

✉ **Brett Topowlski — 4/1/00, 11:59**
Para: Todos os Departamentos
Cc:
Assunto: UM NOVO RECORDE

Se por acaso entrarem no segundo reservado do banheiro dos homens no andar do departamento de criação, por favor *não* dêem descarga na privada. O *Livro dos Recordes Mundiais* já foi notificado.

✉ **Daniel Westbrooke — 4/1/00, 12:02**
Para: Carla Browne
Cc:
Assunto: Coca

Será que dá por favor para apressar a apresentação da Coca? Gostaria de lhe lembrar que foram só as minhas súplicas que salvaram o seu emprego no ano passado, depois do desastre da Arabian Airlines. Mas, se meia dúzia de gráficos circulares banais estão lhe dando tanta dor de cabeça, nem sei por que me dei a esse trabalho.

Rachel Stevenson — 4/1/00, 12:05
Para: Brett Topowlski
Cc:
Assunto: UM NOVO RECORDE

Me desculpe por ser desmancha-prazeres, mas existem maneiras mais proveitosas de usar o e-mail desta companhia. Recebi várias queixas de funcionários que se sentiram ofendidos pelo seu humor escatológico. Talvez eu não tenha entendido bem a natureza do seu gesto e você estivesse apenas prestando um valioso serviço ao apontar um problema no encanamento. Se for este o caso, peço desculpas, mas talvez um simples memorando para Ken Perry bastasse.

Carla Browne — 4/1/00, 12:09
Para: Zoë Clarke
Cc:
Assunto: porra, porra, porra, puta merda, porra!!!

Cara, você não vai acreditar no que está acontecendo!!! Acabei de receber um e-mail daquela idiota da Rachel retirando a oferta do cargo de secretária do Putton!!!!! Só por causa daquela besteira com os árabes!!!! Eu não tive culpa, puseram alguma coisa naquelas tequilas. Eu jurava que aquilo já estava esquecido. Dá para acreditar nisso?!!!! Estou me sentindo tão humilhada!!!! Não que eu fosse aceitar aquela porcaria de emprego — afinal, quem iria querer trabalhar para aquele palhaço? É uma questão de princípios!!!! Você acha que eu posso processar a companhia por falsa distorção mentirosa dos fatos? Dá para a gente ir almoçar no Bar Zero? Estou precisando muito do seu apoio!!! Beijocas, C.

Rachel Stevenson — 4/1/00, 12:11
Para: Zoë Clarke
Cc:
Assunto: mudança de planos

Infelizmente, o remanejamento de Carla Browne para o escritório de David Crutton não saiu conforme o esperado. Entretanto, David gostaria muito que você considerasse a hipótese de ocupar o cargo. Obviamente, representaria uma grande mudança para você, e tenho certeza de que você gostaria de conversar sobre o assunto. Por que não me dá uma ligada para marcarmos uma hora?

Zoë Clarke — 4/1/00, 12:13
Para: Rachel Stevenson
Cc:
Assunto: mudança de planos

Já estou indo!!!!!!!!!!!!!!!!!!!!!!!

Zoë Clarke — 4/1/00, 12:14
Para: Carla Browne
Cc:
Assunto: porra, porra, porra, puta merda, porra!!!

Cara, tadinha de você!!! Esse lugar não te merece!!!!!! Tenho que digitar uns negócios superurgentes agora!!!!! Aquela hippie imbecil está exigindo a papelada aos gritos!!!! Eu até pediria à Susi para me ajudar, se ela não fosse a filha-da-puta que é!!!!! Te vejo na hora do almoço — você está precisando de um ombro amigo!!!!!!!!!!!!! Beijinhos, Z.

pertti_vanhelden@millershanks-helsinki.co.fin
4/1/00, 12:30 (hora local 14:30)
Para: david_crutton@millershanks-london.co.uk
Cc:
Assunto: Coca

Hora, hora, você aguarda pela sua documentação da Coca-Cola? Oh, como solidarizo-me com seu estado! Antes do Natal eu já estava pedindo novas lâmpadas no banheiro dos executivos, e ainda estou a ver pavios. Tanto os cubículos um e dois estão na mais tenebrosa e negra breuidão, e apenas porque eu fazia muito treinamento noturno durante o serviço militar que consigo evitar o constrangimento de manchas marrons!

Talvez devemos dar prioridade na questão do atendimento da equipe na vindoura conferência de CEOs da Miller Shanks em Waikiki.

Aloha! Pertti

Zoë Clarke — 4/1/00, 14:23
Para: Carla Browne
Cc:
Assunto: essa companhiazinha de merda!!!!

Cara, como foi bom sair daqui na hora do almoço!! Espero que você esteja se sentindo melhor!!!!!! Não esquece o que eu disse: acho que você deve ir embora, mas ir embora *meeeeesmo*!!!!! Você é a minha melhor amiga no mundo e eu não sei como conseguiria trabalhar aqui sem você!!!!! Mas você tem que pensar em si mesma, e você vale mais do que esse lugar!!!!! Beijinhos, Z.

Zoë Clarke — 4/1/00, 14:27
Para: Rachel Stevenson
Cc:
Assunto: mudança de planos

Rachel, agradeço muito a sua oferta. Estou encantada que o sr. Crutton tenha sugerido o meu nome para o cargo. Obviamente implica uma carga extra de responsabilidade, e representa um grande avanço profissional. Conforme lhe disse que faria, pensei longamente no assunto durante o almoço. Mas, no rol das contas, é uma decisão fácil de tomar. Aceito com o maior prazer — Zoë

✉ **Carla Browne — 4/1/00, 14:29**
Para: Zoë Clarke
Cc:
Assunto: essa companhiazinha de merda!

Não sei o que seria de mim sem você, Zoë!!!!!! Você é a única pessoa nesse buraco que me impede de ficar louca!!!!!!!!! Estou me sentindo melhor, sim, e decidi que *não* vou me demitir!!!!!!!! Não posso deixar aqueles calhordas vencerem!!!!!!!!!!!!!!!! Beijocas, C.

✉ **Zoë Clarke — 4/1/00, 14:41**
Para: Carla Browne
Cc:
Assunto: porra, porra, porra, porra, porra, porra, porra, porra, porra, porra, porra, porra!!!!!!!!!!!!

In-super-crível!!!!!!! Aquela cachorra hipócrita e mentirosa da Rachel resolveu me oferecer o emprego de secretária do Putton!!!!!!!! Fala sério, ela não sabe que nós somos as melhores amigas do mundo?!!! O problema é que eu acho que tenho que aceitar. Antes de ficar uma arara, presta atenção: eu não quero aceitar, mas não tenho escolha! Paga *mesmo* mais 5.000 mangos e eu tenho uma fatura *exorbitante* do MasterCard para pagar, e o fornecimento de gás lá em casa está prestes a ser *cortado*! E você *não queria muito, muito esse emprego*, queria?!!!!!!! Ai, meu Deus, que é que eu faço?!!!!!!!! Beijinhos, Z.

✉ **Pinki Fallon — 4/1/00, 14:52**
Para: Ken Perry
Cc:
Assunto: emergência!

Estamos precisando que os caras da manutenção nos dêem uma ajuda aqui. Houve um incidente entre Zoë Clarke e uma das outras moças. Zoë vai precisar de uma luminária e um micro novos, a menos que vocês consigam tirar a terra do vaso de iúcas de dentro do drive. E também tem um pouquinho de sangue numa das placas do carpete. Foi só um cortezinho, de modo que não há necessidade de primeiros socorros. Valeu... ☺

✉ **Simon Horne — 4/1/00, 14:55**
Para: Susi Judge-Davis
Cc:
Assunto: mulheres hormonais

Lindinha, aquelas garotas horrorosas já deram a gritaria por encerrada? Que escândalo foi esse? Tenho que mostrar a David uma idéia para a Mako e gostaria de chegar são e salvo ao escritório dele.

✉ **Susi Judge-Davis — 4/1/00, 14:56**
Para: Simon Horne
Cc:
Assunto: mulheres hormonais

Campo livre, lindinho... Bicotas, S.

✉ **Carla Browne — 4/1/00, 15:05**
Para: Todos os Departamentos
Cc: james_f_weissmuller@millershanks-ny.co.usa
Assunto: fodam-se todos vocês, seus putos!!!!!!

Estou indo embora, mas antes aí vão algumas coisas que vocês precisam saber!!!!!!

- Zoë Clarke é uma piranha mentirosa e deu uma chupada em Simon Horne na D&AD do ano passado.
- Ela disse que o pinto dele é minúsculo.
- Daniel Westbrooke guarda cartões telefônicos de vagabundas na gaveta da mesa.
- O Putton compra cocaína de Vince Douglas.
- O Putton também gastou 3.500 em uma só noite numa boate de strip-tease e fez constar a despesa como "gastos com pesquisa de qualidade".
- Quero mais que vocês todos morram!!!!!!!!!!!!!!!!!!!

✉ **Rachel Stevenson — 4/1/00, 15:09**
Para: Chandra Kapoor
Cc: David Crutton
Assunto: urgente

Por favor, apague imediatamente o nome de Carla Browne do e-mail.

Obrigada.

Rachel Stevenson
RH

✉ **David Crutton — 4/1/00, 15:20**
Para: Harriet Greenbaum
Cc:
Assunto: problema resolvido

Pelo visto, Simon salvou a pele de vocês na campanha da Mako. Ele me mostrou a nova idéia que teve e é uma saída muito inteligente. Vem cá ver.

✉ **james_f_weissmuller@millershanks-ny.co.usa**
4/1/00, 15:21 (hora local 10:21)
Para: david_crutton@millershanks-london.co.uk
Cc:
Assunto: Carla Browne

Estou preocupado, David, muito preocupado. Essa Carla Browne é a mesma mulher que nos deu aquela dor de cabeça com os nossos amigos do Oriente Médio? Há alguma verdade na sua invectiva?

O que mais me preocupou foram as suas afirmações sobre narcóticos. Você deve estar profundamente cônscio da política da empresa em relação a essa questão.

Quero que você me garanta que não tem uma Monica Lewinski no seu território.

Jim

✉ **david_crutton@millershanks-london.co.uk**
4/1/00, 15:27
Para: james_f_weissmuller@millershanks-ny.co.usa
Cc:
Assunto: Carla Browne

Jim, não se preocupe. Já cuidamos da situação de Carla Browne. Estávamos convictos de que, depois do incidente com a Arabian Airlines, essa faceta mais turbulenta da sua personalidade estava subjugada. Fique descansado, ela já foi retirada do estabelecimento e não voltará.

Nós lhe relembramos de que no RU temos leis muito rigorosas para punir caluniadores, e que, se ela repetir uma única palavra de suas afirmações fantasiosas, vamos cair em cima dela sem a menor piedade com o establishment do direito trabalhista.

É claro que não há o menor vestígio de verdade nas suas alegações estapafúrdias. Pode ficar totalmente sossegado quanto à questão das drogas. Todos os funcionários daqui estão a par do meu rigoroso ponto de vista sobre o assunto, e nenhuma transgressão será tolerada.

Lamento que esse episódio insignificante tenha importunado o seu dia já assoberbado.

A propósito, a campanha da Coca está indo de vento em popa e já temos algumas idéias interessantíssimas em cima da mesa. Estou esperando ansiosamente sua vinda à Inglaterra para liderar a concorrência.

Por favor, dê minhas lembranças à sua linda esposa e filhos encantadores.

David

✉ **David Crutton — 4/1/00, 15:31**
Para: Simon Horne
Cc:
Assunto: Coca

Há pouco tive oportunidade de mandar um e-mail para Jim Weissmuller e comentei que tínhamos um ótimo material em andamento para a campanha da Coca. Espero que você não me decepcione.

Simon Horne — 4/1/00, 15:46

Para: Departamento de Criação

Cc:

Cco: David Crutton

Assunto: menos um pepino...

... agora só faltam dois. Vocês só têm as campanhas da Coca e da Kimbelle para criar. Passei a manhã inteira e a hora do almoço em companhia de um bloco. Resultado: resolvi o problema da Mako.

Sugiro que vocês sigam o meu exemplo.

Se Susi me disser que viu qualquer um de vocês coçando o saco perto da máquina de café, vou querer saber por quê.

Se ela disser que os viu escarrapachados em cima da mesa de sinuca, vou ficar uma fera.

Vocês vão ficar nas suas mesas até seus lápis se reduzirem a cotocos.

Vocês não vão mostrar suas caras feias até terem no colo braçadas e mais braçadas de idéias de uma genialidade assombrosa.

Si

pertti_vanhelden@millershanks-helsinki.co.fin
4/1/00, 15:47 (hora local 17:47)

Para: david_crutton@millershanks-london.co.uk

Cc:

Assunto: Carla Browne

Obrigado por me reter por dentro do barbado sobre as questões da disciplina da equipe e da política moralítica que você está encostando no seu e-mailing para Jim.

Está me fascinando que você, também, tem problemáticas com mãos de obras que perdem a tramontina. Talvez é por causa de nossos invernos sem sol ou nossa proximidade das destilarias de vodca da ex-União Soviética, mas nós na Finlândia estamos tendo um problema semelhante com muitos membros de companhias que estão ficando "doidos como pedras varridas"!

Tenho uma dica para você. Estou empregando as técnicas revolucionárias criadas pelo Dr. Jari Nepstad, do Instituto Nórdico de Zootecnia. Estas técnicas estão implicando dar para a equipe um tônico diário feito com extratos de baço de lêmingue e urina de rena. Em conseqüência, estou vendo as taxas de insanidade tombarem 18%. Ponho no correio a receita para você, embora você talvez encontra pouca quantidade de baços de lêmingue em estoque nas suas de resto excelentes lojas de conveniências asiáticas.

Mantenha a cachola firme e ereta — Pertti

✉ **Rachel Stevenson — 4/1/00, 15:48**
Para: Lorraine Pallister
Cc:
Assunto: remanejamento

Lorraine, sei que você só está aqui há cinco minutos, mas será que posso convencê-la a aceitar um cargo efetivo?

Zoë Clarke, uma de nossas secretárias do Departamento de Criação, assumirá em breve como secretária de David, o que deixará um cargo vago nesse departamento. É um grupo muito animado que fica no segundo andar, e Simon Horne, o diretor de criação, é um homem simpaticíssimo, encantador. É uma oportunidade fantástica. Se estiver interessada, me ligue para discutirmos o assunto.

✉ **Harriet Greenbaum — 4/1/00, 15:49**
Para: James Gregory
Katie Philpott
Cc:
Assunto: ai de nós

Andei procurando vocês dois por toda parte. Assim que voltarem às suas mesas, preciso dos dois no meu escritório. Acabei de voltar de uma reunião com David. As coisas, infelizmente, estão indo de mal a pior.

Simon "resolveu" o problema da Mako. A idéia dele é a seguinte: Reeves e Mortimer com roupas de Batman. Ele a acha tão genial que vão ter que inventar uma nova categoria de prêmio para homenageá-la. Quando comentei que ele tinha simplesmente substituído os humoristas mais ultrapassados da Inglaterra pelos mais superexpostos, ele se mostrou totalmente intransigente.

O golpe final é que David não só adorou a idéia, como quer construir uma igreja para idolatrá-la.

Não estou em condições de discutir com ele. Toda a culpa pelo desastre de P&G foi jogada em nós, e nossa credibilidade está abaixo de zero. Para sair dessa, precisamos não só bolar uma argumentação muito convincente contra a idéia de Simon, mas também uma alternativa demonstravelmente melhor. Vamos ver o que podemos fazer. Ainda temos três dias.

✉ **Katie Philpott — 4/1/00, 15:53**
Para: Harriet Greenbaum
Cc:
Assunto: ai de nós

Cacilda, que angu-de-caroço! Mas tudo bem, topo o desafio. Vou falar com o James assim que ele voltar do banheiro e a gente dá um pulo aí. — Katie P

✉ **Brett Topowlski — 4/1/00, 16:00**
Para: Liam O'Keefe
Cc:
Assunto: quebra-pau no mundo animal

Enquanto você estava em algum estúdio fotográfico clicando protetores diários de calcinhas, perdeu um barraco de primeira: Carla versus Zoë, armadas apenas com grampeadores da Rexel e unhas postiças *rouge noir*. Estavam arrancando pedaços uma da outra quando Pinki, a Pacifista, correu para as duas como uma delegação da ONU e as apartou — que pena! Uma coisa eu te digo, se o boxe tivesse a metade da sensualidade disso, não estaria passando pela crise atual. Imagina Mike Tyson de corselete e meia-arrastão. (Anda, quero ver.)

Quer dizer então que a Carla vai embora e a Zoë vai trabalhar para o Crutton? Como foi que ela descolou isso? Detalhe: não sei se ele ainda vai querer saber dela quando vir o olho roxo. E a sua gata, a Lol, fica com o cargo no departamento de criação. Que isso te sirva de consolo quando *voarmos de jatinho para a paradisíaca Maurício, banhada pelo oceano Índico, para filmarmos o comercial da LOVE e curtirmos seios turbinados reluzentes de filtro com FPS 2...* que pena que você não vai estar lá.

Qual será a idéia do Horne para a Mako? Não pode ser pior que a do Pequeno e do Grande, pode? Não, não responde.

Susi Judge-Davis — 4/1/00, 16:10
Para: Zoë Clarke
Cc: Rachel Stevenson
Assunto: comportamento inadequado a um estabelecimento profissional

Acabei de sair de uma reunião com Simon, que está muito aborrecido com o que aconteceu hoje à tarde. Ele me pediu para ter uma conversa séria com você.

Ele acha que trocar socos no andar do departamento de criação não é uma coisa que deva ser tolerada, e me pediu para remanejar você. Informei a ele que você vai trabalhar para Crutton e, para ser honesta, ele está preocupado. Não tem certeza se você é adequada ao cargo e vai pedir a David para rever sua oferta.

Me avise se quiser conversar, embora eu possa estar em reunião com Simon, pois temos que recuperar as horas de trabalho perdidas. Seu comportamento barafundou toda a agenda do dia.

Vivo tentando defender você, Zoë, mas desta vez você passou dos limites.

Susi

Liam O'Keefe — 4/1/00, 16:10
Para: Brett Topowlski
Cc:
Assunto: quebra-pau no mundo animal

P.1: Você filmou a refrega? Mel tem uma Digicam na mesa dela feita sob medida para esse tipo seletíssimo de evento esportivo.

P.2: Quer dizer então que o nosso camaradinha Vinnie Douglas é realmente a conexão colombiana do Crutton? Se for, diz a ele para da próxima vez pôr chumbinho na cocaína.

P.3: Você acha mesmo que ficar de lero sobre a sua filmagenzinha chulé em Maurício está me deixando roxo de inveja?

Tenho que ir. Harriet está rondando o nosso escritório, usando um falso tailleur Chanel alinhadésimo. Taí, sou bem capaz de encarar essa encenação de "mulher mais velha".

✉ **Pinki Fallon — 4/1/00, 16:15**
Para: Liam O'Keefe
Cc:
Assunto: pára com isso!

Me faz um favor? Pára de ficar espiando o decote da Harriet. Estou vendo você fazer isso neste exato momento. Se está dando na pinta? Pior, só se você usasse uma lupa... ☺

✉ **Harriet Greenbaum — 4/1/00, 16:50**
Para: Simon Horne
Cc:
Assunto: Mako

Susi me disse que, depois de esvaziar várias prateleiras para abrigar todos os prêmios que vai conquistar com a sua campanha para a Mako, você está relaxando no Groucho. Enquanto desestressa depois do seu sucesso, precisa saber que o meu grupo e eu não estamos nada satisfeitos. Não vejo o nosso cliente aceitando Reeves e Mortimer mais do que aceitava o Pequeno e o Grande. Estamos decepcionados por você ter deixado o resto do departamento de fora do briefing.

Gostaria muito de discutir esse assunto com você, mas, como você não está presente, tomei a liberdade de falar com Pinki e Liam. Pedi a eles para continuarem trabalhando no projeto. Pinki leva fé no Mako. Seus baixos níveis de poluência fazem dele o tipo de carro que ela própria dirigiria, se soubesse dirigir. Liam acredita nele por causa do desempenho, da cor vibrante do spoiler traseiro e do porta-bebidas no painel.

Essa dedicação da parte deles resultará, espero, numa idéia muito boa.

Antes que você suba nas tamancas, David está ciente de tudo isso. Embora ele ainda goste do seu trabalho, nunca é avesso à idéia de se cercar por todos os lados e apresentar mais de uma saída. Ele está satisfeito que Pinki e Liam continuem na campanha.

Pedi a Susi para organizar uma revisão para amanhã, no fim do dia. Dado o aperto em que estamos, acho que todos devemos comparecer.

Tenho certeza de que você me porá a par de suas idéias a esse respeito ao voltar.

✉ **Rachel Stevenson — 4/1/00, 17:05**
Para: Susi Judge-Davis
Cc:
Assunto: comportamento inadequado a um estabelecimento profissional

Susi, falei com Zoë. Ela está muito transtornada, obviamente por causa da agressão de Carla, mas também por causa do seu e-mail. No futuro, prefiro que você não se encarregue desses assuntos sem antes falar comigo.

Zoë me garantiu que o rompante de Carla foi totalmente gratuito, e testemunhas oculares confirmam isso. Como Carla acabou de ir embora e Zoë está extremamente traumatizada, acho melhor deixar as coisas se acalmarem e tentar esquecer o episódio. Zoë assume como secretária de David na segunda-feira.

✉ **Liam O'Keefe — 4/1/00, 17:15**
Para: Brett Topowlski
Cc:
Assunto: merda é apelido

Harriet mandou a gente continuar na campanha da Mako, e aproveitou para nos mostrar a última do Horne. Tudo que ele fez foi reescrever seu comercial com P&G para... rufem os tambores... R&M (reconhece o cast de algum lugar?). Os roteiros são tão espirituosos quanto uma declaração de imposto de renda. Acorda o Vin e vem ver eles daqui a cinco minutos. Pinki vai se consultar com Alegrinho (seu vidente).

✉ **Daniel Westbrooke — 4/1/00, 17:33**
Para: Simon Horne
Cc:
Cco: David Crutton
Assunto: preocupações

Simon, confesso que estou um pouco preocupado. Sei que nos últimos tempos você anda totalmente absorto com a Mako, mas espero que seu departamento não esteja relegando a Coca-Cola ao segundo plano. Tenho certeza de que você compreende que toda a atenção da rede está voltada para nós, e que vencer essa concorrência faria a Mako se tornar café muito, mas muito pequeno mesmo.

✉ **Simon Horne — 4/1/00, 17:52**
Para: David Crutton
Cc:
Assunto: temor infundado

Acabo de voltar de um encontro muito delicado no Groucho com o agente inglês de Quentin Tarantino.

Sinto que *il Maestro di Pulp* está quase concordando em filmar nossos comerciais da Kimbelle, desde que contenham um alto número de cadáveres.

O prestígio que ganharíamos com isso é incalculável.

Eu deveria chegar aqui e receber merecidos parabéns.

Em vez disso, encontro e-mails enlouquecidos de Harriet e de Daniel no meu laptop.

Estou começando a me cansar de passar a mão na cabeça de Harriet. Por que eu deveria defender seu comportamento cada vez mais destrambelhado, se ela age assim por minhas costas?

É claro que suas críticas à minha campanha da Mako me irritaram.

Mas essa <u>deve</u> ser a nossa recomendação para o cliente. Não podemos correr o risco de nos passarmos por medíocres e inseguros apresentando mais de uma campanha.

Isso posto, não me importo que outra dupla continue na campanha. É muito improvável que consiga superar a minha.

Se conseguir, você sabe que serei o primeiro a me levantar para puxar os aplausos.

Quanto a Daniel, seus temores de que não entreguemos a campanha da Coca são, francamente, histéricos.

Talvez você deva relembrar a ele que eu estava com o legendário John Webster quando ele criou aquele comercial, "Estale os lábios e mate a sede", para a Pepsi.

Além disso, não fui eu, por acaso, que criei "Mr. Ffffizzzzzy", aquela bolhinha animada, para o Fun Pops, em 1982?

Está para nascer alguém que saiba mais sobre comerciais de refrigerantes para adolescentes ingleses do que eu.

Si

✉ **Simon Horne — 4/1/00, 18:02**
Para: Susi Judge-Davis
Cc:
Assunto: dor de cabeça nervosa

Que dia, lindinha! Me faz um favorzão? Chama um táxi para daqui a meia hora. Vou ao Bibendum.

Em seguida, dois Nurofen e uma massagenzinha nos ombros cairiam bem.

✉ **Susi Judge-Davis — 4/1/00, 18:04**
Para: Simon Horne
Cc:
Assunto: dor de cabeça nervosa

O táxi já foi chamado, lindinho, e estou aquecendo as mãos. Água mineral com gás ou sem gás para os comprimidos? Bicotas, S.

✉ **Melinda Sheridan — 4/1/00, 18:23**
Para: Simon Horne
Cc:
Assunto: com medo de dançar a tarantela

Acabei de esbarrar com David no corredor e ele me deu os parabéns por estar quase fechando contrato com Quentin T. para dirigir o comercial do Super Dri da Kimbelle. Quando aleguei não estar sabendo de nada, ele disse que eu não precisava ser tão tímida e que sabia que as negociações já estavam avançadas.

Minhas orelhinhas estão em pé. Embora deva reconhecer que "*Pulp Fiction* e o protetor diário superabsorvente se encontram" é uma noção intrigante, eu não estava sabendo que nenhum roteiro já havia sido escrito. Será que não estamos pondo o carro adiante dos bois? Tremo só de pensar no que acontecerá se nos comprometermos com QT e não pudermos honrar o compromisso...

Si, meu querido, sei que ultimamente a carga em cima de você tem sido imensa, mas espero de coração que não estejamos cavando nossa sepultura de novo, *à la* Pequeno & Magro. Minhas fontes em Beverly Hills disseram que um Tarantino despeitado é uma perspectiva ainda mais apavorante. Eu detestaria ver a vida imitando a arte e você perdendo uma orelha por causa disso (você assistiu a *Cães de Aluguel*, não assistiu?). Acho que uma reuniãozinha viria em boa hora.

✉ **Simon Horne — 4/1/00, 18:27**
Para: Melinda Sheridan
Cc:
Assunto: com medo de dançar a tarantela

Mel, querida, não é nada. Eu apenas esbarrei por acaso com o agente do Tarantino no Groucho.

E mencionei os comerciais da Kimbelle puramente *en passant*.

Como sempre, David exagerou tudo.

Além disso, você deve saber que, como diretora do RTV, eu a consultaria antes de tomar uma medida tão radical.

Tenho que sair correndo, mas, se estiver em *l'environs* do Bibendum hoje à noite, dá um pulinho lá para tomar um drinque comigo. Estarei com Al Parker e Ridley.

✉ **Liam O'Keefe — 4/1/00, 18:31**
Para: Brett Topowlski
Cc:
Assunto: caminho livre

Acabo de ver o Horne entrando no táxi. Pára de fingir que está trabalhando e vai para o BZ. Te vejo lá em dez minutos — Pinki voltou da cigana Quebra-Pedra e precisamos pôr as fofocas em dia. Toma conta da Lol até eu chegar. E, se notar que ela não está sofrendo da Síndrome da Calcinha Aparecendo, é porque a cachorra não está usando nenhuma.

✉ **David Crutton — 4/1/00, 19:33**
Para: Simon Horne
Cc:
Assunto: temor infundado

Pare de arrancar os cabelos e por favor mostre mais serviço, como quer Harriet. Tenho certeza de que ninguém vai produzir nada que supere o seu empenho gigantesco, mas, se produzir, não vamos perder o sono por causa disso, combinado? E Daniel que vá à merda. Aquele é um que entra em pânico até quando o trem das 6:53 para Godalming se atrasa. Tenho a mais total confiança em que você entregará uma campanha campeã mundial para a Coca. Mas é claro que, se me decepcionar, até eu tenho medo de pensar nas conseqüências.

Quarta-feira, 5 de janeiro

▼

✉ **pertti_vanhelden@millershanks-helsinki.co.fin**
5/1/00, 8:06 (hora local 10:06)
Para: david_crutton@millershanks-london.co.uk
Cc:
Assunto: alegria!

Você realmente está 110% correto de dizer para seu diretor de criatura para não arrancar os cabelos! Pois aqui está o assombroso trabalho para a Coca-Cola que eu estava prometendo. Acho que você estará concordando que é contra-revolucionário. Não desperdiço mais preâmbulos, revelo tudo!

Nosso primeiro comercial está começando com uma cena sombria de adolescentes de contrabaixo astral, sentindo falta do refrescor da Coca. Isso está rapidamente mudando para technicolors, enquanto Aqua, a banda primordial do disco-pop europeu, aparece usando roupas transadas e recortes de cabelos descolados. Eles estão imediatamente cantando sua marca de música animada, alegre.

Chegou a melô do chuá
É só abrir a Coca e "chuááá"
Tá em todas as bocas, em todo lugar
O som do sabor tá no ar

Vem comigo fazer chuá
A onda que chegou pra ficar
Tchau-tchau pra deprê, bye-bye pro buá
Chegou a melô do chuá!

Enquanto cantam, dançam e fazem palhaçadas de uma maneira distinta, adolescente, os jovens modernos estão bebendo Coca-Cola e seu astral está mudando para uma sorridência feliz.

E esse é apenas o primeiro roteiro de TV! Estou mandando os outros cinco por fax. Sua reação será igual da minha quando minha equipe de bambas me traz essa idéia escandalosa. UAU, duas vezes UAU! Sei ser preciso ser um cliente corajoso para comprar uma idéia de tanto poder, mas com seu famoso jeito de fazer tudo "no peido e na raça", estou sabendo que você chegará lá.

Que tal minha quadrilha e eu estarmos indo para a concorrência para dar-lhe apoio mortal? Já tomo a liberdade de colocar essa idéia para Jim Weissmuller, e ele está muito entusiasmante.

Assim que você está se recuperando da euforia, me diga o que acha.

Tchauzinho! — Pertti

✉ **David Crutton — 5/1/00, 8:10**
Para: Chandra Kapoor
Cc:
Assunto: HORA DE COMPETIÇÃO

Complete a seguinte frase:

Se a porra do meu e-mail não estiver consertado até amanhã de manhã...

✉ **Ken Perry — 5/1/00, 8:15**
Para: Todos os Departamentos
Cc:
Assunto: SIMULAÇÃO DE INCÊNDIO

Gostaria de lhes relembrar da prática recomendada em caso de incêndio, alerta terrorista ou outra emergência não especificada. Todos os departamentos possuem um oficial de incêndio designado. Esta pessoa é responsável pela evacuação organizada do estabelecimento.

Caso você não saiba quem é o seu oficial de incêndio, encontrará o nome dele no quadro de avisos no fim do seu andar. Caso seja um oficial de incêndio e esteja inconvicto quanto às suas atribuições, por favor fale com Shanice, minha secretária, que o matriculará num curso intensivo de atualização.

Haverá uma simulação de incêndio hoje precisamente às 11:30. Por favor, encarem-na como se o sinistro fosse REAL e sigam o procedimento de evacuação resumido no manual dos funcionários.

E lembrem-se, *simulações salvam vidas*.

Grato pela colaboração.

Ken Perry
Coordenador de Serviços Gerais

✉ **David Crutton — 5/1/00, 8:22**
Para: Simon Horne
Cc:
Assunto: Coca

Se não me engano, ontem à noite enviei um e-mail para você dizendo para não se preocupar. Bom, de vez em quando até eu me engano.

Por motivos ridículos demais para serem mencionados, nossos colegas na Finlândia resolveram trabalhar na concorrência da Coca. Em seu entusiasmo, também tomaram a iniciativa de informar a Weissmuller de seus progressos.

Não preciso dizer a você pelo que vamos nos passar se formos desbancados por um bando de babaquaras escandinavos sem senso de humor, mas vou dizer assim mesmo. Vamos nos passar pela fina flor da debilidade mental. Portanto, permita-me dar uma espremidinha no seu crânio. Sei que ainda falta mais de uma semana para a concorrência, mas quero revisar todo o trabalho agora de manhã.

Tive um prévia da campanha finlandesa. É estrelada pelo Aqua cantando uma versão atroz de "Barbie Girl" (eu jamais teria acreditado que seria possível fazer uma letra pior do que a original, mas os nossos colegas na Finlândia, sabe-se lá como, conseguiram). É um show de boçalidade — exatamente o que se poderia esperar de um comercial estrelado pelo Aqua. Corrija-me se eu estiver errado, mas eles não eram considerados o equivalente auditivo da acne mesmo quando ainda vendiam discos?

Estou falando demais, mas você já deve ter entendido o que quero dizer: é uma merda ampla, total e irrestrita.

No entanto, quero me cercar por todos os lados para que não haja a menor possibilidade de sermos desbancados.

Vamos fazer a revisão às 9:30, e espero sinceramente que você me deslumbre.

✉ **Susi Judge-Davis — 5/1/00, 9:01**
Para: Simon Horne
Cc:
Assunto: bom-dia!

Que tal foi sua noite no Bib's? Experimentou os escalopes com risoto em tinta de lulas? De comer rezando! Enfim, sua porta está fechada e não quero incomodar você, mas, quando sair do telefone, será que pode por favor ligar para David? Ele está tentando falar com você desde que chegou, mas fiz o que sou paga para fazer, lindinho, ou seja, escorei-o. Harriet também está atrás de você. Quer confirmar a revisão da Mako no fim da tarde. Eu disse a ela para não ficar animada demais! Estou indo ao Starbucks tomar um cappuccino. Quer que eu traga um croissant de chocolate de lá? Bicotas, S.

✉ **Zoë Clarke — 5/1/00, 9:09**
Para: Lorraine Pallister
Cc:
Assunto: bem-vinda!!!!

Oi, a gente se falou uns segundinhos ontem à noite no Bar Zero!!!!! Sou eu que ocupava o cargo que você vai assumir no Departamento de Criação!!! Me dá um toque que eu te mostro tudo por aqui e te explico o trabalho. Não precisa se preocupar com nada, porque tenho certeza de que você vai se sair super, superbem!!!!! Susi Judge-Davis, a secretária de Simon Horne, é um amor de pessoa e vai fazer com que você se sinta totalmente em casa!!!! Beijinhos, Z.

✉ **lorraine_pallister@millershanks-london.co.uk.**
5/1/00, 9:15
Para: debbie_wright@littlewoods/manchester.co.uk
Cc:
Assunto: Londres chama

Dois dias em Londres e já estou trabalhando em publicidade. Fui a uma agência de empregos temporários e eles me arranjaram um cargo numa empresa chamada Miller Shanks. Foram eles que fizeram aqueles comerciais horrorosos para a Kimbelle — você sabe, a Artista Conhecida como Ginger Spice praticando bungee jumping com cara de quem levou um cabo de alta voltagem no fiofó. Estou trabalhando para o CEO (sinônimo besta de diretor-executivo), que passa o tempo todo com os olhos fixos nos meus peitos, como se fossem os primeiros da história da humanidade. Era para ser apenas por duas semanas, mas fui efetivada. Semana que vem começo como secretária no departamento de criação. É lá que trabalha a turma que bola as idéias, mas a única coisa que vi os caras fazerem até agora foi cafungar cinqüenta gramas de pó. Mas alguns deles são hilários. Um deles se acha um tesão, mas é parecido demais com Bart Simpson (dentuça, com cabelo espetado e um tom de pele puxando para o amarelo-icterícia). Confesso que depois de algumas cervejas ele começa a se parecer com Brad Pitt; portanto, quem sabe? Enfim, isso aqui é um tremendo oba-oba. Ninguém trabalha, só fala em trabalhar. Ontem duas secretárias deram um pau de respeito uma na outra. Acho que foi por isso que acabei recebendo a oferta desse emprego efetivo. Como é que vai Salford desde que fui embora? Tem visto aquele babaca do Terry? Diz a ele que se ousar chegar perto de Londres eu quebro o outro polegar dele. Escreve/liga quando puder. Saudades e beijos da Lol.

✉ **Daniel Westbrooke — 5/1/00, 9:24**
Para: Susi Judge-Davis
Cc: Simon Horne
Assunto: Coca

Bom-dia, Susi. Tudo bem com você? Andei tentando falar com você e com Simon, mas sempre caía na caixa-postal. Como sei que vocês dois estão ocupadíssimos, resolvi lhes enviar um e-mail. David quer revisar o trabalho para a Coca às 11:30. Sei que é um transtorno, nos avisando assim, em cima da hora, portanto me fale se houver algo que minha interina possa fazer para ajudar a organizar a revisão.

✉ **Daniel Westbrooke — 5/1/00, 9:32**
Para: David Crutton
Cc:
Assunto: quanto mais cedo se faz uma revisão, melhor!

Minha interina me passou o recado sobre a revisão da Coca. Excelente! Concordo que devemos estar com o trabalho em cima da mesa o mais rápido possível. Espero que as nossas *wunderkinder* do Departamento de Criação não nos decepcionem. Não acho que nenhuma delas já tenha chegado — conhecendo-as como as conheço, devem ter ficado mourejando até o cantar do galo. Me avise quando começar. Estou pronto e aguardando.

✉ **debbie_wright@littlewoods/manchester.co.uk**
5/1/00, 9:45

Para: lorraine_pallister@millershanks-london.co.uk
Cc:
Assunto: Salford responde

Fizemos contato! Parabéns, menina! Publicidade paga uma nota, não paga? Quanto você está ganhando? Vinte mil? Mais? Salford está a mesma coisa de sempre, mas também só faz uma semana que você foi embora, de modo que não deu tempo de mudar nada. Agora, eu vi o Terry no Pizza Hut, parecendo deprimido ou bêbado — não deu para ter certeza. Tenho que ir. Aqui não é como no seu novo emprego — a gente tem que trabalhar no duro. Te ligo em breve. Beijão, Debs.

✉ **David Crutton — 5/1/00, 10:04**

Para: Daniel Westbrooke
Cc:
Assunto: quanto mais cedo se faz uma revisão, melhor!

Eu estava participando a você que queria revisar o trabalho, não lhe pedindo para estar lá. Por favor, preste atenção.

✉ **David Crutton — 5/1/00, 10:09**

Para: Simon Horne
Cc: Susi Judge-Davis
Assunto: você está vivo?

Já enviei um e-mail para você hoje de manhã, mas não recebi nenhuma resposta. Aliás, parece que todo o meu pessoal já tentou entrar em contato com você, sem sucesso. Não estou a fim de problemas hoje, Simon. Você e eu vamos revisar a Coca às 11:30 em ponto.

✉ **Brett Topowlski — 5/1/00, 10:20**
Para: Liam O'Keefe
Cc:
Assunto: merda, deixa eu te apresentar ao ventilador

Susi disse que o Crutton ficou louco de pedra. Ela não sabe por quê, mas ele quer uma revisão da Coca *às 11:30 de hoje*! *Merda!* Tem alguma coisa? Eu e o Vin não temos porra de coisa nenhuma. Estávamos mamados ontem à noite. Onde é que você estava, pô? Você acertou na mosca, a Lol não estava usando calcinhas — tive que deixar meu isqueiro cair meia dúzia de vezes para ter certeza. Enfim, acabei de chegar, e tudo que a gente tinha em matéria de Coca subiu pelo nariz do Vin ontem à noite. Estou com um mau pressentimento.

✉ **Liam O'Keefe — 5/1/00, 10:27**
Para: Brett Topowlski
Cc:
Assunto: pescoço, deixa eu te apresentar à corda

Coca, hoje? Que é que tá havendo, pô? Desculpa eu ter te dado o bolo ontem de noite, mas a Pinki voltou do vidente com uma das suas auras criativas, de modo que a gente ficou trabalhando até de madrugada. Até me lembrei porque aturo a ela e seus CDs de Melissa Etheridge. Ela estava genial e teve uma idéia fantástica para a Mako.

E os seus problemas que se danem. Pensa só em mim. Sou oficial de incêndio, pomba!

✉ **Nigel Godley — 5/1/00, 10:50**
Para: Departamento de Contabilidade
Cc:
Assunto: façamos desta simulação de incêndio a melhor de todos os tempos!

Como seu oficial de incêndio designado, gostaria de chamar sua atenção para os diagramas que enviei a todos vocês. Eles determinam a posição em que vocês devem estar no início da simulação. Podem por favor sair do sistema às 11h23m e assumir seus postos precisamente às 11h25m? Desse modo, quando o alarme soar às 11h30m, vocês estarão no estado de prontidão ideal para evacuar o estabelecimento com rapidez e segurança.

E quem sabe desta vez não superaremos nosso recorde anterior de 3m21s? Boa sorte, escrete contábil!

Nige

David Crutton — 5/1/00, 10:52
Para: Susi Judge-Davis
Cc:
Assunto: resolve isso

Já mandei dois e-mails para o seu amo e senhor hoje de manhã, inutilmente. Você também me enrolou no telefone. Você me conhece bastante bem para saber que a paciência não se encontra na minha configuração genética. Portanto, vamos simplificar as coisas. A revisão da Coca *acontecerá* às 11:30. Se não acontecer, eu vou estrepar o seu patrão de tal maneira, que ele nunca mais vai arranjar um emprego em publicidade. Na verdade, ele vai ficar tão fodido e mal pago, que até o McDonald's vai pensar duas vezes antes de contratá-lo. Espero que você dê o recado para ele.

Susi Judge-Davis — 5/1/00, 10:54
Para: Simon Horne
Cc:
Assunto: ALERTA VERMELHO!

Lindinho, sua porta está trancada, você não atende o telefone nem responde aos e-mails. Tenho certeza de que deve estar vivendo um daqueles momentos de inspiração em que não pode ser perturbado, mas precisa saber que David está entrando em parafuso e dizendo coisas horríveis. Ele insiste na revisão da Coca às 11:30. Esse horário está bem para você, não está? Vou dizer que sim de qualquer maneira, antes que ele exploda... Bicotas, S.

✉ **Susi Judge-Davis — 5/1/00, 10:57**
Para: David Crutton
Cc:
Assunto: resolve isso

David, mil perdões pelo atraso com que respondo, mas é que está um pandemônio de trabalho aqui embaixo. Acabo de falar com Simon. Ele disse que às 11:30 está ótimo e que mal pode esperar!

✉ **Brett Topowlski — 5/1/00, 11:09**
Para: Liam O'Keefe
Cc:
Assunto: colhões, deixa eu apresentar vocês ao alicate

Susi acabou de passar por aqui para aprontar nosso material para a revisão das 11:30. Eu não disse a ela que não temos nada. Precisamos deste emprego — Vin ainda deve 400 mangos pela Fireblade dele, e eu há dias gastei 1.500 com o seguro da minha R1! Estamos fritos!

✉ **Liam O'Keefe — 5/1/00, 11:11**
Para: Brett Topowlski
Cc:
Assunto: o socorro está a caminho

Tenho um plano.

✉ **Liam O'Keefe — 5/1/00, 11:16**
Para: Departamento de Criação
Cc:
Assunto: SIMULAÇÃO DE INCÊNDIO

A simulação de incêndio que ocorrerá dentro de alguns minutos é muito importante. Como oficial de incêndio deste andar, fui informado de que o Corpo de Bombeiros de Londres estará nos observando, e que a renovação de nosso certificado de incêndio dependerá dos resultados. Parem o que estiverem fazendo quando o alarme soar e saiam do edifício calma e rapidamente. Ken Perry enfatizou que essa simulação tem precedência sobre quaisquer reuniões ou revisões que estejam marcadas para o mesmo horário.

Liam
Oficial de Incêndio Designado

✉ **Susi Judge-Davis — 5/1/00, 11:29**
Para: Simon Horne
Cc:
Assunto: EMERGÊNCIA!!

Simon, destranca a porta agora mesmo. David está descendo!!

✉ **Nigel Godley — 5/1/00, 12:05**
Para: Departamento de Contabilidade
Cc: David Crutton
Assunto: bom, mas podia ter sido melhor

Nosso tempo de evacuação de 3m17s é excelente e uma grande honra para o departamento de contabilidade. Tenho orgulho de ser seu oficial de incêndio. No entanto, fomos desbancados por um adversário de um posto surpreendente. O Departamento de Criação abandonou seu local de trabalho e já estava fora do prédio em menos de dois minutos.

Não é ótimo que outro departamento tenha resolvido disputar conosco o primeiro lugar em simulações de incêndio? Isso só pode servir para fazer com que melhoremos a qualidade do nosso desempenho. Proponho sessões de treinamento semanais. Assim, da próxima vez, aqueles fulaninhos da criação não terão vida fácil — Nige

✉ **Liam O'Keefe — 5/1/00, 12:07**

Para: Brett Topowlski

Cc:

Assunto: Naga-caramba-saki!

Você e o Vin não deviam ter se mandado para o bar logo depois da simulação, pois perderam um espetáculo de primeiríssima. Quando o alarme soou, o Crutton veio reto para o escritório do Horne. Como estava trancado, ele escorou um dos bombeiros e o mandou derrubar a porta a machadadas! Horne estava lá dentro, emborcado e seminu — completamente chumbado de alguma bebemoração de celebridades ontem à noite. Não tinha ouvido absolutamente nada. Não sabia da simulação, da revisão, de nada. Já vi o Crutton sair do sério antes, mas hoje foi para lá de Bagdá. Horne está chorando como um bezerro desmamado. Susi está dando comprimidos de Valium na boquinha dele como se fossem M&M's. E Ken Perry acaba de ser posto no olho da rua por ter tido a ousadia de fazer uma simulação de incêndio na mesma hora em que o Crutton queria ver um material para a Coca. Pelo andar da carruagem, vamos todos estar desempregados no fim do dia — mas vai valer a pena, pois poderemos assistir ao Apocalipse.

E alguns dias atrasado, ainda por cima.

✉ **David Crutton — 5/1/00, 12:21**

Para: Simon Horne

Cc:

Assunto: pulsão de morte...

... você tem uma? Em caso afirmativo, tem a mais pálida idéia de quão perto está de realizá-la? A única razão pela qual você ainda trabalha aqui é o fato de que, no momento, não tenho escolha senão mantê-lo no cargo. Com a campanha no ponto crítico em que se encontra neste exato momento, até um diretor de criação de estarrecedora incompetência é um pouco melhor do que nenhum. Vou almoçar. Quando voltar, às 15:30, nós *faremos* a revisão da Coca.

✉ **David Crutton — 5/1/00, 12:42**
Para: Lorraine Pallister
Cc:
Assunto: cocô

Como se já não bastasse a merda metafórica que está circulando neste escritório hoje, temos uma superabundância da legítima no banheiro dos executivos. As privadas estão entupidas e transbordando. Mande o pessoal da manutenção desentupi-las enquanto eu estiver almoçando. Se não for possível, faça isso você mesma.

✉ **Lorraine Pallister — 5/1/00, 12:54**
Para: David Crutton
Cc:
Assunto: cocô

Acho que temos um problema. Como o senhor despediu Ken Perry, ninguém sabe onde ficam os rodos e os desentupidores. Quanto a desentupi-las eu mesma, só lido com a dita-cuja metafórica. Sinto muito.

✉ **Simon Horne — 5/1/00, 12:59**
Para: Susi Judge-Davis
Cc:
Assunto: obrigado

Lindinha, você simplesmente salvou a minha vida hoje.

Você parece ser a única pessoa que verdadeiramente compreende a panela de pressão em que trabalho. Obrigado por sua solidariedade.

Será que pode me fazer dois favores antes de sair para almoçar?

O primeiro é avisar meu departamento que agora a revisão da Coca será às 15:30, e que não quero saber de atrasos.

A segunda é chamar alguém da manutenção para trocar minha porta. Não se pode esperar que meu trabalho renda sem algum tipo de barreira protetora para me isolar das hordas ignorantes.

E, quando sair, será que pode dar um pulinho na Dickens and Jones e comprar um perfume bem gostoso para a Celine? Você sabe o que ela usa.

Por algum motivo insondável, ela não quis me deixar entrar em casa ontem à noite.

✉ **lorraine_pallister@millershanks-london.co.uk.**
5/1/00, 13:05
Para: debbie_wright@littlewoods/manchester.co.uk
Cc:
Assunto: Londres chama novamente

Não sei nem por onde começar, menina! Teve uma simulação de incêndio hoje de manhã e isso aqui virou a maior muvuca. Da próxima vez que eu for aí, compra uma garrafa de Bacardi que eu te conto tudo nos mínimos detalhes.

Em seguida, o Patrão me mandou limpar as privadas. Ele é uma fera de quem todo mundo se borra de medo, mas, se pensa que vou manipular os desintupidores dele, vai ter que me pagar muito mais do que 8 paus por hora. Mandei ele enfiar a escova de vaso no rabo. Não exatamente nesses termos, mas dá para pegar o espírito da coisa. Ele foi almoçar, e acho que vou perder o emprego quando voltar. Por via das dúvidas, não manda o seu e-mail para cá. Eu te aviso.

E não se esqueça: por mais chato que seja processamento de pedidos de televendas, pelo menos não é um hospício — Lol

✉ **Susi Judge-Davis — 5/1/00, 13:07**
Para: Departamento de Criação
Cc:
Assunto: revisão da Coca

Esta é para informar a vocês que a revisão da Coca marcada para hoje de manhã foi transferida para as 15:30, no escritório de Simon. Ele também me pediu para avisar que, depois da maneira atroz como vocês o decepcionaram hoje, não tolerará faltas.

✉ **Susi Judge-Davis — 5/1/00, 13:09**
Para: Simon Horne
Cc:
Assunto: obrigado

Si, meu lindinho, é muita generosidade sua, mas, por favor, não me agradeça. Afinal, se não fosse por sua força e lucidez em momentos de alto estresse, eu não seria um décimo da pessoa que sou. Você me ensinou tanto!

Avisei o departamento sobre a revisão. Sei que você é bondoso demais para fazer isso, de modo que também lhes disse que desta vez você não admitirá gazetas. Falei sobre a porta com a Shanice do Ken Perry e ela está tentando encomendar uma nova. Mas é capaz de haver problemas com a instalação. Depois que Ken foi despedido, ninguém faz a menor idéia de onde fica a chave do armário de ferramentas... Bicotas, S.

✉ **Daniel Westbrooke — 5/1/00, 13:50**
Para: Shanice Duff
Cc:
Assunto: portas do edifício

Estou com uma delegação de clientes do Canal LOVE esperando no meio da rua. Eles estão mortos de frio e encharcados até os ossos — principalmente as duas encantadoras jogadoras de sinuca topless. As portas automáticas se recusam a abrir. Meu palpite é de que isso se deva a algum curto-circuito, mas, como não entendo nada de eletrônica, quem pode saber?

Você deve estar sabendo que estamos para filmar um comercial de TV *caríssimo* para a LOVE, e essa está longe de ser a maneira de incutir neles confiança na nossa capacidade.

Creio que, na imprevista ausência de Ken Perry, a responsabilidade recai sobre você. Eu lhe ficaria profundamente grato se essa constrangedora situação pudesse ser remediada imediatamente.

Daniel Westbrooke
Diretor de Atendimento

✉ **Liam O'Keefe — 5/1/00, 13:53**
Para: Brett Topowlski
Cc:
Assunto: sejam bem-vindos

Se você e o Vin tiverem conseguido se espremer por entre as duas gatas da LOVE (Patsi e Despina — como grande fã de sinuca, eu reconheceria aquelas bolas 6 em qualquer lugar) e em seguida passar pelas portas defeituosas, este será o segundo e-mail que lêem depois do da Susi sobre a revisão das 15:30. Bom, tinha que acontecer, mas pelo menos descolei quatro horas extras para vocês. A Buda Cor-de-Rosa e eu ressuscitamos aquela campanha que fizemos no ano passado para a cerveja Abbott. Horne nunca vai se lembrar dela — estava ligadão quando a rejeitou. Estou trocando as latas de cerveja nos storyboards por latas de Coca. Pinki está tendo problemas com o slogan "Amarga, eu?". Não é nada mole de adaptar para a Coca.

✉ **Brett Topowlski — 5/1/00, 14:17**
Para: Liam O'Keefe
Cc:
Assunto: sejam bem-vindos

Acabamos de chegar agorinha. Um sujeito de macacão tinha levantado uma folha inteira de vidro quadriculado e estava ajudando as tchutchucas da LOVE (*que, como você já deve saber, só estão na agência para fazer uma prova de guarda-roupa para o nosso maravilhoso comercial de TV que em breve filmaremos nas idílicas praias de Maurício*) a subir aos trancos e barrancos uma escada doméstica para passar pelo buraco... bem-vindo à Miller Shanks, na vanguarda da tecnologia moderna.

Acabamos de tomar cinco cervejas cada um, mas mesmo assim tivemos uma idéia espetacular para a Coca.

Entregue os pontos.

✉ **Nigel Godley — 5/1/00, 14:24**
Para: Todos os Departamentos
Cc:
Assunto: artigos de escritório

Se algum de vocês tiver tido problemas no acesso ao armário de artigos de escritório após a saída de Ken Perry, talvez se interesse em saber que disponho de um estoque de clipes de papel em cores sortidas e grampos em dois tamanhos. Embora sejam de minha propriedade, terei muito prazer em ajudar a companhia durante este período de escassez. Este estoque é limitado, portanto, apenas os realmente necessitados, por favor.

✉ **Simon Horne — 5/1/00, 14:33**
Para: David Crutton
Cc:
Assunto: pulsão de morte...

David, devo-lhe um pedido de desculpas pela impressão que causei hoje de manhã. Compreendo perfeitamente que, em meio ao charivari da simulação de incêndio, meu estado kármico de criatividade era passível de ser interpretado como algo menos produtivo.

Por mais bizarro que possa parecer, é repousando deitado de costas, só de cueca, que invariavelmente tenho minhas melhores idéias.

O processo artístico desafia qualquer tentativa de racionalização.

Conta a lenda que Bernie Taupin, um de meus ídolos, mandou reconstruir, nos fundos de seu jardim em Beverly Hills, o galpão onde seu pai fazia trabalhos manuais.

É ali que ele escreve todas as suas letras.

Quando o resultado é algo tão etereamente sublime quanto "Candle in the Wind" é que compreendemos como seria boçal debochar de sua excentricidade.

Mas estou digredindo. Escrevo para lhe dar a novidade de que a solução para o desafio da Coca me ocorreu durante meu devaneio. A incansável Susi está imprimindo os roteiros enquanto digito este e-mail.

Gostaria imensamente que você tivesse uma prévia da revisão das 15:30.

Você tem todo o direito de discordar, é claro, mas creio que é a idéia publicitária que os senhores e senhoras de Atlanta sempre mereceram, mas, até hoje, jamais tiveram.

Si

✉ **David Crutton — 5/1/00, 14:38**
Para: Simon Horne
Cc:
Assunto: pulsão de morte...

Sobe aqui com o trabalho. Espero sinceramente que seja tão magnífico quanto você dá a entender.

✉ **Simon Horne — 5/1/00, 14:39**
Para: Susi Judge-Davis
Cc:
Assunto: calças

Já conseguiu secar as minhas calças, lindinha? Traz elas aqui disfarçadamente, pois preciso ver David já.

✉ **Susi Judge-Davis — 5/1/00, 14:40**
Para: Simon Horne
Cc:
Assunto: calças

Ainda estão um pouco úmidas no gancho, fofinho, mas acho que dão para o gasto. Vou colocá-las no secador de ar quente do banheiro... Bicotas, S.

Nigel Godley — 5/1/00, 14:41
Para: Todos os Departamentos
Cc:
Assunto: artigos de escritório

Os clipes de papel azuis e amarelos já acabaram, mas ainda tenho bastantes em outras cores. Venham buscá-los! Nige

Shanice Duff — 5/1/00, 14:45
Para: Rachel Stevenson
Cc:
Assunto: SOCORRO!

Olá, Rachel. Estou desesperada para falar com você, mas seu telefone não atende. Acabei de voltar atrasada do almoço e encontrei um bilhão de recados grosseiros na minha caixa-postal e no meu e-mail. Como você sabe, exigiram que o Ken fosse embora imediatamente, e agora está tudo dando errado. Não tenho a menor idéia do que fazer. É verdade que o David também vai me despedir se eu mesma não desentupir a privada dele? Por favor, me telefone. Estou começando a ter uma das minhas enxaquecas.

lorraine_pallister@millershanks-london.co.uk.
5/1/00, 14:55
Para: debbie_wright@littlewoods/manchester.co.uk
Cc:
Assunto: ainda estou aqui

Debbie, pode responder aos meus e-mails à vontade. O Patrão me adora — pode não ter dito "desculpe" com todas as letras, mas chegou bem perto disso (lê o e-mail anexo para ter uma idéia das coisas que eu tenho que agüentar). Preciso te contar o que acabou de acontecer. Tem um boiola chamado Horne no departamento de criação. Subiu agora mesmo com uns roteiros de TV para a Coca. Entrou na sala com ar de rei da cocada preta e leu as idéias dele em voz alta para o Patrão. Tinha criado umas bolhinhas animadas que cantavam "Pop! Nós somos um estouro", achando que eram o máximo. O Patrão comentou que era um plágio das batatas Pringles misturado com alguma coisa que Horne fez cinqüenta anos atrás para o Fun Pops ou outro qualquer. E que, mesmo que não fosse, anda assim seria uma merda. Horne ficou ofendido e o Patrão ficou verde — não conseguia respirar, as mãos agarradas à mesa. Achei que estava tendo um ataque do coração e tentei me lembrar dos primeiros-socorros do Manual das Bandeirantes, mas, pelo visto, é assim que ele sempre fica quando perde a cabeça. Horne rompeu em lágrimas. Se não ganhasse 300.000 contos, eu até seria capaz de ficar com pena do infeliz. Essa é uma reunião normal no escritório do Patrão. Mal posso esperar para começar no departamento de criação. Horne pode ser um palhaço, mas pelo menos o departamento dele é superdivertido. Sou bem capaz de ir para a cama com aquele Bart/Brad (o nome verdadeiro dele é Liam). Ele vive me mandando torpedos calientes, e eu babo por uma carta de amor...

Beijão da Lol

ANEXO

✉ **David Crutton — 5/1/00, 14:41**
Para: *Lorraine Pallister*
Cc:
Assunto: *sorry seems to be the hardest word...*

... portanto, não vou dizê-la. Embora você não tenha propriamente suado a camisa para chegar ao seu cargo, continua sendo a secretária mais eficiente que tenho há um bom tempo. Meu e-mail anterior sobre o banheiro foi irônico — vocês não usam de ironia em Manchester? Só queria que os vasos fossem consertados. Tenho certeza de que uma moça tão inteligente como você encontrará uma solução. E me traz um chá.

✉ **Rachel Stevenson — 5/1/00, 15:10**
Para: Todos os Departamentos
Cc:
Assunto: assuntos de manutenção

Como vocês já devem estar a par, a inesperada saída de Ken Perry coincidiu com uma série de problemas de manutenção. Compreendo que está uma sauna no primeiro andar e um frio glacial no quarto, mas estamos resolvendo as coisas da melhor maneira possível. Nesse ínterim, vale a pena lembrar que há pessoas no mundo passando por dificuldades muito maiores do que falta de ar-condicionado e baixos estoques de toner. Um pouco mais de bom senso e um pouco menos de histeria, por favor.

Rachel Stevenson
RH

✉ **Harriet Greenbaum — 5/1/00, 15:13**
Para: Simon Horne
Cc: David Crutton
Assunto: Mako

Só um pequeno lembrete: não se esqueça de que temos uma revisão da Mako marcada para hoje. Você não arranjou uma hora para mim, e Susi se recusa sequer a anotar qualquer coisa na sua agenda. Compreendo que no momento você está com a Coca na cabeça (no sentido não-narcótico da expressão, é claro). Tenho certeza de que me telefonará assim que acabar.

✉ **David Crutton — 5/1/00, 15:25**
Para: Simon Horne
Cc:
Assunto: horas atrás

Avaliei e reavaliei o seu trabalho para a Coca e ainda não consigo ver a diferença entre o seu slogan e o da Pringles. Eu até poderia analisá-lo com mais calma, mas, vá por mim, é uma Bosta com B maiúsculo. De mais a mais, até os retardados da sala de correspondência perceberiam a semelhança flagrante entre a sua criação de hoje e aquela baboseira do Fun Pops que você lhes impingiu quando eles ainda estavam no jardim-de-infância.

Weissmuller me convocou para uma teleconferência, de modo que não vou comparecer à revisão das 15:30. Espero que durante a minha ausência você tire da cartola algum coelho esplendoroso que me deixe boquiaberto.

E, só para mostrar a você que não sou um filho-da-mãe completo, ainda gosto do seu trabalho para a Mako. Talvez você não seja totalmente imprestável.

✉ **Susi Judge-Davis — 5/1/00, 15:26**
Para: Departamento de Criação
Cc:
Assunto: HORA DA REVISÃO

Fila indiana na porta do escritório de Simon. Agora, por favor.

✉ **pertti_vanhelden@millershanks-helsinki.co.fin**
5/1/00, 15:33 (hora local 17:33)
Para: david_crutton@millershanks-london.co.uk
Cc:
Assunto: horas atrás

Estou acabando de acabar de ler seu e-mail para seu Diretor de Criançada. Como estou solidarizando-me com sua crise! Sabe, quando a pessoa está pondo os olhos na genialeza, como você está com nossa idéia para a Coca-Cola, todo resto inimitavelmente se recolhe a sua mais supimpa insignificância. E devo estar dizendo que num dia normal você certamente estaria adorando uma idéia tão brilhante que está lembrando-o das fantásticas propagandas da Pringles. Ainda assim, meu amigo, se todo este arrufo está-o deixando abatido, por que não cantar:

Vem comigo fazer chuá
A onda que chegou pra ficar
Tchau-tchau pra deprê, bye-bye pro buá
Chegou a melô do chuá!

Pense coisas alegres — Pertti

✉ **Pinki Fallon — 5/1/00, 16:18**
Para: Harriet Greenbaum
Cc:
Assunto: está desocupada?

Liam e eu temos uma idéia para a Mako para te mostrar que achamos que cabe como uma luva. Deveríamos levá-la para o Simon primeiro, mas acabamos de revisar a Coca juntos e ele está num estado de espírito negativo, de modo que provavelmente não adiantaria nada. Sabemos o quanto estão pressionando você, então desce aqui que nós acabamos com o seu sofrimento... ☺

✉ **David Crutton — 5/1/00, 16:19**
Para: Simon Horne
Cc:
Assunto: com o coração no mamão

A esta altura você já deve ter acabado de revisar a Coca e de separar a poia do trigo. Eu gostaria de ver as idéias vitoriosas, já que acabo de passar quase meia hora no telefone garantindo ao pessoal de Nova York que estamos no caminho certo para faturar essa conta.

✉ **Simon Horne — 5/1/00, 16:24**
Para: David Crutton
Cc:
Assunto: com o coração no mamão

Peço-lhe desculpas em nome de meus subordinados.

Eles me decepcionaram com seu trabalho medíocre e mal-acabado. Daqui a pouco vou marcar outra revisão para amanhã à mesma hora.

Creio que, assim que a concorrência acabar, vale a pena fazer uma faxina geral no departamento.

Sei que tenho sido indulgente demais com eles.

Finalmente, embora seja algo que eu hesite em dizer na atual conjuntura, quem sabe, à luz calma de uma nova manhã, os méritos da campanha da Coca que lhe mostrei horas atrás não se tornarão mais evidentes?

Si

David Crutton — 5/1/00, 16:26
Para: Simon Horne
Cc:
Assunto: com o coração no mamão

Não se tornarão, não senhor.

Liam O'Keefe — 5/1/00, 16:27
Para: Vince Douglas
Brett Topowlski
Cc:
Assunto: babacão

Se é que a minha opinião vale alguma coisa, achei a sua idéia para a Coca do cacete — "cOKe"! Estavam o tempo todo debaixo do meu nariz — as duas palavras mais universais do planeta bem ali, na porcaria da lata. Horne é mais babaca ainda do que eu pensava por recusar a idéia. Aliás, ele baixou o pau em tudo que viu. Ou quer perder essa concorrência, ou teve alguma idéia fantástica — não, esquece essa última frase (louvado seja São Nunca etc.). Lá vou eu. Harriet acaba de entrar, e está contrabandeando melões. Até mais.

✉ **Simon Horne — 5/1/00, 16:30**
Para: Departamento de Criação
Cc:
Cco: David Crutton
Assunto: que fiz eu para merecer vocês?

Estou profundamente decepcionado com todos vocês.

Não, pior do que decepcionado.

Magoado.

Passo a vida salvando a pele de vocês.

E vocês me retribuem com um desfile de idéias que constitui o mais deprimente arremedo de publicidade que já tive a infelicidade de ver na minha vida.

Às 15:30 de amanhã, revisaremos a Coca-Cola mais uma vez.

Essa é a sua última chance.

Estou falando muito sério.

Si

✉ **Nigel Godley — 5/1/00, 16:31**
Para: Todos os Departamentos
Cc:
Assunto: dou-lhe uma, dou-lhe duas...

Os grampos e clipes de papel já acabaram, mas ainda tenho bloquinhos (com pauta e sem pauta) e Bics verdes. — Nige

✉ **Simon Horne — 5/1/00, 16:36**
Para: Vince Douglas
Brett Topowlski
Cc:
Cco: David Crutton
Assunto: AVISO FINAL

Cavalheiros, abstive-me de citá-los nominalmente na minha nota para o departamento a fim de poupá-los deste constrangimento.

No entanto, gostaria que soubessem que a sua idéia para a Coca foi a pior das piores.

Se crêem que podem me convencer de que realçar as letras "OK" do nome da marca é *l'idée grande* que conquistará para nós uma conta multimilionária, então devem pensar que estou neste ramo há cinco minutos.

Foi aquém de patético.

Por muito tempo acalentei a vã esperança de que seu palavreado vulgar e aparência mal-ajambrada ocultassem a inteligência rápida de dois autênticos profissionais da área da criação.

Ledo engano.

Talvez vocês apenas já estejam em clima de férias, diante da perspectiva de voar nas asas de um boeing rumo a Maurício na semana que vem para filmar o comercial da LOVE. Terei o maior prazer em retirar esse enorme peso de cima de vocês e realizar eu mesmo o trabalho, se isso fizer com que vocês voltem a sua fascinada atenção para a Coca.

E, assim que dispuser de um minuto, Vince, talvez possa ter a bondade de escrever num pedaço de papel exatamente de que modo você pensa que uma camiseta com os dizeres "MOSTREMOS NOSSOS (RES) PEITOS PARA O DIRETOR DE CRIAÇÃO" pode ser considerada o uniforme de um profissional de alto nível. Eu adoraria saber.

Si

Harriet Greenbaum — 5/1/00, 16:43
Para: James Gregory
Katie Philpott
Cc:
Assunto: ufa!

Pinki e Liam me deram uns roteiros e cartazes para a Mako que me fizeram sorrir pela primeira vez em semanas. Venham dar uma olhada neles imediatamente e me digam que a pressão para salvar essa conta não ferrou completamente o meu senso crítico.

✉ **debbie_wright@littlewoods/manchester.co.uk**
5/1/00, 16:45
Para: lorraine_pallister@millershanks-london.co.uk
Cc:
Assunto: ainda estou aqui

Que bom que você não perdeu seu emprego, amiga. Só um conselho em relação a esse affair Bart/Brad/Liam: não se esqueça do que aconteceu quando você foi para a cama com aquele cara no Hacienda, porque achou que ele se parecia com Goldie... Debs

✉ **Katie Philpott — 5/1/00, 16:58**
Para: Liam O'Keefe
Cc:
Assunto: gênio!

Harriet acabou de mostrar a James e a mim sua idéia para a Mako, e acho que é absolutamente, totalmente brilhante! Parabéns! Não sei como vocês da criação têm essas idéias. Eu não tenho uma gota de criatividade — sou tapada de pai e mãe! Até mais tarde, cérebro privilegiado. — Katie P

✉ **Harriet Greenbaum — 5/1/00, 16:59**
Para: Lorraine Pallister
Cc: David Crutton
Assunto: urgente

Lorraine, será que posso ir aí falar com David assim que ele sair da reunião? É um assunto muito urgente. É sobre a Mako e uma idéia em que ele *precisa* dar uma olhada.

✉ **Rachel Stevenson — 5/1/00, 17:00**
Para: Nigel Godley
Cc:
Assunto: dou-lhe uma, dou-lhe duas...

Nigel, não quero ser indelicada, pois aprecio muitíssimo a sua dedicação à companhia. Porém, o CPD me disse que seus e-mails estão congestionando o servidor, que já está sobrecarregado. Também recebi várias queixas de pessoas cansadas de perderem seu tempo com memorandos triviais. Como já disse, seu empenho é apreciado. Por favor, continue assim. Apenas modere nas circulares.

✉ **Harriet Greenbaum — 5/1/00, 17:02**
Para: James Gregory
Katie Philpott
Cc:
Assunto: larguem tudo

David quer nos ver imediatamente. No escritório dele, dentro de dois minutos.

✉ **Brett Topowlski — 5/1/00, 17:04**
Para: Liam O'Keefe
Cc:
Assunto: babacão

Você, elogiando o nosso trabalho? Deve ser mesmo brilhante, cara. Horne esculachou a gente em grande estilo. Não deixou passar nada, nem a camiseta do Vin. Até ameaçou tirar a gente do comercial da LOVE... babaca. Falei no telefone com a headhunter. Vin ligou para a mãe dele. Disse que uma vez ela foi à escola e baixou o braço no professor de matemática dele por lhe dar uma nota baixa. O professor precisou fazer uma plástica reparadora na orelha. Letitia, a headhunter perua, não tinha porra nenhuma em matéria de empregos, de modo que acho que vamos chamar a sra. Douglas e o seu taco de beisebol para darem um pulinho aqui. Estamos de saída para o BZ — não adianta ficar por aqui quando não somos bem-vindos. Te vejo lá.

✉ **Nigel Godley — 5/1/00, 17:07**
Para: Todos os Departamentos
Cc:
Assunto: censura

A Godley's Artigos de Escritório acaba de fechar as suas portas. Ao que parece, *certas pessoas* nesta companhia não querem ver iniciativa nos seus escalões mais humildes. Estou absolutamente convicto de que farei companhia a Ken e a Carla debaixo da ponte por escrever este e-mail, mas sempre fui a favor de expressar minhas opiniões com franqueza. Estarei no Earl of Wessex às seis, caso alguém queira tomar uma cerveja de despedida comigo.

Nige
P.S. Também gostaria de observar que, ao contrário do pretensamente "descolado" Bar Zero, o Wessex renuncia às cervejas importadas "chiques" e serve uma excelente dose da verdadeira cerveja britânica, para não falar dos torresminhos.

✉ **David Crutton — 5/1/00, 17:17**
Para: Pinki Fallon
Cc:
Assunto: Mako

Harriet me mostrou a sua idéia para a Mako e devo dizer que é do caralho. Vem ao meu escritório às 17:30 para discutirmos. Até lá, você e o seu parceiro avacalhado podem ir pensando num jeito de contar ao seu patrão que andaram trabalhando pelas costas dele.

✉ **David Crutton — 5/1/00, 17:19**
Para: Rachel Stevenson
Cc:
Assunto: quem?

Me orgulho de ser um CEO humano e bem entrosado com a sua equipe, mas por favor me responda a estas três perguntas: quem diabo é "Nige", do que ele está falando e é o caso de eu me lixar?

✉ **Liam O'Keefe — 5/1/00, 17:20**

Para: Vince Douglas
Brett Topowlski

Cc:

Assunto: babacão

Rapazes, solidarizo-me cem por cento com vocês neste momento difícil. Crutton quer falar com a Pinki e comigo sobre a Mako. Ainda não mostramos o trabalho ao Horne, de modo que pode ser divertido quando o segredo for para o espaço. Vou estar no BZ depois disso. Lol também vai. E, por falar nisso, estou recebendo e-mails de tietagem explícita da nova secretária, a Katie. Ela está afinzona de mim. Mas já viu a bundaça da criatura? E tem um olhar de doida. Parafusos frouxos, não tem nem talvez.

✉ **pertti_vanhelden@millershanks-helsinki.co.fin**
5/1/00, 17:32 (hora local 19:32)

Para: David Crutton

Cc:

Assunto: quem?

Você deve estar mais sobrecarregador de trabalho do que estou percebendo para não conhecer Nige Godley. Ele sem dúvida é um Pilar de Hércules na rede Miller Shanks. Há um bom-bocado de tempo seu Nige e Matti Littmanen de nosso departamento de contabilidades estão trocando e-mails produtivos que resultam num sistema informático hipermente eficiente para controlar nosso hall de artigos de escritórios. Isso foi um fator contribuinte importante em nos tornarmos o 11° escritório mais rendoso da organização européia.

Mas ele não é só trabalho, trabalho, trabalho. Ele está sendo um parceiro entusiasmador num intercâmbio cultural com o fã-clube de *Estação Espacial Babylon* 5 aqui em Helsinque. Já estou recomendando Nige a Jim Weissmuller para um alto cargo na rede. Ele é exatamente o tipo de personalidade com previsão de futuro que necessitamos para enfrentar os desafios dos próximos 2.000 milênios.

Que a Força esteja com você — Pertti.

✉ **David Crutton — 5/1/00, 17:38**
Para: Chandra Kapoor
Cc: Rachel Stevenson
Assunto: responda, Kapoor, seu tempo acabou

Você faz exatamente o quê encafuado nessa sua toca no subsolo? Macramé? Tai chi chuan? Ou apenas senta a bunda numa poltrona e vê televisão? Porque, seja lá o que for, não está consertando a porra do defeito no meu e-mail. Você tem até amanhã de manhã.

✉ **Letitia Hegg/letitia@tavistockhegg.aol.co.uk**
5/1/00, 17:44
Para: simon_horne@millershanks-london.co.uk
Cc:
Assunto: novas estrelas no firmamento

Si, meu amor, obrigada pelos coquetéis de Natal em *la casa Horne*. É sempre um prazer, e estou para conhecer alguém com maior erudição sobre as regiões vinicultoras da Espanha do que *el Horneo*.

Falemos de negócios. Estou com uma dupla que você vai simplesmente querer cair de boca em cima. Simpáticas, talentosas e super-hiper-ultrapremiadas, são a nova sensação da publicidade italiana. Agora estão loucas para arriscar a sorte na arena mais difícil de todas. O inglês delas é meio estranho, mas hoje em dia o que conta é o visual, não é mesmo? Palavras são uma coisa tão século XX! Por enquanto elas são meu segredinho, mas isso não vai durar. Trevor Beattie já está farejando, e logo, logo o avança vai ser geral. Se estiver interessado, elas saem por menos de 150.000 por ano. Quer que eu mande os currículos delas por fax para você?

Me avise correndinho. Beijos na translumbrante Celine — Ósculos da Letty

P.S. Não fui eu que lhe contei, mas aqueles seus dois rapazes, Vince e Brett, andam sondando o terreno.

✉ **Nigel Godley — 5/1/00, 17:54**
Para: Todos os Departamentos
Cc:
Assunto: BEBIDAS

É só para informar que estou de saída para o Wessex, caso alguém esteja a fim de se encontrar comigo na recepção para me acompanhar no curto trajeto até lá. E fiquem *as potestades* sabendo que não me calarei, e que parto de cabeça erguida — Nige

✉ **David Crutton — 5/1/00, 18:01**
Para: Simon Horne
Cc:
Assunto: Mako

Não me pergunte como foi parar lá, mas estou com um novo trabalho para a Mako em cima da mesa. Na minha opinião, não é nada mau. Gostaria de ver o que o seu departamento apronta quando você está semiconsciente e só de cueca no sofá?

✉ **Rachel Stevenson — 5/1/00, 18:03**
Para: Nigel Godley
Cc:
Assunto: BEBIDAS

Nigel, provavelmente já é tarde para pegar você no seu micro, mas quero frisar que ninguém o está despedindo, nem mesmo cogitando de fazê-lo. Meu e-mail anterior foi apenas um toque amigável para você pegar mais leve no sistema. Mas parece ter surtido o efeito contrário de deixar seu dedo mais afoito no mouse do que nunca. No futuro, não direi mais nada. Por ora, espero que você esteja à sua mesa amanhã de manhã.

✉ **Simon Horne — 5/1/00, 18:22**
Para: Pinki Fallon
Cc: Harriet Greenbaum
Cco: David Crutton
Assunto: Mako

Acabo de ver seu assecla, O'Keefe, se esgueirando do edifício como o rato que é, mas talvez você possa me honrar com sua presença.

Gostaria que você me explicasse por que motivo uma campanha para a Mako rodou meio mundo até chegar ao escritório do CEO sem se aproximar um milímetro sequer do sistema de controle de qualidade.

Qual seja, eu.

Obviamente, a diretora da conta terá muitas satisfações a dar, e discutirei o assunto com ela no seu devido momento.

No entanto, Pinki, considero sua participação nessa cachorrada uma traição pessoal.

Fui eu que contratei você.

Fui eu que sempre apoiei você, apesar das suas inúmeras visitas durante o expediente aos mais variados charlatães de Londres.

Uma coisa sobre a qual me estenderei durante a conversa que estamos para ter é a facilidade com que posso pôr um ponto final no nosso relacionamento profissional.

Si

✉ **Harriet Greenbaum — 5/1/00, 18:26**
Para: Simon Horne
Cc: David Crutton
Cco: Pinki Fallon
Liam O'Keefe
Assunto: devagar com o andor

Simon, antes que você tome uma atitude lamentável em relação à melhor funcionária do seu departamento, será que posso tentar esclarecer a questão? Caso ainda se lembre, você nos prometeu uma revisão da Mako no seu escritório hoje à tarde. Tentei cobrá-la de você, mas você não me atendeu ao telefone nem respondeu ao meu e-mail. Compreendo que estava assoberbado com a campanha da Coca, mas esse não é o único briefing na sua mesa que tem prioridade máxima. Ao contrário da Coca, a Mako é um cliente concreto, que paga salários concretos, e está fazendo uma pressão enorme para entregarmos a campanha. Dada a sua inacessibilidade, tomei a iniciativa de dar uma olhada no trabalho de Pinki e Liam e de levá-lo para David. Se houver algum problema, me procure e fale sem rodeios.

No entanto, creio que o nosso tempo seria mais bem aproveitado se discutíssemos as relativas vantagens da campanha com Reeves e Mortimer e as do novo trabalho, que tanto eu quanto David achamos muito, muito bom.

✉ **Pinki Fallon — 5/1/00, 18:58**
Para: Harriet Greenbaum
Cc:
Assunto: devagar com o andor

Harriet, acabo de ler o seu e-mail. Obrigada por nos defender, mas é tarde demais.

Ainda há pouco ouvi de Simon o que um cachorro não escuta. Quando ele me chamou de"f.d.p", não agüentei mais e me demiti. Já estou cansada de viver tentando ajudar e em troca ser tratada dois dedos abaixo do cu do gato, se me perdoa a expressão. Vou ver se Liam está no Bar Zero agora. Liga para mim em casa amanhã. Vou sentir sua falta... ☺

✉ **Simon Horne — 5/1/00, 18:59**
Para: David Crutton
Cc:
Assunto: pequeno problema

David, se ainda estiver aí, preciso falar com você urgentemente.

Acabo de ser obrigado a despedir Pinki.

Como terei oportunidade de lhe explicar, seu comportamento indigno não me deixou opção.

Estou subindo para aí agora.

Si

✉ **Nigel Godley — 5/1/00, 23:36**
Para: Todos os Departamentos
Cc:
Assunto: ainda estou aqui!!!!

Dei uma passadinha aqui para tirar os badulaques da minha mesa e, pelo visto, ainda estou empregado. Isso só serve para mostrar que, quando se mostra um pouco da clássica coragem britânica, as *cabeças coroadas* põem o rabo entre as pernas, é ou não é? Assim sendo, acho que vou ficar por aqui mais um pouco — essas faturas não vão para o arquivo sozinhas. Se tiver mais alguém por aí trabalhando, chega mais para tomar um café comigo.

Nige

P.S. Ao voltar, encontrei na recepção uma peça de lingerie feminina caída em frente à porta do elevador. É tamanho 40, verde-esmeralda, 100% poliéster com a frente rendada, meio sujinha. Caso seja de alguém, está bem guardada na minha gaveta. Por favor, sinta-se à vontade para vir buscá-la.

Quinta-feira, 6 de janeiro

▼

✉ **Simon Horne — 6/1/00, 8:31**
Para: Departamento de Criação
Cc: Rachel Stevenson
Cco: David Crutton
Assunto: mudança na equipe

Lamento informar que fui obrigado a rescindir o contrato de trabalho de Pinki Fallon ontem à noite.

Sem dúvida, será um choque para todos vocês.

O decoro me impede de entrar em detalhes, mas, por favor, estejam certos de que não tive escolha.

Obviamente, isso aconteceu num momento muito difícil. Agora, o ritmo de trabalho em que estávamos ontem se centuplicará.

Mas tenho certeza de que todos vocês hão de se dar as mãos pelo bem da companhia.

Se arregaçarmos as mangas e salpicarmos uma pitada de pozinho mágico, poderemos vencer a concorrência da Coca-Cola.

Vamos provar que os nossos detratores estão errados.

Revisaremos às 15:30 da tarde.

Surpreendam-me.

Si

David Crutton — 6/1/00, 8:45
Para: Simon Horne
Cc:
Assunto: mudança na equipe

Ora, ora, não é fascinante? Pinki vai embora e nós temos não uma, mas duas deliciosas versões das circunstâncias.

Versão número 1: ontem à noite você me disse que a tinha despedido. Alegou que ela não lhe deixara escolha, quando o chamou de "filho-da-puta escroto que não tem competência para escrever nem o slogan de desempate de um quiz dos sucrilhos Kellogg's, que dirá um comercial que preste". Essas palavras podem parecer totalmente deslocadas na boca da Pinki que eu conheço, mas você é o patrão dela e eu estava disposto a apoiar a sua decisão.

Eis porém que agora de manhã Harriet me diz que seria do meu interesse falar eu mesmo com Pinki. O que nos leva à...

Versão número 2: Pinki alega, com alguma convicção, que não foi demitida e sim se demitiu no instante em que você a chamou de (cito as palavras textuais dela) "filha-da-puta escrota que não tem competência para escrever nem o slogan de desempate de um quiz dos sucrilhos Kellogg's, que dirá um comercial que preste". Uma semelhança notável, exceto pela irrelevante questão de quem pronunciou as palavras ofensivas. Ela diz que há uma faxineira que pode corroborar o seu relato, e quer fazer picadinho de você (isto é, da companhia) na justiça.

Nossa única esperança é de que a tal faxineira faça parte do contingente português, e que o seu inglês seja tão pífio que um bom advogado consiga desacreditar seu depoimento com um vertiginoso interrogatório à moda da casa.

Mas quem dera que esse fosse o nosso único problema. Estamos diante de uma reunião de vida ou morte com a Mako, para a qual temos uma campanha (a sua) que Harriet alega ser invendável, e outra sem a criadora presente para desenvolvê-la devidamente.

Esse cu-de-boi é *seu*, Simon. Se você não me telefonar com uma solução simples e elegante no momento em que clicar "encerrar" neste e-mail, vai se arrepender amargamente por não ter implorado ao seu orientador vocacional por uma lambreta e um formulário de inscrição para a Domino's Pizza.

✉ **Rachel Stevenson — 6/1/00, 8:59**
Para: Simon Horne
Cc: David Crutton
Assunto: mudança na equipe

Simon, precisamos repassar os detalhes da saída de Pinki Fallon ontem. Ouvi dizer que foi turbulenta, e preciso, para os registros, da sua versão dos fatos, para o caso de esse fantasma algum dia voltar para assombrar a companhia. Eu lhe ficaria muito grata se pudesse entrar em contato comigo o quanto antes.

✉ **Shanice Duff — 6/1/00, 9:19**
Para: Rachel Stevenson
Cc:
Assunto: substituto de Ken

Rachel, acabei de ligar para a agência de empregos e eles disseram que não têm como arranjar um coordenador interino para o departamento de serviços gerais no mínimo por mais uma semana! Não vou agüentar gente sendo grosseira comigo de novo hoje. Já recebi milhões de mensagens sobre privadas, copiadoras, e mais isso que quebrou, e mais aquilo que não funciona, e ainda não são nem 9:30. Não posso consertar as coisas eu mesma, entenda! Por favor, por favor resolva esse problema. Será que o Ken não pode voltar?

✉ **Melinda Sheridan — 6/1/00, 9:23**
Para: Vince Douglas
Brett Topowlski
Cc:
Assunto: o que arde, cura

Só um lembrete: vocês têm hora marcada às 10:30 de hoje para tomar suas vacinas. Por favor, não deixem de ir. Eu ficaria muito triste de levar vocês para a longínqua Maurício apenas para, em plena filmagem, os dois ficarem molinhos, molinhos, vítimas de malária. E se algum dos dois anjinhos tiver medo de agulhas horrorosas, o dr. Chen tem uma enfermeira húngara encantadora que dará um beijinho no dodói. Vão para lá agora.

✉ **Letitia Hegg/letitia@tavistockhegg.aol.co.uk**
6/1/00, 9:24
Para: simon_horne@millershanks-london.co.uk
Cc:
Assunto: o menininho andou aprontando?

Simon, querido, ontem de noite suas orelhas devem ter pegado fogo! Que foi que você fez com aquela jovem de sandálias de dedo e cáftan de Demis Roussos? Ela chegou ao Bar Zero aos prantos. Não quero ser acusada de bancar a mexeriqueira, mas não pude deixar de ouvir seu nome sendo mencionado várias vezes em conjunção com *aquele* gesto obsceno. Deduzo que ela foi embora e, se for o caso, você simplesmente tem que me ligar para falarmos de um portfólio fabulosamente criativo que acaba de me chegar às mãos. O poderoso Pallant, da Saatchi, está interessadíssimo, e eu não quis deixar você de fora do páreo. Afinal, você é um dos grandes descobridores de talentos dessa nossa querida aldeiazinha profissional. Não deixe de me ligar. Ósculos mil, Letty

✉ **pertti_vanhelden@millershanks-helsinki.co.fin**
6/1/00, 9:33 (hora local 11:33)
Para: david_crutton@millershanks-london.co.uk
Cc:
Assunto: mudança na equipe

Estou abalando muito de saber que a "hippie bocó" (excitação do seu e-mailing de 3/1/00) escafedeu-se embora. E como ela ousa ser desrespeitável de seu talentoso e estimado diretor de crianção? Mas não fique preocupante. Estou mandando meu caro amigo Benni Hakkinen abalizar o assunto. Ele é um entusiasta estudioso do venéreo sistema judicial britânico e consultou vários vídeo tapings de *Rumpole of The Bailey* e *Crown Court*. Ele está me garantindo que, de fato, se a indivídua da faxina estava na escuta dessa conversa, é inadmissível numa corte de justiças, pois é desclassificado como testemunho auditório. Porquanto, nada tema.

Vamos logo ao trabalho na pauta, que é criar a apresentação da Mako para sexta-feira. Estou muito interessante em conhecer seu trabalho para eles. Estou certo que posso estar fornecendo uma opinião justa e objetável. O caneco é nosso — Pertti.

✉ **Nigel Godley — 6/1/00, 9:36**
Para: Liam O'Keefe
Cc:
Assunto: Pinki Fallon

Oi, Liam, é coisa rápida. Emprestei meu porta-durex do Garfield para sua colega, a srta. Pinki Fallon, e fiquei sabendo que ela foi embora ontem à noite. O mundo da publicidade pode ser muito cruel. Comigo também aconteceu uma coisa horrível ontem, de modo que sei como é a gente ir parar na fila do seguro-desemprego. Enfim, se encontrar meu porta-durex, pode me devolver, por favor? Tem grande valor afetivo para mim — foi um presente da minha vó para dar um toque acolhedor ao escritório. E que tal ir tomar uma cervejinha qualquer hora dessas para trocar umas idéias sobre as agruras do batente? Quer dizer, eu, você e todos os rapazes, bem entendido — Nige

✉ **Harriet Greenbaum — 6/1/00, 9:38**
Para: Simon Horne
Cc: David Crutton
Assunto: que foi que você fez?

Eu já disse a você que a culpa pela situação da Mako deve ser atribuída exclusivamente a mim. Como via de regra sou o seu bode expiatório favorito, muito me surpreende que, pela primeira vez, você tenha resolvido livrar a minha cara. A agressividade com que tratou Pinki já é assunto para uma outra conversa. De interesse imediato, é em que pé a saída dela nos deixa com a Mako. Você sabe qual é a minha opinião sobre seus roteiros para Reeves & Mortimer. Goste ou não, precisamos da campanha dela tanto quanto da sua presença para lhe dar o acabamento necessário para a apresentação. Se é que minha opinião vale alguma coisa, sugiro que encontre as palavras de humildade e contrição que a tragam de volta ao escritório até o fim do dia. O fantasma da sexta se aproxima.

✉ **Chandra Kapoor — 6/1/00, 9:41**
Para: David Crutton
Cc: Rachel Stevenson
Assunto: e-mail

Desculpe pelo atraso no conserto do e-mail, mas é que estamos até o pescoço com checagens de vírus. E depois ficamos esperando um novo equipamento de diagnóstico. Vamos fechar o servidor hoje, e, se Deus quiser, o problema será solucionado. Obrigado pela paciência.

✉ **David Crutton — 6/1/00, 9:42**
Para: Chandra Kapoor
Cc:
Assunto: e-mail

"Se Deus quiser" não cola comigo.

✉ **Susi Judge-Davis — 6/1/00, 9:43**
Para: Simon Horne
Cc:
Assunto: você está aí?

Simon, lindinho, com essa folha de polietileno temporária encostada no seu umbral, não consigo ver se você está aí ou não. Tive a impressão de ver uma movimentação, mas não tenho certeza. Se estiver, posso por favor falar com você? Pinki quer vir aqui para tirar as coisas da mesa dela — tudo bem por você? Quer que eu mande a segurança acompanhá-la? David quer falar com você. Harriet também. Rachel também. Melinda também. E Liam está exigindo ver você com uma grosseria inenarrável... Bicotas, S.

✉ **David Crutton — 6/1/00, 9:50**
Para: Simon Horne
Cc
Cco: Harriet Greenbaum
Assunto: Pinki

Por acaso, concordo com Harriet. Embora esteja cagando e andando para os brios feridos da nossa (ex?) redatora, um pedido de desculpas obsequioso é a única saída prática. Harriet apenas sugeriu isso. Eu estou mandando.

✉ **Susi Judge-Davis — 6/1/00, 9:53**
Para: Zoë Clarke
Cc:
Cco: Rachel Stevenson
Assunto: hoje

Depois que você saiu mais cedo ontem com "dor de cabeça", isso aqui ficou um caos e tive que me virar sozinha. Espero que esteja melhor hoje. Quando finalmente chegar, venha falar comigo, pois tenho um mundo de coisas para passar para você — preciso dar apoio moral ao Simon.

A propósito, quando começar a trabalhar com David na segunda, talvez deva avisar a ele que é propensa a "dores de cabeça". Já pensou em usar óculos? Estou só observando você, Zoë. Quero que você dê certo no seu novo cargo. E que tal se nós tivéssemos uma conversinha sobre o guarda-roupa da secretária de um executivo? Para mim, seria um prazer — Susi.

✉ **David Crutton — 6/1/00, 9:56**
Para: Rachel Stevenson
Cc:
Assunto: problemas

- O banheiro dos executivos continua um esgoto aberto.
- Meu ar-condicionado quebrou e meu escritório está um iglu.
- As placas do novo carpete na recepção estão levantando.

- As portas automáticas quase arrancaram as costas do meu paletó quando cheguei hoje.
- Minha interina passou meia hora vasculhando o prédio atrás de um fax que estivesse funcionando.

Nós não temos uma pessoa que cuida dessas coisas?

✉ **Melinda Sheridan — 6/1/00, 10:03**
Para: Simon Horne
Cc:
Assunto: com muito medo de dançar a tarantela

Ontem à noite no Atlantic uma amiga minha me deu os parabéns por termos fisgado QT para a campanha da Kimbelle — como ela namora um Armani da Miramax, deve estar por dentro. Por que será que essa novela nunca acaba? Conta para a tia Melinda, vai.

✉ **James Gregory — 6/1/00, 10:07**
Para: Daniel Westbrooke
Cc:
Assunto: aviso enquanto é tempo

Acho que vamos ter problemas com a Kimbelle. Como você sabe, creio que a cliente não gostou nada de saber que eu me encarregaria provisoriamente dessa conta, até você nomear um diretor de contas mais experiente. Agora ela está furiosa porque nossa apresentação da campanha do novo Superdri está atrasada — ela a esperava para antes do Natal. Falei com Pinki e Liam, mas eles estão até o pescoço com a Mako e estimam que vão demorar pelo menos uma semana para apresentá-la. Brett e Vince também estão na campanha, mas apenas há dois dias, e viajam para filmar o comercial da LOVE no fim de semana. Me desculpe por incomodar você com isso, mas talvez a nossa cliente precise de umas palavrinhas tranqüilizadoras do membro mais alto do atendimento. O que você acha?

✉ **Daniel Westbrooke — 6/1/00, 10:12**
Para: James Gregory
Cc:
Assunto: aviso enquanto é tempo

Se você tivesse a mais pálida idéia do quanto estou ocupado com a Coca-Cola e os preparativos para a filmagem do comercial da LOVE, certamente não me incomodaria com isso. Na sua última avaliação, lembro-me com a maior clareza de você ter me garantido que estava em ponto de bala para assumir responsabilidades. Eu me atreveria a dizer que, se você não pode enfrentar as ameaças rotineiras da sua cliente, então está menos preparado para ocupar um alto cargo do que me fez crer. Agora, se não se importa, tenho que trabalhar.

✉ **Daniel Westbrooke — 6/1/00, 10:15**
Para: Rachel Stevenson
Cc:
Assunto: áreas problemáticas

Rachel, o altíssimo nível do qual esta companhia tem razão em se orgulhar sofreu uma queda vertiginosa. Da porta do edifício ao portão do estacionamento no subsolo, o edifício parece estar caindo aos pedaços. Não sou do tipo que alardeia o próprio título a torto e a direito, mas, se não começarmos a trabalhar seriamente para resolver esse problema, vou ser forçado a abusar da minha autoridade.

Passando para um plano mais pessoal, soube que você está procurando uma substituta efetiva para Carla. Posso lhe predir que trate a contratação dessa nova funcionária com a máxima urgência? O gabarito da interina que você me mandou está muito aquém do que um Diretor de Atendimento tem o direito de esperar.

✉ **Simon Horne — 6/1/00, 10:20**
Para: Susi Judge-Davis
Cc:
Assunto: estou aqui

Estou sentado à minha mesa há quase uma hora quebrando a cabeça para descascar os abacaxis.

Tenho o maior prazer em solucionar todos os problemas da Miller Shanks.

Agora, uma coisa eu exijo: um mínimo de privacidade.

Por favor, não deixa ninguém chegar perto de mim. E me traz café descafeinado e Valium.

✉ **Liam O'Keefe — 6/1/00, 10:27**
Para: Brett Topowlski
Cc:
Assunto: cus, câmera, ação!

Onde é que você se meteu, pô? Susi Palito disse que foi tomar suas vacinas, mas hoje é um dia em que você e o Vin têm que estar aqui *de qualquer maneira, aconteça o que acontecer.* Rolou um babado ontem à noite. Não a demissão da Pinki. Muito mais forte.

Vou contar o ocorrido passo a passo. Depois que a Pinki saiu do BZ e vocês dois se mandaram para cafungar, Lol me contou a fantasia dela. Vou poupá-lo dos detalhes mais punks, mas envolvia um par de prendedores de papel pesados, minha cabeça entre as pernas dela e os dois acres de floresta de teca malaia que é a mesa do Crutton.

A Melhor Parte: Por volta das 11 da noite ela estava de pernas abertas na mesa de DC e acesaça (cara, eu sou um puta animal, vou te contar). Chegou uma hora em que a gente teve que dar uma parada, aí sugeri um goró rápido e dei uma descida ao segundo andar para pegar meu estoque de emergência de Medellin's Finest.

A Parte Melhor Ainda: Passei pelo escritório do Horne e, pelo barulho, vi que ele ainda estava lá. Pensei em dar um esporro nele em defesa da Pinki — eu devo isso a ela e, de qualquer maneira, era uma chance de aumentar meu tempo de recuperação entre bimbadas. Enfiei a cabeça pela porta e vi o Horne curvado sobre a mesa de centro Ele estava mandando ver numa guria asiática minúscula. Ela mordia com força o blotter da Mulberry dele (e você também morderia, se estivesse com o Simon entrando no seu chatô pela porta dos fundos).

A Melhor Parte Dentre Todas as Melhores Partes: Estou olhando para a guria tentando me lembrar onde foi que a vi, quando de repente a ficha cai. O cartão dela está em todas as cabines telefônicas de W1 — aquele que diz "NOVIDADE NO PEDAÇO... AUTÊNTICO TRAVESTI TAILANDÊS". A gata asiática é bem-dotada como um cavalo — bom, como um poneizinho pangaré. Rapei fora antes que ele me visse, mas só para apanhar a câmera digital da Mel.

Nosso grande líder, reverenciado em toda a aldeia publicitária, marido devotado e pai amoroso, agora é o objeto de um documentário *fly-on-the-wall*. Estréia no meu escritório assim que vocês chegarem. Se o aplaudirem de pé, eu conto onde fica a tatuagem da Lol e o som que ela faz quando goza.

Liam O'Keefe
Correspondente Canalha

P.S. Têm algum pozinho mágico aí com vocês? O meu acabou.

✉ **Rachel Stevenson — 6/1/00, 10:33**
Para: Daniel Westbrooke
Cc:
Cco: Shanice Duff
Assunto: áreas problemáticas

Daniel, obrigada por destacar os problemas administrativos que estão ocorrendo. Você tem razão em se preocupar. Depois da imprevista saída de Ken Perry, a situação se tornou insustentável, e não estamos conseguindo encontrar um coordenador interino para o departamento de serviços gerais.

Creio que tenho uma solução. Acho que conseguiria convencer Ken a voltar ao emprego, se alguém fosse capaz de dobrar David para permitir a sua volta.

Se concordar com a minha sugestão, talvez possa dar um toque discreto nele. Valeria a pena observar que, em vinte e dois anos de serviço, Ken tem uma folha corrida exemplar. Seu único erro foi fazer uma simulação de incêndio obrigatória por lei num horário inconveniente para a agenda de David — um erro de avaliação, não um crime hediondo.

Compreendo que você não é do tipo que ostenta o seu status. Mas acho que apenas alguém da sua estatura e com a sua grande habilidade diplomática pode ter essa delicada conversa. O que você acha?

Naturalmente, assim que resolvermos esse problema, vou poder dedicar todo o meu tempo à procura de uma nova secretária com a qualificação e o gabarito adequados.

Liam O'Keefe — 6/1/00, 10:36
Para: Lorraine Pallister
Cc:
Assunto: calcinha verde-esmeralda tamanho M

Se eu der um jeito de tirá-la discretamente do departamento de contabilidade, está a fim de perdê-la de novo hoje à noite?

David Crutton — 6/1/00, 10:46
Para: Daniel Westbrooke
Cc:
Assunto: Ken Perry

Ponto para você pela sugestão deixada na minha caixa-postal sobre Ken Perry. Readmita-o com as minhas bênçãos. Aliás, quem foi o cretino que o despediu? Duvido que você saiba responder a isso.

Daniel Westbrooke — 6/1/00, 10:48
Para: Rachel Stevenson
Cc:
Cco: David Crutton
Assunto: Ken Perry

Rachel, obrigado por destacar a folha corrida impecável de Ken Perry. É algo que foi completamente ignorado quando ele foi demitido ontem. Devo assumir toda a responsabilidade por esse negligente erro administrativo.

Será que pode por favor oferecer imediatamente a Ken seu antigo emprego de volta, com um pedido de desculpas em nome da companhia? Talvez um pequeno aumento no seu salário (que tal 3.000?) também seja recomendável. Por favor, tire-o do meu orçamento departamental.

Rachel Stevenson — 6/1/00, 10:59
Para: Daniel Westbrooke
Cc:
Assunto: Ken Perry

Ele disse que se você arredondar para 5.000 e lhe der uma vaga no estacionamento, ele estará à sua mesa amanhã de manhã.

Daniel Westbrooke — 6/1/00, 11:08
Para: Rachel Stevenson
Cc:
Assunto: Ken Perry

Se esse é o preço a ser pago por um escritório que funciona, assim seja. Posso confiar que minha recompensa se traduzirá numa secretária efetiva de alto nível para me receber quando eu voltar da missão de pajem de meu cliente em Maurício?

✉ **Simon Horne — 6/1/00, 11:14**
Para: Susi Judge-Davis
Cc:
Assunto: preciosa rubiácea

Me faz um favorzão, lindinha? Traz um bule grande de café *com cafeína* imediatamente. Agora estou pronto para enfrentar as hordas.

Em seguida, põe Pinki no telefone.

E manda Liam vir falar comigo daqui a quinze minutos. Ele está merecendo um bom puxão de orelhas por causa da Mako.

Você é um anjo.

✉ **Simon Horne — 6/1/00, 11:18**
Para: David Crutton
Cc:
Assunto: uma manhã proveitosa

Tenho a satisfação de lhe informar que minha manhã foi passada de maneira extremamente profícua.

Em primeiro lugar, você ficará surpreso de saber que Pinki telefonou várias vezes, mortalmente arrependida.

Meditei longamente sobre o efeito que sua readmissão surtiria sobre o moral do meu departamento.

Também refleti sobre suas caluniosas acusações.

Imbuído de espírito de perdão, decidi lhe conceder mais uma chance.

Acredito que ela voltará escarmentada e com um *esprit* mais corporativo.

Em segundo, concentrei-me no tipo de problema que você me contratou para resolver — qual seja, a Coca-Cola.

Estou fazendo grandes progressos.

Amanhã cedo, se não hoje no fim da tarde, estarei em condições de lhe apresentar um trabalho que revolucionará a história da publicidade.

Naturalmente, você deve decidir por si mesmo se logrei meu intento, mas estou altamente confiante.

Si

✉ **Simon Horne — 6/1/00, 11:20**
Para: Rachel Stevenson
Cc:
Assunto: Pinki Fallon

Esta é para lhe informar que Pinki voltará ao trabalho hoje à tarde.

Pode fazer uma nota para os seus registros, e também avisar a quem de direito no departamento de contabilidade que o salário dela aumentará em £ 20.000?

Com retroatividade a partir de outubro último.

Si

✉ **simon_horne@millershanks-london.co.uk**
6/1/00, 11:23
Para: letitia@tavistockhegg.aol.co.uk
Cc:
Assunto: tempestade em copo de Ferrier

Letty, querida, você fez muito bem em me pôr a par do faniquito de ontem à noite. Obrigado por cobrir minha retaguarda, como sempre. No entanto, tudo não passou de manha de criança.

Pinki está aqui hoje de manhã e é a proverbial formiguinha da minha correição criativa.

Não obstante, embora tudo indubitavelmente sejam flores, sinto que um reforço de novos rebentos é necessário.

Eu adoraria dar um pulo no seu cantinho para examinar aquele portfólio que você tanto elogia, bem como quaisquer outros que você creia possam me encantar.

Quem sabe você não tem jovens brotos talentosos e desconhecidos, recém-saídos da faculdade e ansiosos por serem propagados por minhas mãos de jardineiro experiente?

E, como não se deve deixar para amanhã o que se pode fazer hoje, será que posso lhe sugerir que desarrolhe uma garrafa daquele celestial Merlot?

Materializar-me-ei na hora do almoço.

Si

✉ **Simon Horne — 6/1/00, 11:28**
Para: Harriet Greenbaum
Cc:
Assunto: nossa amiga em comum

A despeito do que Pinki tenha lhe dito sobre os acontecimentos de ontem, gostaria que você soubesse que eu estava disposto a ouvir de coração aberto a explicação dela sobre o trabalho para a Mako. E, apesar da chocante explosão de mau gênio dela, minha magnanimidade, como sempre, falou mais alto.

Ela retornará ao trabalho hoje à tarde.

Quanto à Mako, tudo se resumirá a um duelo entre as minhas idéias e as de Pinki.

Tenho a máxima confiança em que os sentimentos pessoais ficarão de fora da disputa e vencerá o melhor.

Si

✉ **Susi Judge-Davis — 6/1/00, 11:31**
Para: Simon Horne
Cc:
Assunto: Liam

Ele está indo para aí.

✉ **Susi Judge-Davis — 6/1/00, 11:35**
Para: Zoë Clarke
Cc:
Cco: Rachel Stevenson
Assunto: VOCÊ ESTÁ MUITO, MUITO ATRASADA

Isto são horas? Vamos ter aquela conversinha na hora do almoço.

✉ **Simon Horne — 6/1/00, 11:43**
Para: Rachel Stevenson
Cc:
Assunto: Liam O'Keefe

Gostaria de informar que, em reconhecimento aos incansáveis esforços de Liam nos últimos tempos, decidi lhe conceder um bônus de £ 15.000, pagável em uma única parcela.

Pode por favor anotar isso nos seus registros e avisar a quem de direito no departamento de contabilidade?

Si

✉ **Simon Horne — 6/1/00, 11:49**
Para: Melinda Sheridan
Cc:
Assunto: Tarantino

Melinda, minha linda, fico lisonjeado por saber que meu nome foi associado ao dele.

Tenho certeza de que Quentin se sente do mesmo modo.

Mas, por tudo que me é mais sagrado, não sei de onde vem essa história.

Tenha certeza de que de uma história não passa.

Mudando de assunto, seria aconselhável manter a filmadora Sony do seu departamento trancada a sete chaves.

Trata-se de uma valiosa peça do equipamento da agência.

Deve ser mantida fora do alcance de mãos irresponsáveis.

Si

✉ **Liam O'Keefe — 6/1/00, 11:50**
Para: Lorraine Pallister
Cc:
Assunto: rango

Vendi os direitos do filme. Almoço. Vôe alto (três pratos e café).

✉ **Rachel Stevenson — 6/1/00, 11:51**
Para: Susi Judge-Davis
Cc:
Assunto: você e Zoë

Eu preferia que você parasse de me mandar cópias ocultas de suas broncas em Zoë. Se vocês duas estão tendo problemas pessoais, por favor, resolvam-nos entre si mesmas. Se persistirem, fale comigo diretamente. Obrigada.

✉ **Letitia Hegg/letitia@tavistockhegg.aol.co.uk**
6/1/00, 12:00
Para: simon_horne@millershanks-london.co.uk
Cc:
Assunto: Letty aguarda

Querido, o '95 está quase na temperatura ambiente, e as suas empadinhas de siri já estão a caminho do Silk and Spice. Estou com água na boca!

✉ **Rachel Stevenson — 6/1/00, 12:03**
Para: David Crutton
Cc:
Assunto: Pinki e Liam

Simon me informou que readmitiu Pinki Fallon, mas não tenho certeza se ela tinha se demitido ou sido demitida. Do ponto de vista legal, existe uma grande diferença entre uma coisa e a outra. Há outro ponto um tanto confuso.

Você autorizou o aumento de 20.000 de Pinki e o bônus de 15.000 de Liam? Em caso afirmativo, vou começar a aprontar a papelada. Podemos conversar, por favor? Obrigada.

✉ **David Crutton — 6/1/00, 12:10**
Para: Simon Horne
Cc: Lorraine Pallister
Assunto: a hora da verdade

Vou voltar do almoço às 15:30. Em seguida, provavelmente vou dar uma boa mijada, telefonar para a minha adorável esposa e então, sem dúvida, participar da minha videoconferência diária com os nossos primos americanos. Portanto, às 16:45 devo estar livre para ver essa fantástica campanha da Coca. Você também pode aproveitar para me entreter com a historinha "Pinki, Liam e os 35.000 Contos".

Lorraine, fica no pé dele para não faltar.

✉ **Lorraine Pallister — 6/1/00, 12:26**
Para: Liam O'Keefe
Cc:
Assunto: rango

Parabéns pelo presente de Papai do Céu. Reservei um táxi para o L'Odéon e pus na conta do Patrão. Nem suspeito se é bom, mas, quando eu estava fazendo a contabilidade da ex dele, pareceu carésimo. Se a gente descolar uma mesa discreta com uma toalha comprida, vou te mostrar como é que uma garota do Norte agradece ao namorado. Te encontro na recepção em quinze minutos. E devolve a minha calcinha — custou 25 paus.

✉ **pertti_vanhelden@millershanks-helsinki.co.fin**
6/1/00, 12:33 (hora local 14:33)
Para: david_crutton@millershanks-london.co.uk
Cc:
Assunto: a hora da verdade

Como somos cara de pum, cuzinho do outro! Eu também estou evacuando a minha bexiga antes de estar falando com minha querida esposa!

Seu gêmeo,
Pertti

✉ **Liam O'Keefe — 6/1/00, 12:36**
Para: Nigel Godley
Cc:
Assunto: Victoria's Secret

Nige, eu agradeceria sua discrição sobre o assunto, mas a calcinha na sua gaveta é minha. Coloca ela num saco de papel pardo e me entrega quando a gente for tomar uma cerveja. Quando é que você vai estar livre? Hoje à noite? Mal posso esperar, brother.

✉ **Nigel Godley — 6/1/00, 12:54**
Para: Liam O'Keefe
Cc:
Assunto: Victoria's Secret

Já a despachei pelo correio interno. Desculpe, mas não posso sair para tomar aquela cerveja agora. Estamos fazendo os relatórios do final de ano. Abril pode parecer muito longe, mas, em termos de volume de trabalho versus tempo dado, estou até o pescoço. Quando acabar, vou entrar de férias. Entre junho e julho vamos adotar um novo tipo de folha de pagamento. Logo depois, agosto e setembro são sempre meses muito cheios e, quando a gente se dá conta, já está em cima do Natal, e você sabe como é o Natal. Bom, deixa pra lá. Tenho que ir agora, as faturas não se pagam sozinhas, percebe? — Nige.

✉ **Shanice Duff — 6/1/00, 12:57**
Para: Rachel Stevenson
Cc:
Assunto: vaga no estacionamento

Rachel, graças a Deus o Ken volta amanhã. Talvez agora todos possamos voltar ao normal. Ele me pediu para lhe dizer que vai ocupar a vaga normalmente reservada para Dan Westbrooke. Ken acha que ele não vai se importar.

✉ **Susi Judge-Davis — 6/1/00, 12:59**
Para: Simon Horne
Cc:
Assunto: está na hora do almoço...

... e o seu táxi chegou. Diga a Letitia que mando um grande abraço de Teletubby para ela... Bicotas, S.

✉ **Susi Judge-Davis — 6/1/00, 13:00**
Para: Zoë Clarke
Cc:
Assunto: almoço

Está na hora da nossa conversa.

✉ **James Gregory — 6/1/00, 13:02**
Para: Daniel Westbrooke
Cc:
Assunto: Kimbelle

Acabei de falar com a cliente agora mesmo. Precisamos muito conversar.

✉ **Daniel Westbrooke — 6/1/00, 13:03**
Para: James Gregory
Cc:
Assunto: Kimbelle

James, eu tenho uma companhia para dirigir. Isso vai ter que esperar. Reserve uma hora na minha agenda para amanhã à tarde.

✉ **Daniel Westbrooke — 6/1/00, 13:06**
Para: Rachel Stevenson
Cc:
Assunto: Ken Perry

Rachel, a Shanice do Ken me deu uma seca por telefone. Disse ela que você o autorizou a ficar com a minha vaga, e que eu vou ter que ficar com uma perto dos latões de lixo. Você se dá conta de que a vaga atual me pertence em virtude da importância do meu cargo? Tenho certeza de que houve algum equívoco. Por favor, confirme isso.

✉ **Zoë Clarke — 6/1/00, 13:07**
Para: Susi Judge-Davis
Cc:
Assunto: almoço

Desculpe, mas hoje não vai dar. Vou depilar as pernas e as virilhas, e depois ainda tenho que comprar um modelito preto — lembra que eu te disse que amanhã é o enterro do meu vizinho e que não vou vir trabalhar? E, como eu começo com o David na segunda, não vai adiantar grande coisa conversar, vai? Até mais!!!!!!

✉ **David Crutton — 6/1/00, 13:08**
Para: Chandra Kapoor
Cc:
Assunto: o seu na reta

Estou de saída para o almoço. Se quando eu voltar encontrar mais um e-mail de Pertti van Helden, Zé Colméia, Catatau ou qualquer outro debilóide disfarçado em bambambã da rede Miller Shanks, você vai descobrir que minha paciência se esgotou de uma vez por todas.

✉ **Susi Judge-Davis — 6/1/00, 13:11**
Para: Rachel Stevenson
Cc:
Assunto: Zoë Clarke

Já estou farta dela. É preguiçosa, grosseira e incompetente. Se quer mesmo saber a minha opinião, ela não tem o menor gabarito para ocupar o mais alto cargo de secretária da agência.

✉ **pertti_vanhelden@millershanks-helsinki.co.fin**
6/1/00, 13:13 (hora local 15:13)
Para: david_crutton@millershanks-london.co.uk
Cc:
Assunto: o seu na reta

Ser ombreado a Zé Colméia e Catatau é uma honra da qual sinto-me muito indigno de merecer.

Você é um verdadeiro amigo — Pertti.

✉ **Rachel Stevenson — 6/1/00, 13:16**
Para: Susi Judge-Davis
Cc:
Assunto: Zoë Clarke

Parece que eu recebo sua opinião quer queira, quer não. É melhor vir falar comigo.

✉ **Chandra Kapoor — 6/1/00, 13:18**
Para: Todos os Departamentos
Cc:
Assunto: e-mail

Precisamos realizar reparos urgentes no Lotus Notes, e o servidor fechará por aproximadamente duas horas. Isso acontecerá às 13:30 da tarde de hoje, de modo que todos devem sair do sistema antes. Pedimos desculpas pelo inconveniente, mas, assim que estivermos operando novamente, nunca mais um e-mail irá parar nas mãos erradas.

Chandra Kapoor
Coordenador do CPD

✉ **Brett Topowlski — 6/1/00, 13:29**
Para: Liam O'Keefe
Cc:
Assunto: caraca

Acabei de voltar do médico. Não posso acreditar no que a gente perdeu. Vin está catatônico. Será que isso sig

* * *

✉ **Chandra Kapoor — 6/1/00, 15:15**

Para: Todos os Departamentos

Cc:

Assunto: sistema

Tenho a satisfação de informar que o sistema está no ar novamente. Obrigado pela paciência.

✉ **Zoë Clarke — 6/1/00, 15:16**

Para: Susi Judge-Davis

Cc:

Assunto: relacionamento profissional

Que foi que você andou dizendo para a Rachel? Ela acabou de me chamar e me prendeu na sala dela por meia hora, falando sobre a importância do cargo de secretária de um CEO! Que é que eu sou, alguma idiota? Sei muito bem a importância desse cargo e posso desempenhá-lo plantando bananeira, o que é muito mais do que se pode dizer de você!!!!!!!!! Sou mais profissional, discreta e confiável do que você jamais será em um milhão de anos!!! E você sabe que eu tenho um enterro amanhã. Este é um momento muito difícil para mim, estou muito abalada e só trabalhei hoje por causa do meu profissionalismo!!! E não tenta negar que andou fazendo a minha caveira! Ela nunca saberia que vou faltar amanhã se você não tivesse contado para ela!!! Quanto a ficar falando mal dos outros pelas costas, eu não seria tão metida a besta se fosse você!!! Simon te acha uma imprestável e eu sei disso porque ele contou para uma pessoa que contou para mim. Como sou extremamente discreta, não perca o seu tempo perguntando quem foi. Você está é com inveja porque eu vou trabalhar para o David e vou ser mais importante do que você!!

✉ **Zoë Clarke — 6/1/00, 15:19**
Para: Lorraine Pallister
Cc:
Assunto: Susi

Amiga, de uma mulher não-sebosa para outra, isso é um aviso: a partir de segunda, você vai trabalhar com a maior filha-da-puta da Via Láctea!!! A vaca é um Hitlerzinho de saias!!!! Ela depila o buço a cera!!!!! Enfim, se tiver dicas para me dar sobre o trabalho com David, pode passar. Uma mão lava a outra!!! Vou encerrar esse e-mail. Tenho que enfrentar uma perda muito traumática amanhã, mas estarei de volta na segunda — no meu novo cargo!!!! Vamos tomar um JD com Coca! Mil beijos, Z.

✉ **Susi Judge-Davis — 6/1/00, 15:20**
Para: Rachel Stevenson
Cc:
Cco: David Crutton
Simon Horne
Assunto: Zoë Clarke

Rachel, estou lhe enviando o e-mail que acabo de receber de Zoë. Esse é o tipo de comportamento que tenho que aturar diariamente. Pus em negrito as partes que considero mais ofensivas. Não se trata de uma queixa formal — é estritamente para o seu conhecimento.

ANEXO

✉ **Zoë Clarke- — 6/1/00, 15:16**
Para: Susi Judge-Davis
Cc:
Assunto: sua cobra criada!!!!!!

Que foi que você andou dizendo para a Rachel, porra? Ela acabou de me chamar e me prendeu na porra da sala dela por meia hora, falando sobre a importância do cargo de secretária de um CEO! Que é que eu sou, alguma idiota, porra? Sei muito bem a importância *dessa **porra** de cargo e posso desempenhá-lo plantando bananeira, o que é muito mais do que se pode dizer de você, **sua filha-da-mãe sebosa e xexelenta**!!!!!!!! Sou mais profissional, discreta e confiável do que você jamais será em um milhão de anos!!! E você sabe que eu tenho um enterro amanhã. Este é um momento muito difícil para mim, estou muito abalada e só trabalhei hoje por causa do meu profissionalismo!!! E não tenta negar que andou fazendo a minha caveira! Ela nunca saberia que vou faltar amanhã se você não tivesse contado para ela!!! Quanto a ficar falando mal dos outros pelas costas, eu não seria tão **metida a besta** se fosse você!!! **Simon te acha uma mocréia imprestável e eu sei disso porque ele contou para uma pessoa que contou para mim.** Como sou extremamente discreta, não perca o seu tempo perguntando quem foi. Você está é com inveja, **sua filha-da-puta,** porque eu vou trabalhar para o David e vou ser mais importante do que você!! **Vai tomar no cu, Susi, sua vaca escrota e sacana**.*

Simon Horne — 6/1/00, 15:26
Para: Susi Judge-Davis
Cc:
Assunto: revisão

Quer ter a bondade de avisar ao meu departamento que a revisão marcada para as 15:30 de hoje está cancelada?

Se os mandriões quiserem saber por quê, diga a eles o seguinte:

Mais uma vez, eu os salvei.

Concebi a campanha da Coca, que farei se abater sobre David incontinênti.

Simon Horne — 6/1/00, 15:31
Para: David Crutton
Cc:
Assunto: secreções criativas

David, acabo de voltar de um almoço de trabalho durante o qual experimentei um pico de criatividade.

Tenho uma nova idéia irresistível para a Coca que exige sua atenção imediata.

Está desocupado?

Si

David Crutton — 6/1/00, 15:37
Para: Simon Horne
Cc:
Assunto: secreções criativas

Você está com sorte, minha videoconferência com Weissmuller foi cancelada. Sobe aqui dentro de meia hora. Mas, antes de fazer isso, diz à sua lacaia que eu não me envolvo em briguinhas venenosas de secretárias. Se ela me mandar outra cópia oculta de algum e-mail virulento, vai ser a última coisa que fará na Miller Shanks.

David Crutton — 6/1/00, 15:40
Para: Chandra Kapoor
Cc:
Assunto: de volta ao normal?

Espero estar podendo enviar e-mails impunemente outra vez. Por exemplo, se me der na telha de escrever que Pertti van Helden é um escroto de marca maior, posso ter certeza de que ele não vai ler isso dois cybersegundos depois de eu clicar "enviar"?

simon_horne@millershanks-london.co.uk
6/1/00, 15:43
Para: letitia@tavistockhegg.aol.co.uk
Cc:
Assunto: minha eterna gratidão

Obrigado pela maravilhosa hora e meia de culinária e companhia deslumbrantes.

Agradeço também por me mostrar os portfólios sob seus maternais cuidados. Os jovens que você representa demonstram uma pujante originalidade.

Conforme prometido, meditei seriamente sobre eles. No entanto, após esta reflexão, concluí que suas idéias carecem daquele impacto fatal.

Aquele que salta como um punho de dentro do layout e desfere uma esquerda esmagadora no queixo.

Portanto, embora tenha sido uma experiência enriquecedora, por ora não trarei nenhum carneirinho de seu rebanho para meu aprisco.

Mas não importa, o tempo que se passa em sua encantadora companhia nunca é desperdiçado.

A verdadeira amizade, tal como a que nos une, é a única coisa que mantém nossa sanidade neste ramo em que reinam a superficialidade e o maquiavelismo.

Que tal almoçarmos em breve? Eu convido. Me ligue para arranjarmos uma horinha.

Si

David Crutton — 6/1/00, 15:47
Para: Rachel Stevenson
Cc:
Assunto: Zoë Clarke

Gostei da explosão dela com a secretária-palito de Horne. Pelo visto, você finalmente conseguiu me arranjar uma secretária com os colhões para o cargo. Meus parabéns.

✉ **letitia@tavistockhegg.aol.co.uk**
6/1/00, 15:50
Para: simon_horne@millershanks-london.co.uk
Cc:
Assunto: minha eterna gratidão

Querido, estou mortificada. E você parecia tão entusiasmado quando estava aqui! Não gostou nem mesmo de Kitty e Jane, minhas duas estrelinhas da Watford College? Acho as campanhas delas para a Blockbuster e o 7UP duas pequenas jóias. Ah, bem, acho que a esta altura eu já deveria estar acostumada com o seu perfeccionismo.

E sim, um almoço seria maravilhoso. Vou mandar minha secretária falar com a sua.

Letty

✉ **pertti_vanhelden@millershanks-helsinki.co.fin**
6/1/00, 15:55 (hora local 17:55)
Para: david_crutton@millershanks-london.co.uk
Cc:
Assunto: agora falando sírio

Devo dizer que seu e-mailing está levando os chistes camaradas longe demais. No meu país, Scrotto é uma marca líder de fertilizante derivando de restos fecais de galinhas e outras aves domésticas. Até mesmo na sua variante classe A de primeira categoria, ser ombreado a Scrotto é uma punhetada nas costas. Devo estar pedindo a você no futuro para ir devagar com o andador que o santo vai de carro, e amaneirar nos gracejos brincalhões.

Então tá, Jeeves — Pertti.

✉ **David Crutton — 6/1/00, 15:57**
Para: Rachel Stevenson
Cc:
Assunto: Kapoor

Sem choradeira, Rachel, despeça Chandra Kapoor imediatamente e procure um novo coordenador para o CPD. Não me importo que você contrate um macaco rhesus oligofrênico para fazer o trabalho. Apenas se certifique de que o animal/vegetal/mineral pode consertar a porra do meu e-mail.

✉ **simon_horne@millershanks-london.co.uk**
6/1/00, 16:01
Para: letitia@tavistockhegg.aol.co.uk
Cc:
Assunto: minha eterna gratidão

Letitia, minha flor, você é uma headhunter e, obviamente, fazer alarde dos seus jovens recém-formados é o seu trabalho.

Mas a sua promoção daquelas moças da Watford me surpreende.

A campanha delas para a Blockbuster é abaixo da crítica; o tom pseudodescolado da campanha VOU DE 7UP AONDE FOR não convence ninguém.

Perdoe minha franqueza, mas você se arrisca a comprometer sua credibilidade empurrando-as para as melhores agências.

Preciso me apressar agora.

David deve ser deslumbrado.

✉ **Brett Topowlski — 6/1/00, 16:03**
Para: Liam O'Keefe
Cc:
Assunto: como eu ia dizendo...

... antes de ser tão grosseiramente interrompido pelo CPD. Eu e o Vin não agüentamos esperar você voltar do tchaca-tchaca com a Lol, de modo que reviramos a sua mesa e encontramos a sua cópia do filme. Faz com que

A Bruxa de Blair pareça um filme de orçamento milionário, mas, ainda assim, é um puta documento. Adorei a tomada do dinheiro — Simon se superou. Corri para a TV e fiz uma cópia para uns amigos meus na Grey. Eles trabalhavam no grupo do Horne na O&M e vão ficar loucos para assistir. Você não se importa, se importa?

✉ **Simon Horne — 6/1/00, 16:32**
Para: Susi Judge-Davis
Cc:
Assunto: espumante

Chega mais e abre uma garrafa. Acho que você e eu devemos brindar a Polímnia, minha musa. David está perdidamente apaixonado pela idéia que tive para a Coca!

✉ **Liam O'Keefe — 6/1/00, 16:37**
Para: Brett Topowlski
Cc:
Assunto: como eu ia dizendo...

Quanto mais cópias, melhor. Detesto imaginar que o melhor filme que faço em três anos não será apreciado por um público vasto e exigente. Acabei de voltar do almoço. Aquela garota é incrível — não posso dizer o que um pé 38 pedicurado é capaz de aprontar por baixo de uma toalha comprida. Ela vai hospedar uma amiga no fim de semana. Vou levar as duas para fazerem uma excursão pela cidade (começando pelo meu quarto). Portanto, enquanto você vai estar preso num vôo merreca que não acaba nunca rumo a algum formigueiro de turistas, adivinha o que eu vou estar fazendo. Eta vida marvada!

✉ **Melinda Sheridan — 6/1/00, 16:40**

Para: Daniel Westbrooke
Vince Douglas
Brett Topowlski

Cc:

Assunto: RPP da LOVE

Muito bem, queridinhos, a reunião de pré-produção da LOVE é às 17:00, e aqui vai uma lista de sins e nãos escrita por aquela que *foi, viu, venceu e voltou para contar a história.*

Dan: *Sim,* oriente seu cliente a se abster de fazer sugestões sobre a equipe de filmagem quando ficar claro que ele não entende xongas do assunto. *Não* o deixe nos arrastar para o debate infindável de sempre sobre o guarda-roupa — como tudo que vamos levar são seis fios-dentais de lamê, não vejo este item da agenda em particular nos dando trabalho por muito tempo. *Sim,* convença-o a balançar a cabeça com vigor e entusiasmo durante a "Interpretação do Diretor". *Não* permita que ele levante a mão para sugerir, por exemplo, um travelling feito por uma grua em vez de um dolly logo na abertura. Nathan Zapruder se considera "o mais dinâmico talento da direção de comerciais" (*Campaign* passim) e não vai aceitar de bom grado dicas sobre a arte de usar uma câmera vindas de um executivo de marketing vestindo um terno da Marks & Spencer.

Brett e Vince: *Não* fiquem de quiriquiqui como dois garotos no fundo do ônibus escolar quando passarmos o vídeo do casting. Todos nós já vimos peitos antes — talvez não tão grandes nem tão numerosos, mas, mesmo assim, já os vimos. *Sim,* mantenham as mãos em cima da mesa, onde eu possa ficar de olho nelas. *Sim,* prestem atenção quando a discussão chegar ao tedioso assunto do cronograma. Vocês têm um avião para pegar no sábado, e eu quero muito que estejam nele. *Não* se dirijam ao cliente diretamente em nenhum momento. Aliás, *não* dêem um pio, a menos que eu fale com vocês primeiro.

Agora, rapazes, venham me mostrar o profissionalismo que é a marca registrada da Miller Shanks. Não, não, esqueçam o que eu disse. Apenas SE COMPORTEM e rezem para que no fim de uma semana ao sol tenhamos um filme bem revelado, uma comissão bem merecida e um cliente com um belo bronzeado. Que Buda nos ajude, como diria Pinki, a Divina.

✉ **Harriet Greenbaum — 6/1/00, 16:42**
Para: David Crutton
Simon Horne
Cc:
Assunto: Mako

Detesto fazer pressão, mas o pessoal da Mako vem aqui amanhã às 9:30. É hora de tomarmos uma decisão.

Recapitulando, há duas campanhas na mesa. Agora temos que decidir qual delas apresentar. Minha opinião sobre o assunto? Sem querer desrespeitar você, Simon, o cliente vai nos massacrar se insistirmos em Reeves e Mortimer, porque vai perceber o que eles realmente são: o Pequeno e o Grande bancando os descolados.

Eu apostaria na campanha O CARRO DE PARAR O TRÂNSITO de Pinki e Liam. É inteligente, espirituosa e perfeita para esse cliente. Falei com os dois e eles podem aprontar tudo a tempo. Só preciso do sinal verde. O que me dizem?

✉ **David Crutton — 6/1/00, 16:49**
Para: Harriet Greenbaum
Simon Horne
Cc:
Assunto: Mako

Minha palavra final: apresentem O CARRO DE PARAR O TRÂNSITO, detonem R&M. Simon, que o fato de eu gostar da sua nova idéia para a Coca aplaque as suas mágoas.

✉ **lorraine_pallister@millershanks-london.co.uk. 6/1/00, 16:52**
Para: debbie_wright@littlewoods/manchester.co.uk
Cc:
Assunto: faz as malas

Menina, nem te conto! Acabo de dar um supertrato no meu namorado, o Liam. Fiz aquele lance do pé debaixo da mesa quando disse para ele que Debbie, a minha melhor amiga, vinha passar o fim de semana em Londres, e perguntei se dava para ele se encontrar com a gente (digo, para a gente se encontrar com ele e *dar*). Ele quase não coube nas calças, pobre rapaz. Portanto, ao que tudo indica, seu fim de semana está tomado. O trem sai de Piccadilly amanhã às seis da tarde. Te encontro na Euston. Antes de ficar furiosa, deixa eu falar uma coisa: a gente vai curtir à vera. Liam é uma gracinha e já te adora — eu disse a ele que você é a cara da Lara Croft, só que com peitos maiores. Olha lá, garota, não vai me deixar na mão, hein? Tenho que ir. O Patrão está aos berros — não consegue encontrar o controle-remoto da TV. O filho-da-mãe psicótico vai acabar tendo um ataque do coração. Vou abrir mais um botão da minha camisa para apressar as coisas. Responde logo sobre o fim de semana. Mal posso esperar — Beijão da Lol

✉ **Daniel Westbrooke — 6/1/00, 16:53**
Para: Melinda Sheridan
Cc:
Assunto: RPP da LOVE

Melinda, não gostei nada do tom do seu e-mail. Pode servir para gente da laia de Vince e Brett, mas não se esqueça de quem eu sou. Como você sabe, não gosto de ficar alardeando o meu título, mas, na qualidade de Diretor de Atendimento, experiência é o que não me falta. Não preciso que me digam como me comportar numa reunião de pré-produção. E, por favor, não me trate por "Dan" diante de subalternos.

Daniel

✉ **Simon Horne — 6/1/00, 16:55**
Para: Harriet Greenbaum
Cc:
Assunto: golpe baixo

Mais uma vez, trabalhei como um condenado.

Para nada.

Como você sabe muito bem, David estava em êxtase com Reeves & Mortimer até você meter a sua colher torta.

Que poder é esse que você exerce sobre ele?

Se eu não fosse o cavalheiro que sou, até desconfiaria que aí tem coisa.

Só para constar, acho O CARRO DE PARAR O TRÂNSITO fraca.

E também é um plágio descarado. Do quê, não sei, mas tenho certeza de que vou acabar me lembrando.

Não impressionará nosso cliente. Eu me permitirei um breve momento de *schadenfreude* quando ele gongar a idéia, como inevitavelmente fará.

Sei que é meu dever comparecer à apresentação de amanhã, mas creio que seria desonesto da minha parte aparecer e fingir entusiasmo por um trabalho no qual não levo a menor fé.

Mas também, você parece estar se saindo tão bem no projeto de me tirar do cargo de Diretor Executivo de Criação, que não precisa de mim lá.

Não vou me esquecer disso, Harriet. Minha memória é elefantina.

Si

✉ **David Crutton — 6/1/00, 16:57**
Para: Simon Horne
Cc:
Assunto: parabéns

Estou dando mais uma olhada na sua idéia para a Coca e vou usar uma palavra que reservo para ocasiões especiais: *genial*. VOU DE COCA AONDE FOR é um conceito brilhante. Parece até ter sido criado por adolescentes descolados. Eu não achava mesmo que um fóssil como você ainda fosse capaz de se sair com uma dessas. Adorei o roteiro do vendedor/apicultor. É só continuar nessa linha que estaremos no caminho certo.

Merda, vê se eu posso comigo mesmo. Estou rasgando seda.

✉ **Simon Horne — 6/1/00, 17:03**
Para: Melinda Sheridan
Cc:
Assunto: LOVE

Melinda, meu amor, andei pensando em Brett e Vince e no que os espera. Tentei me convencer de que eles estavam prontos para uma filmagem desse porte.

Infelizmente, continuo inconvicto.

O cliente da LOVE vai gastar 650.000 nesse filme, e seria irresponsável da minha parte confiar a custódia de um orçamento tão vultuoso a uma dupla sem a menor tarimba.

Creio, portanto, que tenho a obrigação de ir à filmagem.

É um momento extremamente inconveniente, dado, *inter alia*, o trabalho mastodôntico da Coca.

Porém, acabo de entregar a David uma campanha que tem tudo para vencer qualquer concorrência. Creio que agora já posso me afastar dela e realizar outra incumbência fundamental do meu cargo — qual seja, orientar uma dupla entusiasmada mas inexperiente por entre os perigosos bancos de areia dessa filmagem em locação estrangeira.

Assim sendo, Melinda, uma passagem de avião em minha mesa amanhã e serei todo seu.

Poupe-me do constrangimento de me agradecer. Você pode fazer isso quando estivermos aplaudindo Brett e Vince ao receberem seus prêmios por "Melhor Comercial".

Si

✉ **Simon Horne — 6/1/00, 17:06**
Para: David Crutton
Cc:
Assunto: parabéns

Adorei saber que você gostou de VOU DE COCA AONDE FOR. Também acho que é *le Poisson d'Or* que estávamos tentando pescar.

Pretendo varar a madrugada trabalhando nela e amanhã, por volta das 10:00, terei uma campanha completa para o seu deleite.

E a Mako é *eaux passées*. Embora ainda tenha minhas dúvidas sobre "O carro de parar o trânsito", estou disposto a me render ao consenso.

Si

✉ **Simon Horne — 6/1/00, 17:09**
Para: Susi Judge-Davis
Cc:
Assunto: últimos afazeres do dia

Susi, me faz um favorzão? Corre lá no escritório da Mel e pega o cronograma da filmagem da LOVE.

Depois, digita os outros seis roteiros que estão no meu Dictaphone.

Por fim, chama um táxi o mais rápido possível para o Groucho.

Ah, sim, e manda eles colocarem uma garrafa de Don Perignon no balde.

✉ **Harriet Greenbaum — 6/1/00, 17:11**
Para: Simon Horne
Cc:
Assunto: golpe baixo

Simon, lamento muito que você se sinta traído. Não foi essa a minha intenção, e não houve qualquer golpe baixo de minha parte.

Pinki e Liam já foram chamados para fazer a apresentação amanhã de manhã. Se você mudar de idéia, vou achar ótimo que compareça à reunião para nos emprestar seu gabarito e apoio. Apesar do que você obviamente pensa, não sou do tipo que guarda rancores. Espero que você também não.

✉ **Simon Horne — 6/1/00, 17:15**
Para: Harriet Greenbaum
Cc:
Assunto: golpe baixo

Harriet, em termos de dindim, a Mako é o mais microscópico dos cafés pequenos.

Estou mergulhado na Coca.

Faça a gentileza de aprender a estabelecer prioridades e desista de me importunar com seus e-mails politicamente carregados.

✉ **Simon Horne — 6/1/00, 17:19**
Para: Melinda Sheridan
Cc:
Assunto: LOVE

Há pouco mandei Susi ao seu escritório para apanhar o cronograma da nossa filmagem. Estou olhando para ele, e de cara algumas coisas me chamam a atenção.

Notei que temos quartos reservados no Paradise Bay. Já estive lá e, para ser franco, é um lugar para onde eu não mandaria nem o guardador da minha piscina.

O *único* lugar para se hospedar é o Le Touessrok.

É um hotel absolutamente fantástico — um pouco caro, talvez, mas, se devemos despertar revigorados para enfrentar os rigores de uma filmagem de madrugada, nenhum outro está à altura. Se eu fosse você, assim que saísse da produção telefonaria e mudaria as reservas *tout de suite*.

Também entendi que temos reservas na classe executiva. Isso pode estar muito bem para os beldroegas da equipe de filmagem, mas a primeira classe é essencial para o cliente, o diretor e a cúpula da agência. Afinal, daqui até Maurício são onze horas de vôo.

Entendo que devemos nos reunir no Heathrow às 9:00 da manhã.

Pode mandar um carro me apanhar às 6:30, não mais tarde do que isso? Eu não haveria de querer atrasar tudo agora, haveria?!

Se estiver nos arredores do Groucho *ce soir*, não deixe de me procurar para termos um pequeno *tête-à-tête* pré-filmagem.

Si

debbie_wright@littlewoods/manchester.co.uk
6/1/00, 17:22
Para: lorraine_pallister@millershanks-london.co.uk
Cc:
Assunto: faz as malas

Cara, não acredito. Se você está pensando que vai me meter em outra saia justa como aquela que a gente passou com os gêmeos Sedgewick na festa de dezoito anos da Sandra, pode ir tirando o cavalinho da chuva. Diz ao Liam que eu posso ser a sua melhor amiga, mas que nós não dividimos *tudo*. E manda ele trazer um amigo — sem barriga/com dinheiro. Uma volta a Londres vai me deixar limpa — é você quem vai pagar as bebidas. Se é para eu agitar com você neste fim de semana, preciso depilar as virilhas. Até amanhã. Debs

Susi Judge-Davis — 6/1/00, 17:28
Para: Simon Horne
Cc:
Assunto: missão cumprida

O táxi chegou, fofinho. Os roteiros da Coca vão estar na sua mesa assim que você chegar amanhã. Quer que eu ligue para Celine e diga a ela que você vai "trabalhar até tarde"?

Pinki Fallon — 6/1/00, 17:49
Para: Susi Judge-Davis
Cc:
Assunto: comida

Como vamos ralar até tarde na campanha da Mako, pode encomendar umas pizzas por volta das 20:00, antes de ir para casa? Seis Festivais de Carne grandes com muito presunto e pepperoni para o Liam e os rapazes do estúdio, e qualquer uma sem carne nem queijo para mim. Aí, valeu... ☺

✉ **Susi Judge-Davis — 6/1/00, 17:55**
Para: Pinki Fallon
Cc:
Assunto: comida

Eu trabalho para o Simon e apenas para o Simon. Não vou encomendar suas pizzas. Essa atribuição é da Zoë, só que ela já foi para casa há muito tempo.

✉ **Rachel Stevenson — 6/1/00, 18:00**
Para: David Crutton
Cc:
Assunto: Chandra

Redigi uma carta de demissão para Chandra e já está com Lorraine para você assinar. A escritura será lavrada amanhã. Quanto ao e-mail, pelo que entendi, o problema é inerente ao software. Chandra providenciou para que um especialista em Lotus Notes desse uma olhada nele.

✉ **Melinda Sheridan — 6/1/00, 19:31**
Para: Daniel Westbrooke
Vince Douglas
Brett Topowlski
Cc:
Assunto: RPP

Bem, rapazes (perdão, Daniel, *cavalheiros*), foi ou não foi uma pré-produção de merda? Daniel, espero sinceramente que você se saia melhor orientando seu cliente quando chegarmos àquelas praias. Nathan Zapruder não saiu nada satisfeito do prédio. Sugiro que quando as câmeras estiverem filmando sigamos a conduta recomendável a uma queima de fogos de artifício e nos mantenhamos a uma boa distância.

Porém, se sentir que seu nível de estresse já está disparando, Danny Boy, não se afobe. O socorro está a caminho. Nosso expoente da criação, Simon Horne, decidiu que não podemos em hipótese alguma passar sem ele e se juntará aos bons. Você vai ficar ainda mais feliz de saber que, antes mesmo da viagem, ele já exerceu uma influência marcante, exigindo que trocássemos as reservas do hotel para o Le Touessrok. Vincent e Brett, vocês se divertirão horas a fio sujando lençóis que foram amassados pela régia popança da Duquesa de York.

E Daniel, você apreciará a expressão no rosto do seu cliente quando entregar a ele a fatura de... hum, vejamos, umas continhas de cabeça: trinta e dois membros da equipe de filmagem, seis do cast, meia dúzia de bicões sortidos, mais a conta do minibar de Simon... mais 55.000. Estou louca para que a próxima semana chegue logo. E vocês?

✉ **Daniel Westbrooke — 6/1/00, 19:44**
Para: Melinda Sheridan
Cc:
Assunto: LOVE

Isso é simplesmente o fim da picada. Será que Simon não compreende que cheguei ao cargo de Diretor de Atendimento exatamente porque sou perfeitamente capaz de tomar conta de um cliente nervoso e uma dupla de criação alvoroçada? Pode ter certeza de que conversarei sobre esse assunto com ele imediatamente.

✉ **Brett Topowlski — 6/1/00, 19:49**
Para: Liam O'Keefe
Cc:
Assunto: sujou

Danou-se, cara. Mel acabou de me dizer que o Horne vai com a gente à porra da filmagem. Ele não pode, pode? Quer dizer, daqui a pouco mais de uma semana ele enfrenta a maior concorrência da vida dele, porra! O Crutton não deixaria ele ir. Ou deixaria?

E ele nem gosta do roteiro. Só chegou a ser apresentado porque o nosso tempo tinha acabado e ele já tinha baixado o pau em todas as outras idéias. Era para sermos só eu e o Vin numa praia. Sozinhos. Tendo por companhia apenas doze amostras perfeitamente esféricas da arte do cirurgião plástico (tá legal, tá legal, a equipe de filmagem também estaria lá, mas você entendeu o que eu quis dizer). Por que está dando tudo tão errado? E por que você está enfiado no estúdio *trabalhando* quando precisamos que nos ajude a nos afogarmos num tanque de Absolut? E você ainda se considera nosso amigo?

✉ **Daniel Westbrooke — 6/1/00, 19:51**
Para: Simon Horne
Cc:
Assunto: LOVE

Simon, adorei saber que você decidiu nos acompanhar em nossa pequena excursão a Maurício. Naturalmente, ergo as mãos para o céu por ter uma companhia erudita para passar comigo os longos poentes tropicais. Estou mais impressionado, no entanto, com o fato de você estar disposto a transmitir a sua sabedoria salomônica para os nossos jovens publicitários. Espero, para o próprio bem deles, que enxerguem o sacrifício que você está fazendo.

A propósito, fico satisfeito que você tenha nos transferido para o Le Touessrok. Em que pese aos seus incansáveis esforços, devo confessar que tenho as minhas dúvidas quanto à capacidade de Melinda, ainda mais considerando a pocilga em que ela havia reservado quartos para nós. E não se preocupe com a despesa adicional. Eu não seria Diretor de Atendimento se não soubesse "perder" gastos indesejáveis no qüiproqüó das contas.

✉ **Daniel Westbrooke — 6/1/00, 19:57**
Para: David Crutton
Cc:
Assunto: LOVE

Embora tenha ficado felicíssimo de saber que Simon vai acrescentar sua mão firme ao timão da nossa filmagem da LOVE, confesso que fiquei um pouco surpreso com sua decisão de permitir que ele nos acompanhasse, diante da "velocidade da luz" em que a concorrência da Coca-Cola se apoxima. Eu nunca questionaria os seus motivos, David, e, obviamente, você tem bastante confiança no rumo que a campanha está tomando para crer que a agência pode passar sem o tirocínio criativo de Simon.

✉ **David Crutton — 6/1/00, 20:04**
Para: Daniel Westbrooke
Cc:
Assunto: LOVE

Taí, essa é nova para mim. É a primeira vez na vida que você me conta uma coisa que eu já não soubesse. Mas compreenda uma coisa. Se eu acabar permitindo que Simon embarque no seu trem da alegria, isso se deverá exclusivamente ao fato de que considero a presença dele na apresentação da campanha da Coca tão dispensável quanto a do diretor de atendimento.

✉ **David Crutton — 6/1/00, 20:10**
Para: Simon Horne
Cc:
Assunto: LOVE

E aí, quando é que você estava planejando me contar que ia se mandar na maior para o oceano Índico? Quem sabe não estava pretendendo me mandar um fax do seu hotel? Mas nem mesmo *você* pode ser tão imbecil a ponto de achar que estaria seguro do outro lado do mundo quando eu descobrisse. O único motivo pelo qual não estou arrancando seus braços e pernas é porque você me deu um material muito bom hoje. Uma explicação seria bem-vinda.

✉ **Pinki Fallon — 6/1/00, 20:38**
Para: Estúdio
Cc:
Assunto: pizzas

Olá, Mac Meninos. Seis pizzas maravilhosas, quentinhas (☺☺☺☺☺☺). Venham buscar... ☺

✉ **Liam O'Keefe — 6/1/00, 23:32**
Para: Todos os Departamentos
Cc:
Assunto: referência

Será que alguém que ainda esteja aí por acaso tem alguma foto da Lisa do TLC? Estou precisando desesperadamente para um anúncio da Mako. Acho que saiu uma na *Maxim* do mês passado, mas as páginas do único exemplar no meu andar estão grudadas. Valeu...

✉ **Nigel Godley — 6/1/00, 23:35**
Para: Todos os Departamentos
Cc:
Assunto: referência

Estou aqui! Desculpe, mas nunca ouvi falar no TLC. No entanto, tenho uma excelente foto de Olivia Newton-John (do seu apogeu artístico em *Xanadu*!), se você não se importar com as marcas de tachinhas. — Nige

✉ **david_crutton@millershanks-london.co.uk**
6/1/00, 23:49
Para: manuel_dealmeida@aol.co.pt
Cc:
Assunto: UM ALÔ DA TUA MÃE

MANUEL, MY QUERIDO SUN. COMO BAIS YU E TODA FEMMILY EM LISBOA? QUE ACHAS DA YOR OLD MAMÃ NO IMEIL DE UM CUMPIUTER, HEIN? IEU CUMEÇAI A WORK NUMA BIG CUMPANY DE MARQUETINGUE E AM CLININ O ISCRITÓRIO DO BIG BOS. BI O CUMPIUTER DEL LIGADO E ANHÍ PENSAI EM PRACT CAR MY INGLIS E CUMPUTATION AO MESMO TIME. COMO BÃO YOR YSTUDYS? ESTÁS TAKIN CONTA DA YOR SISTERZINHA JOANA COMO IEU TE ASK? ESTE PLEIS É UMA POCA BURGONHA. YESTERDEY DE NAIT IEU BI UM MAN BUTAR UMA FUNSIUNÁRIA NO AY DA STRIT, AND DIPOIS, PRA MUSTRAR QUIEL ESTAVA NOT SIMPURTANDO, FEZ SEX COM UM MAN BISTIDO DE WUMAN NA TÊIBOL DO ISCRITÓRIO. IEU TIBE QUE CLIN ÓL PURCARIA DIPOIS. REZO FOF THE BIRGEM MARIA PLA SOW DESTAS PÍPOW. EU FLAI PRA CUITADINHA DA GUERL QUE PIRDEU O JOB QUE IEU GOW AO TRIBUNAL PUR IELA AND GUIVE MY TESTAMONY. NAW IEU TANHO QUE CLIN O BATE-RUM DO BIG BOS. TÃE TURNAIRAS DE GOLD E UM PURFUME QUE RIMAIND A YOR TIA TERESA, QUE GOD A PURDOE. AMILIAN BAIJOS E AS SAUDADES DE ÓLWEYS DA YOR MAMÃ.

Sexta-feira, 7 de janeiro

✉ **Harriet Greenbaum — 7/1/00, 8:02**
Para: James Gregory
Katie Philpott
Liam O'Keefe
Pinki Fallon
Cc:
Assunto: Mako

Bom-dia, gente. Vamos revisar a apresentação da Mako na sala de reuniões em dez minutos. Vejo vocês lá.

✉ **Pinki Fallon — 7/1/00, 8:06**
Para: Harriet Greenbaum
Cc:
Assunto: Mako

Vou me atrasar alguns minutos. Estou reescrevendo os títulos para se referirem a Olivia Newton-John, em vez do TLC. Liam mandou pedir desculpas. Disse que já era tarde e que não sabe o que deu nele... ☺

✉ **Simon Horne — 7/1/00, 8:35**
Para: David Crutton
Cc:
Assunto: LOVE

David, acabei de chegar para aplicar a última demão de verniz em "VOU DE COCA AONDE FOR" e li o seu e-mail.

Estou magoado por você pensar que eu abandonaria o navio logo agora, em que vocês mais precisam de mim. Fiquei num dilema mortal antes de tomar essa decisão.

Permita-me, por obséquio, expor as minhas razões.

Foi você mesmo quem disse que a minha *idée grande* resolvia o problema da Coca.

Agora de manhã, estou com uns roteiros novos para lhe mostrar que constituirão o cerne da nossa campanha. Deixo o trabalho braçal a cargo do pessoal prestativo e capaz do meu departamento.

Maurício pode ficar do outro lado do mundo, mas está a apenas dois cliques no mouse. Meu laptop viajará comigo, e mandei Melinda nos trocar de hotel unicamente com o intuito de obter uma suíte equipada com videofone e fac-símile.

A qual formará a Central de Controle para a conquista da Coca.

Também mandei Melinda reservar passagens para mim em *todos* os vôos para a Inglaterra. Caso você precise de mim em carne e osso, é só dizer e voltarei imediatamente.

Se pensa que estou indo pela "curtição", engana-se. Apaguei Maurício da minha lista de resorts ideais depois que Celine foi agredida por um crupiê chinês com uma pá de Blackjack.

Ela até hoje não consegue falar no assunto.

Estou indo por mero senso de dever.

Vince e Brett ainda são verdes demais para carregar o peso dessa filmagem nas costas.

De mais a mais, embora eu não tenha a menor intenção de roubar a cena deles, foi a minha inspiração que possibilitou o roteiros dos dois para a LOVE. Tenho medo de que eles não consigam interpretar a minha idéia sozinhos.

Espero que isso dissipe suas suspeitas de que fui negligente no cumprimento dos meus deveres. Naturalmente, se ainda acha que devo ficar aqui, mudarei de planos num piscar de olhos.

Si

✉ **Simon Horne — 7/1/00, 8:46**
Para: Melinda Sheridan
Cc:
Assunto: LOVE

Mel, me transfere imediatamente para uma suíte no Le Touessrok. E providencia para que disponha de tudo a que tem direito — videofone, fax, modem.

Em seguida, reserva para mim uma poltrona em *todos* os vôos de volta para a Inglaterra.

Se David perguntar, conta para ele *une petite mensonge blanche* e diz que eu fiz todos esses pedidos ontem.

✉ **David Crutton — 7/1/00, 8:58**
Para: Todos os Departamentos
Cc:
Assunto: bosta sobre rodas

Será que alguém poderia me dizer o que aquele Ford Mondeo está fazendo na recepção? Se o nosso cliente da Mako puser os olhos nele, na certa vai sair da agência. Seja quem for o responsável, mande tirá-lo de lá. Você tem meia hora até o nosso cliente chegar.

✉ **Harriet Greenbaum — 7/1/00, 9:03**
Para: David Crutton
Cc:
Assunto: bosta sobre rodas

David, você deve se lembrar de ter me telefonado às 11:00 da noite de ontem para fazer a sugestão absolutamente genial de que puséssemos um Mondeo na recepção a fim de confrontar o cliente da Mako com a séria competição a que ele fará frente quando lançar o seu novo carro. Em função disso, James e Katie cortaram um dobrado até altas horas para encontrar um carro rosa-choque (você foi muito específico a respeito da cor) e colocá-lo na recepção para a apresentação de agora de manhã. Será que você faz uma idéia do quanto é difícil encontrar especialistas na remoção de vidro quadriculado às 3:30 da madrugada? No entanto, como você estava ligando do que parecia ser um bar muito barulhento, talvez eu o tenha entendido mal. Ainda quer que o veículo seja removido?

Ken Perry — 7/1/00, 9:06
Para: Todos os Departamentos
Cc:
Assunto: o carro na recepção

Devo endossar os comentários de DC com relação ao carro na recepção. Se me permitem remetê-los à minha circular de 03/01/00 sobre as novas placas de carpete, é um exemplo do tipo de peso que o Dudley Kositredd não foi projetado para suportar. Com isso, invalida a garantia prolongada que obtivemos do instalador.

Grato pela colaboração, e é bom estar de novo entre vocês.

Ken Perry
Coordenador de Serviços Gerais

Brett Topowlski — 7/1/00, 9:09
Para: Todos os Departamentos
Cc:
Assunto: o carro na recepção

Ken também deveria ter mencionado que, para todos aqueles que vêm trabalhar de carro, há um estacionamento muitíssimo bom no subsolo.

Grato pela colaboração.

Brett Topowlski
Sabe-Tudo de Serviços Gerais

🖂 **Melinda Sheridan — 7/1/00, 9:11**
Para: Simon Horne
Cc:
Assunto: LOVE

Sem querer ser chata, amorzinho, é *un petit mensonge blanc* (sendo *mensonge* convenientemente do gênero masculino). Numa ilha como Maurício, onde o idioma oficial é o francês, um *faux pas* desses pode fazer toda a diferença entre uma mesa com vista para o mar e outra com vista para os latões de lixo da cozinha. *A bientôt.*

🖂 **David Crutton — 7/1/00, 9:12**
Para: Harriet Greenbaum
Cc:
Assunto: bosta sobre rodas

É claro que eu me lembro de ter ligado para você. Pensa que estou gagá? Eu estava apenas testando os reflexos de Ken Perry. Ele passou com louvor. Dê os meus parabéns a James e a Katie pela engenhosidade.

🖂 **David Crutton — 7/1/00, 9:14**
Para: Simon Horne
Cc:
Assunto: LOVE

Sua presença em Maurício depende das seguintes condições:

1. Você deixa os seus novos roteiros para a Coca com Lorraine para eu dar a minha aprovação, e pede a Deus, a Krishna e à Fadinha dos Dentes para que isso aconteça.
2. Em seguida põe uma camisa limpa e uma gravata e se dirige à reunião da Mako, onde sorri educadamente e solta os clássicos chavões de apoio enquanto Pinki e Liam apresentam a campanha deles. Em nenhum momento você toca em Pequeno e Grande, Sujismundo e Vassourinha ou qualquer outra pretensa dupla de humoristas.

✉ **Simon Horne — 7/1/00, 9:17**
Para: Susi Judge-Davis
Cc:
Assunto: compras

Bem, paixão, pelo visto vou ter mesmo que ir para Maurício. É uma grande chatice, mas David está insistindo muito.

Quando você chegar ao escritório, já terei entrado na reunião da Mako. Parece que nem isso eles conseguem fazer sem mim.

Será que você daria uma saidinha para comprar para mim alguns artigos de primeira necessidade?

1. Hawaiian Tropic, FPS 10, 6 e 2.
2. Repelente contra mosquitos.
3. Um creme protetor para o nariz.
4. Um par de calções pretos da Speedo, cintura 48 (os tamanhos deles são minúsculos).
5. Um exemplar de *O Bandolim de Corelli* e a tradução para o francês de qualquer livro de Will Self.
6. Polo Sport Shower Gel.
7. Novas receitas de Valium, Prozac e Mogadon (você tem o telefone do meu médico, não tem?).
8. Sachês da Crabtree & Evelyn para a minha valise.
9. Duas ou três camisetas GG da HMV ou da Tower com os logotipos das bandas do Zeitgeist. Genesis? Supertramp? Você deve saber melhor do que eu.

Encomenda £ 5.000 de traveller's cheques ($ EU) e £ 500 da moeda local no departamento de contabilidade.

E marca para a Celine um longo fim de semana no spa que ela freqüenta (usa o meu Amex da empresa).

Isso vai amenizar o golpe quando eu contar a ela hoje à noite que não vamos mais para Viena e seus queridos cavalinhos da Escola Espanhola de Equitação.

✉ **Simon Horne — 7/1/00, 9:23**
Para: Harriet Greenbaum
Cc:
Assunto: Mako

Não podemos nos dar ao luxo de sofrer outro revés com essa conta.

Por esse motivo, resolvi comparecer à sua reunião da Mako.

Sinceramente, se vocês querem ter alguma chance de vender essa campanha, vão precisar do meu relacionamento com o cliente.

Se vai haver lugares marcados à mesa, me ponha na cabeceira, e Pinki e Liam ao lado do carrinho de café.

Para alguma coisa eles têm que servir.

Si

✉ **Brett Topowlski — 7/1/00, 9:33**
Para: Todos os Departamentos
Cc:
Assunto: bichano

Eu e Vince vamos passar uma semana fora (Maurício, filmagens, modelos fazendo topless, cervejas, enfim, um tédio) e ele precisa de alguém que dê comida para o gato dele. Algum morador de Tooting se habilita? Recompensa: produtos do free shop à sua escolha e o direito de ver em primeira mão polaróides exclusivas de top models tirando o sutiã em nome da Arte.

Brett (em nome de Vince)
P.S: Ele mesmo mandaria este e-mail, se o seu Mac não estivesse na embalagem até hoje.

✉ **Nigel Godley — 7/1/00, 9:37**
Para: Brett Topowlski
Cc:
Assunto: bichano

Estou a dois pulos de Vince, na ensolarada Balham, de modo que terei prazer em ajudar. Ele dá preferência a alguma marca? Meu miau é fã de Gourmet Gold Duck & Goose e não se deixa engabelar por rações inferiores. Ah, esses gatos...! Me fala. — Nige

✉ **Brett Topowlski — 7/1/00, 9:45**
Para: Nigel Godley
Cc:
Assunto: bichano

Ele tinha a esperança de descolar uma tchutchuca que se apaixonasse perdidamente por ele em virtude do seu sensível gosto musical (Mariah, Whitney, Britney), mas diz que você serve. Valeu. O nome do gato é Evander (grande, preto, sem um pedaço da orelha). Mais tarde ele deixa as chaves aí contigo.

✉ **Susi Judge-Davis — 7/1/00, 9:51**
Para: Departamento de Criação
Cc:
Assunto: não posso fazer mais do que já estou fazendo

Como vocês talvez já saibam, Zoë hoje foi a "um enterro" (!!!). Normalmente eu cobriria a saída dela, mas estou até o pescoço organizando as coisas de Si para a viagem dele a Maurício. Talvez uma vez na vida vocês possam se virar sem uma secretária.

✉ **David Crutton — 7/1/00, 10:01**
Para: Daniel Westbrooke
Cc:
Assunto: Kimbelle

Você está me devendo uma explicação — e uma que seja para lá de boa. Acabo de sair de uma ligação para a diretora de marketing da Kimbelle, que nos dispensou. Ela alega que esperou dois meses até marcarmos uma apresentação para o Super Dri. Eu disse a ela que teríamos o maior prazer em lhe mostrar a campanha hoje mesmo, à tarde (será que temos alguma?), mas ela já está vendo apresentações de outras agências. Por que eu não estava a par desse problema? E, se a sua resposta for "Nem eu", por que não, porra? Você é o encarregado do *atendimento*. Será que vou ter que te mostrar um dicionário para explicar o que isso significa? Essa conta representava uma injeção substancial de 250.000 na nossa renda, da qual boa parte foi para o seu bônus no ano passado. Acho melhor você mandar interromper a construção da sua piscina, porque não vai receber um tostão até o fim deste ano fiscal. No meu escritório, agora.

✉ **David Crutton — 7/1/00, 10:20**
Para: Todos os Departamentos
Cc: james_f_weissmuller@millershanks-ny.co.usa
Assunto: Kimbelle

Após longas e difíceis deliberações, decidimos renunciar à campanha dos Absorventes da Kimbelle devido a diferenças irreconciliáveis no plano da criação. Durante as últimas semanas, apresentamos a eles uma variedade de campanhas inovadoras, mas em vão. Cada vez foi ficando mais claro que não poderíamos concordar com eles sem comprometermos a nossa criatividade. Em função disso, concluímos que iria contra os princípios dos fundadores da Miller Shanks entregar a esse cliente uma criação na qual não acreditávamos cem por cento. A ruptura foi, portanto, inevitável. Desejamos-lhes boa sorte em sua busca por uma nova agência.

Gostaria de aproveitar a oportunidade para agradecer a todos que trabalharam com grande afinco nesta conta difícil, a fim de produzir tantos trabalhos excelentes.

A boa notícia é que há inúmeras marcas de produtos sanitários no mundo necessitando urgentemente do toque inigualável da Miller Shanks. Agora que estamos livres da Kimbeile, vamos à luta para conquistar uma delas!

David Crutton
CEO

Brett Topowlski — 7/1/00, 10:27
Para: Liam O'Keefe
Cc:
Assunto: fim da menstruação!

Vivaaaaa! Não temos mais que quebrar a cabeça com a Kimbelle. E pensar que eu ia ter que arrastar às costas um bloco e um pilô até Maurício para descascar esse abacaxi. Com o que é que vou encher o meu tempo agora? Nem imagino. Eu comentei com você que nós vamos para ***Maurício***, não comentei?

Daniel Westbrooke — 7/1/00, 10:35
Para: David Crutton
Cc:
Assunto: Kimbelle

David, sua fúria por esse fiasco é totalmente compreensível. Conforme lhe disse, fiquei tão surpreso como você ao saber que estávamos com dificuldades em relação à Kimbelle. Pode ter certeza de que o culpado já foi identificado e receberá uma severa reprimenda.

James Gregory não será tão presunçoso no futuro.

Prometo que, se eu continuar ocupando um alto cargo na Miller Shanks, isso nunca mais se repetirá. Talvez, na qualidade de Diretor de Atendimento, eu possa criar um grupo de trabalho para estudar "sistemas de alarme preventivos" com o intuito de evitar uma reprise desse episódio.

Se você concordar, darei prioridade a este projeto no instante em que voltar de Maurício.

✉ **Rachel Stevenson — 7/1/00, 10:40**
Para: Todos os Departamentos
Cc:
Assunto: Chandra Kapoor

Após dez anos de casa, Chandra decidiu se afastar da companhia a fim de passar mais tempo com a família. Chandra foi o primeiro coordenador do nosso CPD e, graças a ele, a Miller Shanks fez parte da revolução digital.

Sentiremos sua falta e lhe desejamos muitas felicidades.

Até que um substituto efetivo seja nomeado, Peter Renquist assumirá o cargo de coordenador interino do CPD. Por favor, dêem-lhe o seu apoio neste papel desafiador.

Rachel Stevenson
RH

✉ **Katie Philpott — 7/1/00, 11:07**
Para: Liam O'Keefe
Cc:
Assunto: bárbaro!!!

Uau, você esteve o máximo naquela apresentação! Ainda estou toda arrepiada. — Katie P

✉ **Harriet Greenbaum — 7/1/00, 11:10**
Para: David Crutton
Cc:
Assunto: Mako

Lamento pela Kimbelle, mas aí vai uma boa notícia: a apresentação da Mako foi muito bem. Resumo da belíssima ópera: cliente extremamente satisfeito, comprou toda a campanha sem mudar nada; Pinki e Liam excelentes; Simon calado o tempo todo. Mais tarde lhe dou um informe completo.

✉ **Simon Horne — 7/1/00, 11:14**
Para: David Crutton
Cc:
Assunto: Mako

Bem, acho que consegui salvar nossa pele nesse negócio.

O trabalho estava afundando como uma bóia de chumbo por todas as razões que expus em linhas gerais. Basicamente, o cliente percebeu as falhas.

Apesar de concordar com ele, intervim com o objetivo de dobrá-lo.

O trabalho não o convenceu, mas, como ele confia no meu critério, está disposto a seguir a nossa recomendação.

Pelo menos, reduzi o nosso número de contas perdidas hoje a uma só.

Si

✉ **Harriet Greenbaum — 7/1/00, 11:16**
Para: Pinki Fallon
Liam O'Keefe
Cc: Simon Horne
David Crutton
Assunto: Mako

Só quero agradecer a vocês. Obrigada por largarem tudo para nos tirarem do buraco. Obrigada por criarem uma campanha excepcional em tão curto espaço de tempo. E obrigada por apresentaram-na com tamanha desenvoltura. Fico lhes devendo essa.

✉ **James Gregory — 7/1/00, 11:17**
Para: Harriet Greenbaum
Cc:
Assunto: de volta à Terra

Depois do sucesso da Mako, levei um esbregue do Dan pelo vexame da Kimbelle (lê o anexo). Será que dá para a gente conversar sobre isso mais tarde?

Daniel Westbrooke — 7/1/00, 10:42
Para: *James Gregory*
Cc:
Assunto: *Kimbelle*

James, pelo que posso ver, você é inteiramente responsável por esse desastre. Se estava perdido, por que, pelo amor de Deus, não pediu ajuda? Obviamente eu me enganei ao supor que você estava pronto para assumir responsabilidades. Farei o que puder para protegê-lo da fúria de David. No entanto, quando eu voltar de Maurício, precisamos ter uma conversa franca sobre o seu futuro. Até lá, sugiro que fique quietinho no seu canto para não piorar as coisas.

David Crutton — 7/1/00, 11:20
Para: Harriet Greenbaum
Pinki Fallon
Cc:
Assunto: almoço

Estou certo de que vocês têm muito a me contar sobre a Mako. Também tenho outros assuntos para discutir com vocês. Com Simon e Daniel fora do país na semana que vem, vamos ficar com uma lacuna na diretoria. Vamos conversar durante o almoço. Meu carro sai para o La Mirabelle às 12:50. Vejo vocês dentro dele.

Simon Horne — 7/1/00, 11:23
Para: David Crutton
Cc:
Assunto: almoço

Como vou passar a próxima semana fora, devíamos reservar um tempinho para repassar a Coca.

Está livre na hora do almoço?

David Crutton — 7/1/00, 11:25
Para: Simon Horne
Cc:
Assunto: almoço

Não.

Simon Horne — 7/1/00, 11:28
Para: Harriet Greenbaum
Cc:
Assunto: almoço

Parece que já tivemos a nossa cota de mal-entendidos nestes últimos dias.

Sugiro que façamos um esforço para nos reaproximarmos.

Almoço?

Por minha conta.

Si

Harriet Greenbaum — 7/1/00, 11:31
Para: Simon Horne
Cc:
Assunto: almoço

Não dá, Simon, tenho um compromisso.

Simon Horne — 7/1/00, 11:34
Para: Pinki Fallon
Cc:
Assunto: almoço

Reconheço que a semana que passamos não foi das melhores.

Mas você deve saber que ainda tenho o máximo respeito por você.

Por que não nos confraternizamos durante um ágape e, quem sabe, acertamos as nossas diferenças?

Si

✉ **Pinki Fallon — 7/1/00, 11:39**
Para: Simon Horne
Cc:
Assunto: almoço

Desculpe, Simon, mas já fiz outros planos. Me procura hoje à tarde... ☺

✉ **Liam O'Keefe — 7/1/00, 11:53**
Para: Lorraine Pallister
Cc:
Assunto: almoço

Fui simplesmente fantástico hoje de manhã. A Mako me ama. Venere-me no almoço.

✉ **Lorraine Pallister — 7/1/00, 11:58**
Para: Liam O'Keefe
Cc:
Assunto: almoço

Não posso. Vou fazer compras. Você vive perdendo as minhas calcinhas. Preciso de mais.

✉ **Liam O'Keefe — 7/1/00, 12:03**
Para: Katie Philpott
Cc:
Assunto: almoço

Nesse caso, que tal almoçar comigo? Você pode me mostrar esses seus arrepios um por um.

✉ **Katie Philpott — 7/1/00, 12:06**
Para: Liam O'Keefe
Cc:
Assunto: almoço

Nossa, quanta honra! Eu adoraria. — Katie P

✉ **Simon Horne — 7/1/00, 12:10**
Para: Katie Philpott
Cc:
Assunto: almoço

Foi estimulante travar conhecimento com você na reunião da Mako de hoje.

Você é uma injeção de sangue novo da melhor qualidade.

Sua determinação e entusiasmo são exatamente do que esta velha e cansada companhia precisa.

Talvez possamos travar um relacionamento interdepartamental.

Por que não começamos por um almoço?

Si

✉ **Katie Philpott — 7/1/00, 12:13**
Para: Simon Horne
Cc:
Assunto: almoço

Uau, euzinha convidada para almoçar por uma das "lendas vivas" da publicidade! Eu adoraria, adoraria mesmo, mas, infelizmente, não vou poder. Quem sabe numa outra ocasião? Katie P

✉ **Simon Horne — 7/1/00, 12:19**
Para: Susi Judge-Davis
Cc:
Assunto: almoço

Estou soterrado de trabalho. Não vou conseguir em hipótese alguma escapulir para almoçar.

Pode me fazer um favor piramidal? Dá uma saidinha e compra um sanduíche para mim por volta das 13:00.

Uma focaccia com presunto de Parma, mozarela e um filetinho de azeite seria perfeito.

✉ **pertti_vanhelden@millershanks-helsinki.co.fin**
7/1/00, 12:26 (hora local 14:26)
Para: david_crutton@millershanks-london.co.uk
Cc:
Assunto: pondo as notícias em dias

Lamento ficar todo silencioso a nível de e-mailing hoje, mas a manhã de sexta é a nossa sessão semanal de confraternalização. É onde estamos reunindo em círculos, dando nas mãos e discutindo francamente nossos "temas". Não hão restrições, e todos, desde a mocinha da sala de correio jovem até um guarda-chuva como eu, estão espremendo suas idéias. Hoje estamos retardados porque Astrid, a mocinha da sala de correio jovem, está trazendo seus filhotinhos de cachorros para todos estarmos compartilhando.

Agora estou de volta na terra do cibernetespaço e lamento que você está perdendo Kimbelle. Talvez você ainda descobrirá que Deus escreve certo por tortas de galinha!

Você está permanecendo mudo feito um cuco sobre a questão da Coca-Cola. Estou compreendendo que você está pisando nos ovos do seu diretor de criadagem e que não está desejando ferir seus brioches, mas estou precisando que você está dando o "VAI SER DADA A LARGADA!" para "Melô do Chuá" logo. Hão muitos terrenos para estar preparando!

Hasta la vista, baby — Pertti.

✉ **Daniel Westbrooke — 7/1/00, 12:33**
Para: Simon Horne
Cc:
Assunto: almoço

Simon, parabéns pela esplêndida apresentação da campanha para a Mako. Ainda há pouco esbarrei com a jovem Katie, e ela estava empolgada. Que tal se eu lhe pagasse um almoço para comemorar o seu sucesso? Temos muito a discutir. Além da filmagem, há a questão de delegarmos nossas atribuições enquanto estivermos *ex patria*. Como encarregados dos departamentos de atendimento e de criação, respectivamente, devemos nos cercar por todos os lados.

Me avise se estiver livre.

✉ **Simon Horne — 7/1/00, 12:36**
Para: Daniel Westbrooke
Cc:
Assunto: almoço

Estou até o pescoço colocando tudo em dia antes de viajar.
Mas posso reservar alguns minutos para um filezinho ligeiro.
Que tal no The Ivy?

✉ **Brett Topowlski — 7/1/00, 12:41**
Para: Liam O'Keefe
Cc:
Assunto: almoço

Está a fim de passar a hora do almoço na Mambo, na Carnaby Street, ajudando Vin e a mim a escolhermos umas roupas de praia maneiras*? Confessa, vai, você está louco para fazer isso.

*Para a nossa viagem a Maurício, caso você esteja se perguntando.

✉ **Liam O'Keefe — 7/1/00, 12:47**
Para: Brett Topowlski
Cc:
Assunto: almoço

VAI À MERDA, ESTOU OCUPADO.*

*Me preparando psicologicamente para um árduo *ménage à trois*, caso você esteja se perguntando.

✉ **Simon Horne — 7/1/00, 12:50**
Para: Susi Judge-Davis
Cc:
Assunto: almoço

Onde diabo você está? Tenho 1.000.001 coisas para você resolver. Enfim, esquece o sanduíche. Vou ter que ir buscar o meu próprio almoço.

Antes que morra de inanição.

✉ **Nigel Godley — 7/1/00, 13:06**
Para: Todos os Departamentos
Cc:
Assunto: almoço

Parece que a agência se esvaziou. Mas, se alguém estiver trabalhando, fiz sandubas de queijo e picles demais (outra vez!). Fique à vontade para vir fazer uma boquinha comigo — Nige

✉ **Susi Judge-Davis — 7/1/00, 15:21**
Para: Simon Horne
Cc:
Assunto: almoço

Lindinho, me desculpe por não estar aqui aquela hora, mas é que passei a manhã inteira fazendo as compras para a sua viagem. Trouxe tudo. E encontrei uns óculos Versace bárbaros! São *a sua cara* e só custaram £ 269. Comprei-os no seu cartão. Espero que você não fique chateado — não vai ficar, quando os vir. Também comprei suas camisetas — Rage Against the Machine e Marilyn Manson. Eu nunca tinha ouvido falar neles, mas o vendedor na Tower me garantiu que são muito "in". Também comprei para você um boné de beisebol do "Mong & Lóide". Você vai ficar tão descolado! Acho que você ainda está almoçando. Se voltar nos próximos minutos, dei só um pulinho no banco para apanhar o seu dinheiro... Bicotas, S.

✉ **Katie Philpott — 7/1/00, 15:41**
Para: Liam O'Keefe
Cc:
Assunto: muito obrigada

Obrigada pelo almoço. E sim, eu adoraria sair na terça. Menino, nunca estive numa "rave" antes!!! Preciso comprar alguma coisa supertransada para usar — Katie P

✉ **David Crutton — 7/1/00, 16:03**
Para: Todos os Departamentos
Cc:
Assunto: atribuições

Como a maioria de vocês já sabe, Simon Horne e Daniel Westbrooke vão se ausentar do escritório na semana que vem para supervisionar a importantíssima filmagem da LOVE. Depois de discutirem o assunto comigo, eles decidiram delegar suas atribuições a Pinki Fallon e a Harriet Greenbaum.

Todos os trabalhos de criação serão submetidos à aprovação de Pinki, e também será ela quem tratará de quaisquer problemas que surjam nessa área.

Os assuntos do atendimento ficarão a cargo de Harriet. Na ausência de Daniel, Harriet também assumirá a direção da concorrência da Coca. Por favor, dêem-lhe o seu mais irrestrito apoio, como Simon, Daniel e eu faremos.

Gostaria de terminar a semana num bom astral, mencionando a reunião de hoje com a Mako. O cliente acaba de me ligar neste exato minuto para nos agradecer e dizer que foi a apresentação mais profissional a que ele já assistiu na vida. Parabéns a todos os envolvidos, mas principalmente a Harriet, Pinki e Liam O'Keefe.

Um bom fim de semana para vocês. Até porque, como a concorrência da Coca é na segunda sem ser esta a outra, o fim de semana que vem está cancelado.

David Crutton
CEO

David Crutton — 7/1/00, 16:07

Para: Simon Horne
Daniel Westbrooke

Cc:

Assunto: atribuições

A esta altura vocês já devem ter lido o meu e-mail anterior e não devem estar lá muito satisfeitos. Eu queria ter discutido esses assuntos com os dois, mas não os encontrei em parte alguma (estavam enchendo o pandulho ou espanando a poeira das Louis Vuittons?). Se não gostarem, azeite. O sol mauriciano amenizará suas mágoas.

✉ **Melinda Sheridan — 7/1/00, 16:10**

Para: Simon Horne
Daniel Westbrooke
Vince Douglas
Brett Topowlski

Cc:

Assunto: um, dois, três, já!

Precisamos nos encontrar e deixar tudo combinado para que todos os nossos patinhos estejam numa fila bem bonitinha antes de nosso suplício começar amanhã. Na minha sala, às 17:30? Daniel e Simon, o Sancerre já está no congelador. Brett e Vince, tenho Carlsberg Special.

✉ **Daniel Westbrooke — 7/1/00, 16:29**

Para: Simon Horne

Cc:

Assunto: perspectiva negra

Se você estiver lendo este e-mail, então é porque já voltou à sua mesa e já viu os e-mails de David. Parece que justamente aquilo que ambos temíamos aconteceu. Acho que o melhor que podemos fazer agora é aceitar o fato consumado com elegância e passar nossa temporada em Maurício planejando um contra-ataque.

✉ **Simon Horne — 7/1/00, 16:32**

Para: Daniel Westbrooke

Cc:

Assunto: perspectiva negra

De acordo.

Vamos unir as nossas frentes.

Brett Topowlski — 7/1/00, 16:35
Para: Liam O'Keefe
Cc:
Assunto: safári de surfe

Já voltou do almoço? Onde é que você estava, pô? Com a Lol não era, porque a gente esbarrou com ela no Soho. Andou fazendo das suas? E se a Pinki vai ser a diretora de criação, você vai ser o quê, o diretor assistente de criação? A gente vai ter que te chamar de "senhor"? Enfim, vem ver o que a gente comprou. Vin trouxe um daqueles trajes de surfista em neoprene. O bestalhão nem sabe nadar.

Simon Horne — 7/1/00, 16:37
Para: Harriet Greenbaum
Cc:
Assunto: você está de parabéns

Parabéns, Harriet. Agora é a sua chance de sair da sombra um tanto sufocante de David e brilhar.

Eu sempre soube que você tinha capacidade para isso.

Andei sendo um pouco duro com você nos últimos tempos.

Mas é apenas porque sei que você tem em comum comigo o altíssimo nível profissional.

Agora, faça frente ao desafio assumindo a minha campanha e conquistando a conta da Coca-Cola.

Si

Daniel Westbrooke — 7/1/00, 16:38
Para: David Crutton
Cc:
Assunto: atribuições

Você tirou as palavras da minha boca. Eu havia marcado uma hora na sua agenda agora de tarde para recomendar que Harriet assumisse a direção enquanto eu estivesse viajando. Não consigo pensar em nenhuma assistente melhor. Quanto à reorganização do departamento de criação, também acredito que é uma excelente medida. Ultimamente Simon tem andado um pouco cansado, e seu trabalho decaiu muito. Acho que colocar Pinki na liderança pode dar ao nosso pessoal da criação a injeção de energia de que eles estão precisando. Agora vou dar uma atenção a Harriet e me assegurar de que ela está totalmente cônscia do que a espera.

✉ **Daniel Westbrooke — 7/1/00, 16:42**
Para: Harriet Greenbaum
Cc:
Assunto: brincando com fogo

Estou impressionado, Harriet. Devo confessar que admiro a sua solércia. No entanto, gostaria de lhe oferecer um conselho amigável. Eu jamais teria me tornado Diretor de Atendimento de uma agência de primeira linha se não soubesse defender os meus interesses. Agora você está nadando com os peixes grandes. Tem certeza absoluta de que está preparada?

✉ **David Crutton — 7/1/00, 16:43**
Para: Daniel Westbrooke
Cc:
Assunto: atribuições

Muito obrigado por endossar as minhas medidas. É sempre bom saber que tenho o seu apoio incondicional. Aliás, agora que escrevo isso, me ocorre que nunca tomei uma única decisão com a qual você não concordasse plena e irrestritamente. Que coisa mais extraordinária.

✉ **Harriet Greenbaum — 7/1/00, 16:44**
Para: Daniel Westbrooke
Cc:
Assunto: brincando com fogo

Obrigada pelo conselho. A semana que vem está prometendo ser bem difícil, de modo que qualquer dica sobre como enfrentá-la é útil. Faça uma excelente viagem, Daniel.

✉ **Liam O'Keefe — 7/1/00, 16:45**
Para: Lorraine Pallister
Cc:
Assunto: *Prazeres do Sexo*, pps. 13, 48, 97, 122...

Estou afinzão. O que você vai fazer hoje à noite?

✉ **Simon Horne — 7/1/00, 16:47**
Para: Pinki Fallon
Cc:
Assunto: atitude chocante

Bem, obrigado, muitíssimo obrigado. Depois de eu ter relevado a sua conivência naquele episódio da Mako e de ter lhe dado outra chance, é assim que você me paga. Mas esta não é a primeira vez que abusam da minha bondade, nem acho que será a última.
Aproveite o seu curto reinado, Pinki. Dentro de uma semana estarei aqui novamente, e você voltará a ser uma humilde redatora.

Si

✉ **Simon Horne — 7/1/00, 16:51**
Para: David Crutton
Cc:
Assunto: passando a pasta

Ainda acho que eu poderia ter me saído muito bem como diretor de criação do meu "segundo escritório" em Maurício.

Entretanto, você já tomou a sua decisão.

Assim seja.

Neste caso, que tal se Pinki e eu fôssemos ao seu escritório antes do fim do dia para nós dois a inteirarmos do que queremos para "VOU DE COCA AONDE FOR"?

Si

✉ **Lorraine Pallister — 7/1/00, 16:52**
Para: Liam O'Keefe
Cc:
Assunto: *Prazeres do Sexo*, pps. 13, 48, 97, 122...

Hoje à noite não dá. Vou apanhar a Debbie e em seguida vamos fazer coisas de mulher — lavar a cabeça, trocar dicas sobre maquiagem e lingerie, você sabe o tipo de coisa. Poupe as suas forças. Me liga amanhã. Mas não muito cedo.

✉ **David Crutton — 7/1/00, 16:56**
Para: Simon Horne
Cc:
Assunto: passando a pasta

Isso não vai ser necessário. Já expliquei a ela em detalhes o seu trabalho e ela está bem enfronhada. Aliás, tem até algumas idéias para melhorá-lo. Sugiro que você vá para casa e se prepare para o seu merecido descanso.

✉ **Simon Horne — 7/1/00, 16:59**
Para: Susi Judge-Davis
Cc:
Assunto: analgésico

Enxaqueca, enxaqueca...

✉ **Liam O'Keefe — 7/1/00, 17:06**
Para: Katie Philpott
Cc:
Assunto: planos

Hoje à noite?

✉ **Katie Philpott — 7/1/00, 17:12**
Para: Liam O'Keefe
Cc:
Assunto: planos

Nossa, duas vezes no mesmo dia!!! Mas não posso. Vou levar mamãe para assistir a *Cats*. É o presente de Natal dela, de modo que não posso decepcioná-la. Um ótimo fim de semana para você. — Katie P

✉ **Liam O'Keefe — 7/1/00, 17:17**
Para: Brett Topowlski
Cc.
Assunto: planos

Que e que você e o Vin vão fazer? BZ para dar a partida na night? Já viu o Horne com aqueles óculos de sol ridículos? Diz ele que melhoram a enxaqueca. O infeliz pirou de vez. Pensa que é um Backstreet Boy.

✉ **Brett Topowlski — 7/1/00, 17:20**
Para: Liam O'Keefe
Cc:
Assunto: planos

Não dá para encher a cara hoje à noite. Tenho que ir para casa fazer as malas, encontrar o meu passaporte e me deitar bem cedo, porque, como você talvez já saiba, *vamos voar para Maurício, o Playground dos Ricos e Famosos amanhã bem cedinho*... aliás, quer saber de uma coisa? Foda-se. Vamos tomar umas cervas no escritório da Mel daqui a cinco minutos. Te vejo lá e dali a gente já sai direto. Tá a fim de encarar uma boate? E já chega dos óculos do Horne. Vou ter uma semana inteira para curti-los. Não preciso que você me lembre.

✉ **Simon Horne — 7/1/00, 17:23**
Para: Brett Topowlski
Vince Douglas
Cc:
Assunto: estejam preparados

Se pensam que vão passar a semana que vem de papo para o ar na praia, com a cabeça pululando de fantasias onanísticas, estão redondamente enganados.

Vão ter muito trabalho pela frente.

Vince, leve pilôs e blocos A4 em quantidade.

Brett, ponha seu laptop na mala e não deixe de pedir um modem ao CPD, para poder mandar e-mails para o escritório.

Não aceitarei a desculpa esfarrapada de que você não pode trabalhar porque está incomunicável.

Si

✉ **Simon Horne — 7/1/00, 17:29**
Para: Departamento de Criação
Cc:
Assunto: durante a minha ausência...

Eu não teria deixado Pinki assumir o meu cargo se não tivesse o mais total respeito pelo seu discernimento.

Espero que vocês também o demonstrem.

E, embora eu possa estar a milhares de quilômetros daqui, estarei com um olho lá e outro cá.

Exijo ser mantido ao corrente de cada acontecimento. Telefonarei diariamente para Pinki e Susi cobrando relatórios completos sobre o andamento das coisas.

Se houver algum problema, vocês poderão falar comigo a qualquer hora. Susi tem os números de meu telefone e de meu fax.

E também há o e-mail.

Há muito a ser feito, senhoras e senhores. Embora o gato vá estar em jornada, os ratos porão suas patinhas à obra.

Si

✉ **Simon Horne — 7/1/00, 17:36**
Para: Melinda Sheridan
Cc:
Assunto: minhas desculpas

Melinda, infelizmente não poderei comparecer à sua pequena *soirée*.

Tenho muito a fazer para impedir que este lugar desmorone no instante em que eu pisar no avião.

Vejo você no aeroporto.

Si

✉ **Simon Horne — 7/1/00, 17:42**
Para: Susi Judge-Davis
Cc:
Assunto: táxi!

Você foi meu anjo da guarda esta semana. Obrigado, menina de ouro.

Mais uma tarefa antes de eu lhe dizer *adieu*.

Dois táxis, por favor. Um para transportar minhas coisas e loisas para casa, e o outro para me levar ao Groucho. Estou precisando desesperadamente de um martíni corretamente servido e de companhias civilizadas.

E liga para a Celine para dizer que vou chegar um pouco tarde — uma reunião com David, você conhece a rotina. Pede a ela para deixar de fora meus artigos de viagem de negócios de sempre, junto com a mala de couro e a maleta menor da Mulberry.

É isso. Você está livre de mim. Procure ao máximo relaxar na semana que vem.

✉ **Susi Judge-Davis — 7/1/00, 17:53**
Para: Simon Horne
Cc:
Assunto: táxi!

Os táxis vão estar aqui dentro de dez minutos. Celine já foi notificada (devo avisar que ela pareceu um pouco fria). E obrigada, eu adoraria relaxar na semana que vem, mas vou ficar de olho no pessoal. Não quero de jeito nenhum que eles deixem você na mão. Vou sentir tantas saudades suas... Bicotas, S.

Domingo, 9 de janeiro

▼

✉ **Nigel Godley — 9/1/00, 15:44**
Para: Todos os Departamentos
Cc:
Assunto: dá uma parada!

Finalmente dou a minha Bic por tampada até segunda-feira. Agora, vou relaxar na sala de reuniões com os pés em cima da mesa e assistir ao compacto de *EastEnders*. Se você também tiver vindo trabalhar hoje, te vejo lá. — Nige

Segunda-feira, 10 de janeiro

▼

✉ **brett_topowlski@millershanks-london.co.uk**
10/1/00, 4:20 (hora local 8:20)
Para: liam_okeefe@millershanks-london.co.uk
Cc:
Assunto: MAURÍCIO, 10 DE JANEIRO DE 2000: PRIMEIRO DIA

Lá estávamos nós mergulhando em direção a Bahrain, para fazer a nossa escala, quando ouvimos um barulho de estouro vindo do 16F. Era a gata da LOVE, Linzi, morta de dor. Uma das próteses de silicone dela tinha se rompido — algo a ver com a pressão atmosférica. O comandante fez aquela célebre cena do "Há algum médico a bordo?". Havia quatro, todos disputando a tapas o privilégio de ser o primeiro a redigir um artigo para a *Lancet*. Quando aterrissamos, ela foi levada às pressas para o hospital. Vin ficou profundamente abalado. Tinha reservado Candi para aliviar o estresse. Agora nosso cast está reduzido a cinco.

Chegamos a Maurício e as coisas definitivamente começaram a melhorar. Vin deu toda a ficha da farmácia particular do Horne para o pessoal da alfândega e eles o puxaram para fora da fila. Não acreditaram que os remédios tivessem sido receitados. Levaram ele sei lá para onde e ele só foi aparecer no hotel seis horas depois, andando com as pernas arqueadas, como se tivesse acabado de ser submetido a uma revista íntima. Foi direto para a sua suíte e não o vimos mais desde então. Se Deus quiser, ele vai ficar lá até o fim da viagem. Babaca.

Este lugar é incrível, cara, falando sério. Martine McCutcheon está aqui. Precisava só ver ela de fio-dental — um espanto. Melhor ainda, aquela francesa que trabalhou em *Betty Blue* e naqueles comerciais antigos do celular One-2-One está hospedada aqui. Vin topou com ela no bar ontem à noite e ela disse"vai se foder" com o sotaque mais sexy do mundo. Nunca vi um fora deixar um cara de pau duro.

Vin, Mel e Nathan se mandaram num jipe para pesquisar locações. Acabei de tomar o café da manhã na varanda do meu quarto (dá para acreditar? Esse lugar é cinco estrelas e ninguém aqui jamais ouviu falar em Heinz Salad Cream). Estou ouvindo Mandi (150 de busto, 62 de cintura, 90 de quadris) acordar. Ela ainda está traumatizada com a explosão do peito de Linzi e vai precisar de um pouco de conforto. Como diz o maneiríssimo Jay-Z, essa vida é uma paulada na moleira.

Que foi que aconteceu com você na noite de sexta? Se deu bem com aquela garçonete bósnia? Vin ficou tão mamado que quase perdeu o vôo. Tive que submetê-lo a um tratamento desintoxicante intensivo na sala de espera dos passageiros da classe executiva do Heathrow.

✉ **simon_horne@millershanks-london.co.uk**
10/1/00, 4:48 (hora local 8:48)
Para: susi-judgedavis@millershanks-london.co.uk
Cc:
Assunto: tarefas

1. Liga para o meu médico assim que chegar, pede mais remédios e manda por Sedex. Pelo visto, os camponeses analfabetos que trabalham na alfândega daqui nunca ouviram falar em Prozac e confiscaram todas as caixas.
2. Quando Pinki se dignar de aparecer, diz a ela para me mandar por fax qualquer coisa que tenha sobre a Coca. Não aceite desculpas.
3. Se David demonstrar o menor sinal de interesse, diz a ele que estou comendo o pão que o diabo amassou.

✉ **David Crutton — 10/1/00, 8:22**
Para: Zoë Clarke
Cc:
Assunto: começou bem

Onde é que você está, porra? Por acaso Rachel não deixou claro que agora que você trabalha para mim seu horário de chegar é as 8:00? Você não faz mais parte da comunidade hippie oba-oba que eles chamam de departamento de criação. Estou de saída para uma reunião com os nossos banqueiros. Quando você finalmente chegar, aconselho-a a refletir longamente sobre as suas novas atribuições.

✉ **Pinki Fallon — 10/1/00, 8:45**
Para: Departamento de Criação
Cc:
Assunto: um novo sistema

Gostaria de experimentar uma nova linha de trabalho esta semana. Proponho uma reunião diária para revisarmos campanhas em andamento de um modo mais construtivo, menos competitivo. Isso talvez proporcione um maior senso de autoria coletiva em relação às nossas idéias. A primeira sessão vai ser às 12:30, na sala de reuniões. Vejo vocês lá. E dêem um sorriso para a Lol, nossa nova secretária. Ela está no lugar da Zoë... ☺

✉ **susi-judgedavis@millershanks-london.co.uk**
10/1/00, 9:01
Para: simon_horne@millershanks-london.co.uk
Cc:
Assunto: tarefas

Coitadinho de você, lindinho! O médico já está fazendo as novas receitas, e os comprimidos devem chegar aí amanhã bem cedo.

Bem, longe de mim bancar a dedo-duro, mas há algumas coisas que você precisa saber. Pinki acabou de nos enviar uma circular sobre um novo tipo de revisão. Não entendi patavina, mas tenho certeza de que você não gostaria nada dela. Ela também acendeu uns bastões de incenso fedorentíssimos perto do elevador. Perry já esteve aqui e disse que vão acionar os sprinklers. E ela disse que você não pode receber nenhum material da Coca até que David o tenha visto. Mas não se preocupe, tenho certeza de que é medíocre, sinceramente... Bicotas, S.

✉ **Susi Judge-Davis — 10/1/00, 9:12**
Para: Lorraine Pallister
Cc:
Assunto: sugestões

Não quero de modo algum que comecemos com o pé esquerdo, mas aí vão algumas coisas que você deve saber sobre Simon e o tipo de departamento que ele gosta de dirigir.

> *PONTUALIDADE: Ele é severíssimo quanto à questão de seus funcionários chegarem na hora (8:45), para que sempre haja alguém aqui para atender os telefones. Notei que você chegou alguns minutos atrasada hoje.*
>
> *VESTUÁRIO: Embora o estilo do departamento de criação seja tradicionalmente informal, Simon prefere que as secretárias se vistam com um pouco mais de elegância. Você podia abaixar um tiquinho as bainhas. E creio que achará um par de sapatilhas mais confortável, considerando o quanto baterá pernas de um lado para o outro.*
>
> *ENFEITINHOS: Simon prefere que tenhamos o mínimo possível de objetos pessoais na mesa de trabalho e demais instalações. Ele permitirá dois retratinhos, um da mamãe e outro do namorado, mas não os cole na parede, ponha-os num bonito porta-retratos de prata.*
>
> *HORA DE IR BUSCAR O CHÁ/O CAFÉ: Sua primeira tarefa toda manhã é dar um pulo na cozinha para buscar dois bules de chá (Darjeeling para Simon, Earl Grey para mim) e uma*

garrafa térmica de café para as visitas. Não é obrigatório, mas Simon é tarado por aqueles biscoitinhos de canela que eles têm. Mas, enquanto ele estiver fora, basta o Earl Grey.

CONFRATERNIZAÇÃO: Simon detesta quando seus publicitários ficam flanando por perto das mesas das secretárias. Ele gosta de vê-los dando duro nos seus escritórios, infelizmente. Estou vendo Liam ao lado do seu PC enquanto digito. É só um detalhe, mas, se eu fosse você, não lhe daria corda.

Sei que o pintei para você como um verdadeiro monstro, mas, sinceramente, ele não é. Quando você segue as regras à risca, ele é uma gracinha, um encanto de criatura! Tenho certeza de que você e eu vamos nos dar muito bem. Que tal darmos uma fugidinha na hora do almoço para comermos alguma coisinha rápida e nos conhecermos melhor?

Susi Judge-Davis
Assistente Executiva do Diretor de Criação

✉ **Ken Perry — 10/1/00, 9:23**
Para: Todos os Departamentos
Cc:
Assunto: "pauzinhos de incenso"

Sou obrigado a observar que o acendimento de velas contendo substâncias odoríferas, incenso e produtos aromáticos que tais é proibido pelos termos do contrato de nosso seguro. São definidos na apólice como "artefatos incendiários" e, como tal, podem ocasionar um sinistro. Mandarei Shanice percorrer o edifício agora pela manhã a fim de recolher todos os materiais deste tipo.

Grato pela colaboração.

Ken Perry
Coordenador de Serviços Gerais

✉ **Susi Judge-Davis — 10/1/00, 9:25**
Para: Lorraine Pallister
Cc:
Assunto: alerta pólen

Não quero ser desmancha-prazeres, mas esse lindo buquê que você acaba de receber vai ter que sair daí. Simon é alérgico em último grau a pólen. Sei que ele só volta na semana que vem, mas permanece no ar mesmo com o ar-condicionado ligado. Desculpe.

✉ **Lorraine Pallister — 10/1/00, 9:30**
Para: Liam O'Keefe
Cc:
Assunto: Judge-Dose

Comecei mal com a irmã mais magra de Ally McBeal. Ela acabou de me apresentar ao estatuto do Simon. Pelo que entendi, não estou vestida como deveria, tenho que tirar o meu pôster dos Chemical Bros. da parede e não posso deixar que você fique babando no meu teclado. E você vai ter que jogar fora as flores que me mandou. Simon é alérgico (tinha que ser, não tinha?). Mas obrigada mesmo assim — são lindas. Taí, não achava que você fazia o tipo romântico.

✉ **liam_okeefe@millershanks-london.co.uk**
10/1/00, 9:33
Para: brett_topowlski@millershanks-london.co.uk
Cc:
Assunto: saudações do sétimo céu

Enquanto vocês estão ocupados em passar nos peitos Mandi, Candi, Randi ou Sandi, alguns de nós estamos ralando brabo para ganhar dinheiro. Pinki me botou para desenhar cartazes para a Coca desde o raiar do dia. E ficaram do cacete. Foram feitos em cima do slogan que o Horne criou — VOU DE COCA AONDE FOR —, que, tenho que reconhecer, não é nada mau para um babaca ridículo daqueles. Ele também fez uns roteiros razoáveis.

Um deles usa aquela carção antiga do Garbage, "Queer", que é supermaneira. E, quando a gente pensa no gosto do Simon por "senhoras asiáticas", a coisa adquire um sentido muito mais interessante.

Fim de semana caidaço. As coisas não saíram exatamente como eu esperava. A amiga da Lol, Debbie, é uma cachorra quente, mas não chegou a encarar o Sanduíche O'Keefe. Engrenou com um carinha avacalhado que trafica na Sound Republic e depareceu pelo resto do fim de semana. Também vi a Zoë lá, mandando ver com um negão que era um verdadeiro armário (um armário da marca Barry White).

Lol está ficando cada vez mais safada. Sou um novo homem. Cheguei a ir à delicatessen ontem para comprar croissants e suco de laranja fresquinho para a gente tomar no café da manhã. E hoje senti uma vontade incontrolável de mandar flores para ela. Tentei resistir, mas não consegui. Lírios brancos — pela bagatela de trezentos e cinqüenta paus, cara.

Pinki está tentando transformar a agência em Woodstock, mas conseguiu botar o departamento inteiro para quebrar. Que estranho. Dá para perceber que a Susi não aprova. Lol bolou o apelido Susi Judge-Dose. Gostei. Ela ainda pode vir a ser uma redatora algum dia. Te cuida, brother.

Susi Judge-Davis — 10/1/00, 9:38
Para: Zoë Clarke
Cc:
Assunto: meus pêsames

Espero que o enterro na sexta não tenha sido uma experiência muito traumática. Ouvi Liam comentar que viu você na Sound Republic no sábado. Todos nós temos que buscar uma maneira pessoal de expressar a nossa dor em momentos como este, e fico feliz que você tenha encontrado o seu. Se precisar de um ombro amigo, você sabe onde me encontrar. Felicidades no seu novo cargo.

✉ **Pinki Fallon — 10/1/00, 9:44**

Para: Harriet Greenbaum
David Crutton

Cc:

Assunto: Coca

Acho que estamos fazendo um bom progresso na campanha da Coca. Os roteiros estão ótimos e prontos para serem transformados em storyboards assim que vocês derem o seu consentimento. Liam e eu fizemos uma dúzia de cartazes, e estamos supersatisfeitos com eles. Também estou com três duplas trabalhando em idéias para a mídia impressa, rádio, pontos de venda e não-mídia, e vou dar uma olhada nas suas primeiras idéias às 12:30. Portanto, se estiver bem para vocês, quero lhes mostrar tudo às 16:00. Harriet, sei que você estava pensando em reescrever a apresentação do David, de modo que seria bom se já estivesse com o trabalho na cabeça antes de começar. Me mandem um e-mail com as suas idéias... ☺

✉ **Nigel Godley — 10/1/00, 9:52**

Para: Todos os Departamentos

Cc:

Assunto: à venda

PREGADOR DE BOTÕES RONCO

- O gadget revolucionário que faz com que pregar botões se torne "uma coisa do passado".
- Tão simples que até um "homem" pode usá-lo!
- Use-o em qualquer lugar — num trem, no banheiro, numa reunião.
- Nunca mais experimente aquela constrangedora sensação de "Está faltando um botão".
- £ 9 ou oferta mais próxima.
- O primeiro que vir, compra.

Ligar para x4667 — Nige

Harriet Greenbaum — 10/1/00, 9:59
Para: Pinki Fallon
Cc:
Assunto: Coca

Você já está tornando a vida mais fácil, Pinki. Estarei à sua disposição sempre que precisar de mim.

David Crutton — 10/1/00, 10:01
Para: Pinki Fallon
Cc:
Assunto: Coca

Pelo visto, você está com o trabalho em dia, Pinki. Espero sinceramente que não esteja tentando me engrupir como o seu patrão. Tenho vinte e cinco minutos às 16:00. Acho que só então vou descobrir.

debbie_wright@littlewoods/manchester.co.uk
10/1/00, 10:16
Para: lorraine_pallister@millershanks-london.co.uk
Cc:
Assunto: voltei

Consegui sei lá como pegar um trem para Manchester ontem à noite. Desculpe por me desencontrar de você, mas aquele tal de Howie me deu o melhor ecstasy que eu já tomei na vida. Fiquei ligadona. O Liam é uma gracinha. Acho. Para ser franca, não consigo me lembrar. Dá um "responder" se ainda estiver conversando comigo... Debs

Zoë Clarke — 10/1/00, 10:21
Para: Susi Judge-Davis
Cc:
Assunto: meus pêsames

Obrigada pelo seu interesse, Susi. É bom saber quem são os nossos verdadeiros amigos. Estou me sentindo bastante forte. Aprendi a enfrentar a morte durante o tempo em que trabalhei com você... Beijinhos mil, Zoë

simon_horne@millershanks-london.co.uk
10/1/00, 10:30 (hora local 14:30)
Para: susi_judgedavis@millershanks-london.co.uk
Cc:
Assunto: tarefas II

1. Quando for embalar os remédios, acrescente uma garrafa de Laphroaig. Está sendo totalmente impossível encontrar um malt whisky decente nesta *île tragique*.
2. Participe a Pinki que ela me *passará* todo o material da Coca *agora*. Relembre a ela quem salvou o seu emprego na semana passada, quando ela perdeu a cabeça.
3. E diga a ela também que *sob nenhuma circunstância* poderá usar o meu escritório. Ela pode estar temporariamente na posse do meu título, mas nem em um milhão de anos tolerarei que pratique Feng Shui com os meus móveis.
4. Me lembre de escrever para o Michelin/Guia dos Melhores Hotéis do Mundo sobre o Le Touessrok. A qualidade de seu atendimento despencou desde a última vez que estive aqui. Foram necessárias seis tentativas para o serviço de quarto me trazer um ovo poché corretamente preparado.

✉ **lorraine_pallister@millershanks-london.co.uk**
10/1/00, 10:33
Para: debbie_wright@littlewoods/manchester.co.uk
Cc:
Assunto: voltei

Pensa que eu fiquei preocupada com você? Como se não me lembrasse daquela vez em que você se mandou para Fuengirola e passou cinco dias lá! Mas, se teve uma boa viagem (com o ecstasy), por mim, tudo bem. Já estou na minha nova mesa. Se o Liam se inclinar bastante, ele pode me ver do escritório. Aliás, ele já está vendo o trailer tentador que estou dando para ele do fundo da minha calcinha. O cérebro está dizendo a ele para ir trabalhar. Já o pinto tem outros planos. Ele está vindo para cá: PINTO 1 X CÉREBRO 0. Falo com você depois... Beijão da Lol.

✉ **Susi Judge-Davis — 10/1/00, 10:38**
Para: Lorraine Pallister
Cc:
Assunto: Liam

O que o Liam está fazendo debaixo da sua mesa? Você não leu o quesito referente à confraternização no meu último e-mail? Considere isso como um aviso amigável.

✉ **Lorraine Pallister — 10/1/00, 10:40**
Para: Susi Judge-Davis
Cc:
Assunto: Liam

Não é o que você está pensando. Ele está reconectando meu micro à impressora. Deve acabar daqui a mais ou menos... hum... seis minutos.

✉ **susi_judgedavis@millershanks-london.co.uk**
10/1/00, 11:13
Para: simon_horne@millershanks-london.co.uk
Cc:
Assunto: tarefas II

Não se preocupe, Si querido, já estou providenciando tudo que você me pediu. Pinki ainda está fazendo corpo mole para lhe enviar o material da Coca, de modo que acho que você deve mandar um e-mail diretamente para ela. Por falar nisso, aquela nova secretária, a Lorraine, está me dando um trabalho infernal. Acho que ela não vai "entrar para a nossa família".

✉ **Lorraine Pallister — 10/1/00, 11:16**
Para: Zoë Clarke
Cc:
Assunto: socorro!

Que tal almoçar comigo? Só estou neste andar há dez minutos, e a Susi já está me torrando o saco. Preciso saber como você se virava com ela.

✉ **Zoë Clarke — 10/1/00, 11:19**
Para: Lorraine Pallister
Cc:
Assunto: socorro!

Bar Zero à uma hora. Vou te dar toda a ficha da mocréia!!!!!! Beijinhos, Z.

✉ **harriet_greenbaum@millershanks-london.co.uk**
10/1/00, 11:34
Para: daniel_westbrooke@millershanks-london.co.uk
Cc:
Assunto: Coca

Espero que este e-mail chegue até você em Maurício sem ser mastigado e cuspido no ciberespaço. Está tudo indo bem, espero. Acabo de analisar o seu documento para a apresentação da Coca e confesso que há algumas partes que não fazem sentido totalmente. Espero que você não se incomode, mas vou me aventurar a reescrevê-lo. Naturalmente, vou lhe mandar por fax o resultado da minha tentativa assim que estiver concluída. Ficaria muito grata se você pudesse me dar a sua opinião.

✉ **simon_horne@millershanks-london.co.uk**
10/1/00, 12:11 (hora local 16:11)
Para: pinki_fallon@millershanks-london.co.uk
Cc:
Assunto: Coca

Susi me disse que você está se recusando a enviar o material da Coca para mim.

Não é possível que você já tenha se esquecido de que "VOU DE COCA AONDE FOR" é *minha* idéia.

Nem deve deixar de recordar que a minha confiança em você foi a única coisa que permitiu que você fosse promovida na minha ausência.

Com esses dois fatos em mente você me enviará o material por fax incontinênti.

Si

✉ **pinki_fallon@millershanks-london.co.uk**
10/1/00, 12:14
Para: simon_horne@millershanks-london.co.uk
Cc:
Assunto: Coca

Simon, sinceramente, a idéia de não mandar o material da Coca para você não é minha. David está irredutível em sua decisão de ver tudo primeiro. Me desculpe, mas não posso ir contra ele nesse caso. Obviamente, vou mandar tudo para você assim que ele der a sua aprovação... ☺

✉ **simon_horne@millershanks-london.co.uk**
10/1/00, 12:18 (hora local 16:18)
Para: susi_judgedavis@millershanks-london.co.uk
Cc:
Assunto: enxaqueca, enxaqueca...

Acrescenta Migraleve ao pacote.

✉ **Lorraine Pallister — 10/1/00, 12:26**
Para: Departamento de Criação
Cc:
Assunto: lembrete

Pinki me pediu para lembrar a vocês que a suruba de criação começa daqui a cinco minutos na sala de reuniões. Divirtam-se.

brett_topowlski@millershanks-london.co.uk
10/1/00, 12:30 (hora local 16:30)
Para: liam_okeefe@millershanks-london.co.uk
Cc:
Assunto: MAURÍCIO, 10 DE JANEIRO DE 2000: PRIMEIRO DIA

Acabei de ler o seu e-mail. Tenho certeza de que já vi aquele slogan da Coca em algum lugar. Agora fiquei grilado. Vou perguntar ao Vin assim que ele sair do chuveiro. Ele voltou há pouco da busca da locação. Disse que todas as praias eram uma merda e que Mel e Nathan se queimaram com águas-vivas. Vin acha que foi o seu traje de neoprene O'Neill que o salvou (nesse caso, os 200 contos foram bem empregados). Horne ainda não abandonou a suíte dos recém-casados e conta com os serviços de um garçom em plantão permanente. Mas você devia ver mesmo é o Westbrooke. Ele é uma daquelas tragédias fashion que usam meias na praia. Passou o dia inteiro correndo atrás do cliente, que está rondando as espreguiçadeiras cheio de terceiras intenções, parecendo um David Hasselhoff gordo e suado. Lá vou eu. Mandi passou meu Deep Heat numa queimadura de sol e está gritando como um bacorinho. Ela está longe de ser um gênio, mas tem os lábios perfeitos para um boquete (o colágeno é *um bom camarada — ninguém pode negar*).

melinda_sheridan@millershanks-london.co.uk
10/1/00, 12:45 (hora local 16:45)
Para: harriet_greenbaum@millershanks-london.co.uk
pinki_fallon@millershanks-london.co.uk
Cc:
Assunto: Mako

Só queria que vocês me dessem notícias da Mako. Posso estar aqui no paraíso, mas nunca me esqueceria das minhas florezinhas na nossa querida Inglaterra. Aliás, se querem mesmo saber, de paraíso isso aqui não tem nada. Minha perna está fazendo uma imitação muito convincente de um salame inflável depois de um encontro com uma água-viva. Considero isso de mau agouro. Perguntei a um pescador por que todos os barcos tinham sido arrastados para o mar e ele murmurou algo em tom sombrio sobre um tufão. É claro que o instituto de meteorologia local alegou não estar sabendo de nada, mas já vi esse filme antes, meus amores. Meu voto vai para o bronzeado senhor remendando suas armadilhas de lagostas.

Mas já chega de mim e das minhas agruras. De volta à Mako! Entendo que a reunião na sexta foi bem, e que agora devemos nos apressar para a produção. Pinki, mandei a minha secretária providenciar vários rolos de diretores para você analisar. Você deve dizer a ela quais são os seus preferidos. Harriet, será que pode me passar os horários e orçamentos, para eu começar a preparar o cronograma?

Agora tenho que reunir aqueles adoráveis patifes, Vincent e Brett, antes que eles façam mais algum estrago. Já perdi um membro do meu talentoso cast depois de uma erupção vesuviana de silicone. Não quero perder mais nenhum para as suas sórdidas atenções.

Gostaria que vocês estivessem aqui.

✉ **David Crutton — 10/1/00, 12:50**
Para: Zoë Clarke
Cc:
Assunto: almoço

Vou trabalhar durante o horário de almoço hoje. Você pode se redimir pela sua estréia catastrófica agora de manhã comprando para mim um sanduíche (queijo, alface e maionese num coiozinho), um saco de batatinhas sabor queijo e cebola, uma Coca diet, uma barra de cereal e uma de chocolate bem grande. E anda logo. Não sou um cara legal quando estou com fome.

✉ **Lorraine Pallister — 10/1/00, 12:52**
Para: Zoë Clarke
Cc:
Assunto: almoço

Na recepção, daqui a dois minutos.

✉ **brett_topowlski@millershanks-london.co.uk**
10/1/00, 12:58 (hora local 16:58)
Para: liam_okeefe@millershanks-london.co.uk
Cc:
Assunto: bingo!

Eu sabia que já tinha visto aquele slogan da Coca. Acabei de perguntar ao Vin e ele se lembrou no ato. Uma dupla de garotas da Watford deixou sua pasta com o Horne alguns meses atrás. Ele nem se deu ao trabalho de olhar, mas a gente deu uma espiada discreta enquanto estava debaixo da mesa da Susi — as duas pareceram supersaradas quando vieram entregá-la, daí a gente teve a idéia de procurar o telefone delas lá dentro. Enfim, elas tinham feito uma campanha para o 7UP, e o slogan era "VOU DE 7UP AONDE FOR". Era disparado o melhor trabalho que elas tinham. Por acaso algum dos roteiros do Horne é sobre um apicultor e um vendedor? Se for, não se trata de uma coincidência. O sacana esperto chupou a campanha das duas.

Topowlski da Scotland Yard

✉ **pertti_vanhelden@millershanks-helsinki.co.fin**
10/1/00, 13:19 (hora local 15:19)
Para: david_crutton@millershanks-london.co.uk
Cc:
Assunto: Melô do Chuá

Estou preocupando que você está continuando indecidindo sobre o assunto da Coca e isso está nos deixando muito retardados aqui. Então essa manhã estou tomando a liberdade de estar preparando materiais apresentáveis em seu nome. Estou buscando à avião grandes artistas de storyboards de Estocolmo. Eles estarão fazendo um trabalho gente fina, daquilo tenho a certeza.

Também tenho notícias de um progresso de ainda mais considerabilidade. Estou fuçando meus contatos muito bons nas gravadoras pop e acredito que estou fazendo o Aqua eles mesmos interessados em cantar "Melô do Chuá" na reunião apresentativa! Au-au-au, quem acreditaria? Obviamente, haverão os sachês e dispêndics para você estar considerando. Mas tratam-se de ninguém mais que as verdadeiras lendas pop em pele e osso!

Cá entre nós e essas quatro paredes que a terra há de comer, acho que a razão atrás do interesse deles é que não vão ter um disco entre os mais venais por alguns meses. Não sei se você está seguindo a paulada de sucessos das mais fedidas da programação, mas eles estão vendo competição dura de grupos como Take That, as Space Girls (estou adorando Baby Space!) e Hanson. É difícil para eles lá fora. Mas se isso está-los trazendo para a nossa família Miller Shanks, quem está lixando-se?

Mmmm bop — Pertti

✉ **liam_okeefe@millershanks-london.co.uk**
10/1/00, 13:33
Para: brett_topowlski@millershanks-london.co.uk
Cc:
Assunto: bingo!

Porra, caralho e merda. Mal saio do primeiro "Encontro Hippie de Paz, Amor e Propaganda" da Pinki e encontro uma notícia dessas à minha espera. Eu já sabia que Horne é um mau-caráter, mas não imaginei que se rebaixaria a ponto de roubar idéias de uma dupla de estudantes pé-rapadas. Mas o que é que a gente vai fazer com essa bomba? No meu entender, a gente tem duas opções:

1. A gente dedura Horne para Pinki, Crutton, Tarzan F. Weissmuller e a *Campaign*. Esse plano tem uma óbvia vantagem: significa o fim da carreira do bandidão. Se ele nunca mais vai almoçar nesta cidade? Vai ter muita sorte se faturar um prato de ovos com fritas em algum pé-sujo na Old Kent Road.
2. A gente não faz absolutamente nada com essa valiosa informação. Por acaso, esse plano também tem uma óbvia vantagem: Pinki e eu não vamos ter que virar a noite todo santo dia esta semana criando uma nova campanha para substituir a plagiada por Horne. (Vocês dois é que têm sorte, bem aconchegados aí no quente, a milhares de quilômetros de distância — não vai sobrar para vocês).

Eis aí um fascinante dilema moral; um mistério intrigante; uma puta campanha. Que diabo a gente vai fazer?

✉ **David Crutton — 10/1/00, 13:35**
Para: Zoë Clarke
Cc:
Assunto: almoço

Onde é que você está, porra? Aliás, para ser mais exato, onde é que está o meu sanduíche, porra? Você tem muita, muita sorte por não ser um bucho como a sua predecessora, Fiona Craigie, ou a esta altura estaria passando mais tempo em casa diante da televisão.

✉ **Pinki Fallon — 10/1/00, 13:43**
Para: Departamento de Criação
Cc:
Assunto: vocês são demais

Foi uma experiência simplesmente fantástica, gente! Não só as nossas idéias foram geniais, como experimentamos uma verdadeira aproximação e senso de objetivo comum. E também fizemos um grande progresso com a Coca. Os dois novos roteiros são brilhantes. Obrigada, e vamos repetir a dose amanhã... ☺

✉ **David Crutton — 10/1/00, 13:49**
Para: Harriet Greenbaum
Cc:
Assunto: problema

Preciso de um conselho seu. Surgiu um problema que estou me esforçando ao máximo para ignorar há uma semana. No entanto, ele se recusa a passar e agora está ameaçando sair de controle. Em circunstâncias normais, eu mandaria essa pedra no meu sapato à merda, mas a dita-cuja deu um jeito de meter Weissmuller na jogada, de modo que a hipótese está fora de cogitação. Basicamente, tem a ver com os nossos colegas na Finlândia e a concorrência da Coca. Vem até o meu escritório assim que voltar do almoço, que eu te explico tudo tintim por tintim.

✉ **daniel_westbrooke@millershanks-london.co.uk**
10/1/00, 14:08 (hora local 18:08)
Para: harriet_greenbaum@millershanks-london.co.uk
Cc:
Cco: david_crutton@millershanks-london.co.uk
Assunto: Coca

Se você tivesse mergulhado de cabeça na Coca como eu nestas últimas semanas, minha apresentação lhe pareceria clara como Evian. No entanto, você ainda é uma neófita na concorrência, de modo que lhe darei um desconto e não julgarei sua incompreensão como sendo fruto de burrice. Fique à vontade para fazer quaisquer modificações que julgue convenientes, mas a decisão final sobre qual das duas versões adotaremos será minha. Embora eu geralmente hesite em abusar do meu poder, sou o Diretor de Atendimento e, numa questão tão crucial como esta, não terei o menor escrúpulo em fazê-lo. A propósito, estou assoberbadíssimo aqui tentando trazer um cliente para lá de difícil rente no cabresto. Ficar-lhe-ia muito grato se você me mandasse o mínimo possível de e-mails pedindo ajuda.

✉ **Harriet Greenbaum — 10/1/00, 14:13**
Para: David Crutton
Cc:
Assunto: problema

Tenho um pequeno mal-entendido a esclarecer com Dan, mas subo logo em seguida.

✉ **David Crutton — 10/1/00, 14:15**
Para: Harriet Greenbaum
Cc:
Assunto: Coca

Eu sei. Recebi uma cópia oculta do "mal-entendido".

✉ **harriet_greenbaum@millershanks-london.co.uk**
10/1/00, 14:21
Para: daniel_westbrooke@millershanks-london.co.uk
Cc:
Assunto: Coca

Daniel, não vamos começar a semana com o pé esquerdo. Meu último e-mail não foi nem um pedido de ajuda nem uma tentativa de jogar areia nos seus olhos. Eu estava simplesmente oferecendo minha opinião sobre o documento da apresentação. Sendo você meu superior e muito mais experiente do que eu, sempre seria mantido a par de tudo e ficaria com a última palavra. Mas é claro que, se você prefere não ser importunado durante a sua árdua filmagem, então o deixarei de fora dos acontecimentos e tratarei direto com David.

✉ **Lorraine Pallister — 10/1/00, 14:27**
Para: Zoë Clarke
Cc:
Assunto: valeu

Foi bom almoçar com você. Não acho que o seu plano de lambuzá-la com pasta de anchovas e mergulhá-la num tanque de piranhas seja viável. Se bem que, depois de mais algumas semanas no inferno, sou capaz de mudar de idéia. Estou vendo-a neste exato instante digitando feito uma doida. Algo me diz que vem mais um e-mail por aí.

✉ **Susi Judge-Davis — 10/1/00, 14:29**
Para: Lorraine Pallister
Cc:
Assunto: pontualidade

Não quero bancar a chata, meu bem, mas você só tem direito a *uma* hora de almoço. É mais um detalhe que irrita Simon, e é melhor você estar por dentro de tudo antes de ele voltar.

Zoë Clarke — 10/1/00, 14:34
Para: Lorraine Palister
Cc:
Assunto: valeu

Não posso me estender muito. Esqueci de comprar a porcaria do almoço do Putton!!!! Ele teve que sair e comprar ele mesmo. Acho que nunca viu uma lanchonete na vida, de modo que não deve ter sido fácil!!!! Ele quase me matou quando voltei!!!!!!!!!!!! Beijinhos, Z.

Harriet Greenbaum — 10/1/00, 14:46
Para: Pinki Fallon
Cc:
Assunto: prepare-se

Acabei de falar com David e devo avisar que ele vai ser ainda mais rigoroso do que de costume quando avaliar o seu trabalho para a Coca às 16:00. As razões disso são complexas. Para encurtar a história, ele decidiu suplantar outra campanha para a Coca criada pelo nosso escritório na Finlândia, e que, pelo visto, conta com o apoio de Jim Weissmuller, de NY. Assim sendo, é fundamental que a nossa não tenha nenhum ponto fraco. "VOU DE COCA AONDE FOR" deve estar impecável. Tenho certeza de que você vai conseguir. Pense, Girl Power!

Pinki Fallon — 10/1/00, 14:51
Para: Harriet Greenbaum
Cc:
Assunto: prepare-se

Acho que você acaba de me dar a minha primeira lição de política (empresarial) internacional. Não sei se a minha vidinha de redatora chulé me preparou para isso. Seja como for, acho que Simon nos deixou com as bases de uma campanha genial, e o trabalho que fizemos hoje é fantástico. Veja com os seus próprios olhos às 16:00, mas, no íntimo, estou confiante... ☺

✉ **harriet_greenbaum@millershanks-london.co.uk**
10/1/00, 15:09
Para: pertti_vanhelden@millershanks-helsinki.co.fin
Cc:
Assunto: Coca

Caro Pertti,

David está extremamente ocupado e me pediu, na qualidade de diretora de atendimento sênior da concorrência da Coca, para lhe escrever em seu nome. Em primeiro lugar, para se desculpar e explicar que foi exclusivamente o excesso de trabalho que o impediu de responder ao seu e-mail. Em segundo, para agradecer a você por seu grande empenho na semana passada.

Foi muito nobre da sua parte nos dar a mão na concorrência da Coca, e todos nós aqui em Londres estamos assombrados tanto com a sua abnegação quanto com a genialidade da sua idéia. Achamos a "Melô do Chuá" divertida, diferente e dotada de alguns insights extremamente perspicazes sobre o papel da Coca-Cola no mercado do novo milênio. Não somente, como a escolha do Aqua como veículo para a idéia do comercial foi um casting encantador e simpático.

A má notícia é que tomamos a difícil decisão de levar em frente, para a apresentação, uma idéia que desenvolvemos aqui mesmo em Londres. Foi uma competição acirrada, mas, por fim, concluímos que um conceito produzido *in loco* estaria mais em sintonia com o perfil único dos jovens consumidores ingleses.

Lamento ser a portadora desta má notícia. Devo mais uma vez lhe transmitir os nossos mais sinceros agradecimentos pelo seu enorme empenho. Se alguém ainda duvida da viabilidade da colaboração intereuropéia, só precisa olhar para o seu exemplo para perceber o quanto está enganado!

Atenciosamente,

Harriet Greenbaum
Diretora de Atendimento Sênior

✉ **David Crutton — 10/1/00, 15:18**
Para: Harriet Greenbaum
Cc:
Assunto: Coca-Cola

Falou bonito, Harriet. Se algum dia quiser seguir outra carreira e não souber por qual optar, candidate-se a uma vaga no Parlamento. Você tem o estilo certo de nhenhenhém.

✉ **james_f_weissmuller@millershanks-ny.co.usa**
10/1/00, 15:31 (hora local 10:31)
Para: david_crutton@millershanks-london.co.uk
Cc:
Assunto: Coca-Cola

Devo confessar que, quando Pertti me mostrou a sua idéia genial para a Coca na semana passada, fiquei pensando com os meus botões como diabo você iria superá-la.

Estou muito ansioso para ver a idéia "produzida *in loco*" para a qual você deu o sinal verde. Mande-me o trabalho antes de eu viajar. Não há nada como uma criação brilhante para provocar aquela descarga de adrenalina que antecede uma concorrência.

Estou contando os minutos para a concorrência da segunda que vem. Conquistar a Coca abrirá todas as portas para nós. Depois disso, poderemos conquistar o mundo.

Chegarei bem cedo na manhã de segunda com Rick Korning, nosso VP sênior de planejamento (creio que você o conheceu na reunião do ano passado, em Délhi). Seguiremos direto para o escritório, a fim de que você nos mostre a sua apresentação.

A propósito, quem é Harriet Greenbaum? Pensei que fosse Daniel quem estivesse cuidando da concorrência, mas você parece ter encontrado uma substituta sensata e diplomática.

Um grande abraço,
Jim

✉ **Ken Perry — 10/1/00, 15:32**

Para: Todos os Departamentos

Cc:

Assunto: um escritório organizado é um escritório eficiente

Como parte da campanha para deixar o escritório tinindo para a concorrência de segunda-feira, amanhã foi nomeado o Dia da Remoção do Refugo. Para garantir que a arrumação seja acelerada com o menor comprometimento possível da produtividade, providenciei a distribuição de latas de lixo coloridas por todos os andares. Estas se destinam estritamente à coleta de lixo e demais itens supérfluos.

VERMELHAS:	papel branco (por favor, não deixem de retirar todos os grampos e clipes)
AZUIS:	envelopes manilhados usados
VERDES:	videotapes (VHS e U-matic)
COR-DE-ROSA:	slides e outros materiais de acetato
LILÁS:	sortidos

Shanice percorrerá todos os andares para designar "Monitores de Lixo", cuja função será zelar pela observância dos procedimentos corretos. Se todos nós trabalharmos ombro a ombro e realizarmos este exercício da maneira certa, será não apenas mais rápido, como também mais divertido.

Grato pela colaboração.

Ken Perry
Coordenador de Serviços Gerais

✉ **Nigel Godley — 10/1/00, 15:33**

Para: Ken Perry
Shanice Duff

Cc:

Assunto: um escritório organizado é um escritório eficiente

Iniciativa genial, pessoal! Ofereço-me para ser o monitor do meu andar. Vamos receber distintivos ou bonés?

✉ **pertti_vanhelden@millershanks-helsinki.co.fin**
10/1/00, 15:38 (hora local 17:38)

Para: david_crutton@millershanks-london.co.uk

Cc:

Assunto: estou arrasando

Caro David Crutton,

Creio dever escrever-lhe com franqueza máxima. Estou muito aborrecível com seu tratamento de mim na questão da Coca-Cola. Estamos na Finlândia roendo da bunda podre para ajudar. E estamos gastando tempo, dinheiro e suor para conseguirmo-lo.

Em troca não estamos pedindo prêmios Nobel, só um tico-tico de respeito. Posso estar aceitando que você não está preferindo a nossa idéia mais que a sua. Estou achando que você está errado, mas muitos anos de Concurso de Canto da Eurovision estão me ensinando que as emoções da competição nem sempre estão resultando em triunfo.

O que está entalado na minha gargantilha é que você está pedindo a uma subordinada mulher do sexo feminino para estar me dando a informação sobre sua decisão. Isso é grosseiro e não respectivo de mim como seu colega de cargo. Estou acreditando que quando você está me incluindo nos seus e-mailings você está valorizando minhas opiniões e contribuintes amigas. Mas sobre isso estou enganado. Não serei tão gregório no futuro.

Pertti van Helden

✉ **david_crutton@millershanks-london.co.uk**
10/1/00, 15:44
Para: pertti_vanhelden@millershanks-helsinki.co.fin
Cc:
Assunto: estou arrasando

Caro Pertti,

Lamento que você esteja aborrecido. Não tive a menor intenção de ser desrespeitoso. Conforme já lhe explicamos, temos uma grande admiração pelo seu empenho em relação à concorrência da Coca. No entanto, devo dizer que, do ponto de vista estratégico, o material que você nos mandou passa a léguas do target, demonstrando uma compreensão equivocada e ingênua do universo do marketing na Inglaterra, e, como tal, correria o risco de provocar gargalhadas na telinha. Talvez eu esteja sendo direto demais, mas meu intuito é demonstrar que a nossa decisão foi tomada com objetividade, não com base em algum preconceito mesquinho.

Espero que possamos continuar trabalhando juntos no futuro. Da próxima vez, porém, sua contribuição talvez tenha mais chances de ser útil se for solicitada.

Um grande abraço,
David Crutton

✉ **Zoë Clarke — 10/1/00, 15:47**
Para: Pinki Fallon
Harriet Greenbaum
Cc:
Assunto: revisão da Coca

David me pediu que lembrasse a vocês para chegarem na hora à revisão das 16:00. Ele está com a agenda apertada e não pode se atrasar. Obrigada.

✉ **gabriella_delhoya@millershanks-sf.co.usa**
10/1/00, 15:53 (hora local 8:53)
Para: david_crutton@millershanks-london.co.uk
Cc:
Assunto: estou arrasando

Caro David,

É fantástico. Há anos estamos tentando criar um verdadeiro espírito de união no escritório de São Francisco. Baseando-nos nos princípios comprovados da Terapia do Grito Primal, nosso objetivo, basicamente, é "10.000 PESSOAS, UMA SÓ MENTE". Isso só poderá ser alcançado quando rompermos os limites do teatro corporativo convencional e partilharmos abertamente nossos sentimentos com os colegas de trabalho. Sua carta sincera para Pertti, na qual você assume sua raiva, é extraordinária. E, o mais importante de tudo, sua decisão de partilhar seus sentimentos mais íntimos com toda a rede é o modelo de metodologia que estamos buscando alcançar na Costa Oeste.

Quem é o seu professor? Tenho certeza de que, se unirmos nossos conhecimentos, poderemos elevar a Miller Shanks à próxima dimensão da prática empresarial espiritualizada.

Sua companheira de iluminação,

Gabriella del Hoya
Coordenadora de Recursos Humanos, Miller Shanks de São Francisco

✉ **mike_appleton@millershanks-hk.co.hk**
10/1/00, 15:55 (hora local 23:55)
Para: david_crutton@millershanks-london.co.uk
Cc:
Assunto: estou arrasando

Oi, David. Carta genial. Lembro bem do Pertti da conferência de CEOs em Nova Délhi — também cortei um dobrado para me livrar dele! Tenho lembranças extremamente simpáticas de você naquele agito. Sua apresentação daquele caso da Bonio deu a todos nós muito que pensar!

Enquanto estou aqui queimando as pestanas, tenho um pequeno favor a lhe pedir. Venho trabalhando no circuito Ásia/Pacífico há treze anos, e acho que já deu tudo que tinha que dar. É hora de voltar para a Europa, e ouvi dizer que estão à procura de um CEO para Bucareste. Entrei em contato com Jim Weissmuller e, embora ele tenha prometido retornar meu e-mail, acho que tem andado ocupado demais com os problemas da matriz. Como sei que você goza da confiança dele, eu lhe ficaria eternamente grato se pudesse falar com ele sobre mim. Estou ansioso para rever você, e contando os dias para a reunião de Waikiki!

Mike Appleton
CEO, Miller Shanks de Hong Kong

hans_vanderkok@millershanks-jo.co.rsa
10/1/00, 16:06 (hora local 18:06)
Para: david_crutton@millershanks-london.co.uk
Cc:
Assunto: estou arrasando

Temos um provérbio aqui no *veldt*: "o leão ruge e a hiena ri, mas o crocodilo caça em silêncio". Acho que isso diz tudo.

Hans van der Kok
Diretor Executivo de Contas, Miller Shanks de Johannesburgo

daniel_vargas@millershanks-san.co.chi
10/1/00, 16:10 (hora local 8:10)
Para: david_crutton@millershanks-london.co.uk
Cc:
Assunto: estou arrasando

Sem querer me capar, na qualidade de Diretor de Atendimento desempenhei um papel decisivo na conquista da conta do refrigerante Carmella, que vale $0.2 milhões. Creio que minha experiência nesse mercado competitivo pode ajudá-los com a sua concorrência. Naturalmente, estou extremamente ocupadíssimo com a dirigência do escritório aqui, mas arranjarei tempo para assistir-lhes, caso seja do seu interesse. Se tiverem qualqueres perguntas, qualqueres mesmo, não hesitem em me mandar um e-mail.

Daniel Vargas
Diretor de Atendimento, Miller Shanks do Chile

mohammed_fayed@millershanks-cai.co.egy
10/1/00, 16:12 (hora local 18:12)
Para: david_crutton@millershanks-london.co.uk
Cc:
Assunto: estou arrasando

Isso é alguma corrente? Para quantos amigos e conhecidos devo enviar este e-mail, e serei amaldiçoado se não fizé-lo?

Mohammed Fayed

Diretor de Arte, Miller Shanks do Cairo
P.S. Não estou aparentando com aquele Fayed que é dono de Harrods e faz saliência com sua Rainha Majestade.

james_f_weissmuller@millershanks-ny.co.usa
10/1/00, 16:15 (hora local 11:15)
Para: david_crutton@millershanks-london.co.uk
Cc:
Assunto: estou arrasando

Sou cem por cento a favor do intercâmbio honesto de opiniões, e não faço nenhuma objeção à sua carta para Pertti. Entretanto, repassá-la para a rede inteira foi de uma crueldade gratuita. A impressão que me deu foi a de que você estava se mostrando. Não tolerarei que meus CEOs se repreendam entre si publicamente na tentativa de se promover. Não gostei nada disso. No futuro, deixe as questões de diplomacia internacional nas mãos competentes de sua Harriet Greenbaum.

Jim

✉ **Pinki Fallon — 10/1/00, 16:33**
Para. Departamento de Criação
Cc:
Assunto: vocês são demais

Acabei de sair da revisão da nossa campanha para a Coca com Harriet e David, e eles ficaram em êxtase. Foi uma experiência especial e eu gostaria que todos vocês pudessem ter estado lá comigo. Meu muito obrigada não apenas àqueles de vocês que realizaram o trabalho, mas também a todos os outros que deram seu apoio e criaram a atmosfera positiva que possibilitou o surgimento dessas idéias. Vou visitar cada um de vocês para lhes agradecer pessoalmente... ☺

✉ **Harriet Greenbaum — 10/1/00, 16:35**
Para: Pinki Fallon
Cc:
Assunto: Coca

ESPETACULAR!

✉ **David Crutton — 10/1/00, 16:38**
Para: Rachel Stevenson
Cc:
Assunto: e-mail

Eu escreveria diretamente para o CPD, mas aqueles póias são de uma inépcia tamanha que chego a desconfiar que não existem. Agora meus e-mails estão indo não só para a Finlândia, como para cada funcionário da rede Miller Shanks. Se não me falha a memória, segundo o último relatório anual, eles são mais de 15.000. E parece que cada um desses filhos-da-mãe que se amarra num teclado resolveu me responder. Estou incumbindo você da missão de resolver esse problema AGORA, antes que eu, em pessoa, saia pelo prédio afora baixando uma marreta em cada computador e abasteça todos os funcionários, do primeiro ao último, com pergaminhos, penas de ganso e pombos-correio.

Katie Philpott — 10/1/00, 16:40
Para: Liam O'Keefe
Cc:
Assunto: como vai?

Que tal foi de fim de semana? O meu foi o máximo! Enchi muito, mas muuuuito a cara no Planet Hollywood. Tequila slammers! Foi tudo de bom! Na segunda estava na casca. Mas e aí, nosso encontro amanhã ainda está de pé? Fui à Selfridges no sábado e gastei uma fortuna num modelito maravilhoso. Mal posso esperar!

Katie P

mike_appleton@millershanks-hk.co.hk
10/1/00, 16:42 (hora local 24:42)
Para: david_crutton@millershanks-london.co.uk
Cc:
Assunto: Bucareste

Será que mencionei no meu e-mail que estou aprendendo romeno? Você pode dar um toque no Jim, quando falar com ele. Tintim, ou, como dizem em Bucareste, "partile mici pot fi inghitite sau inhalate"!

Mike

Rachel Stevenson — 10/1/00, 16:43
Para: David Crutton
Cc:
Assunto: e-mail

Vou cuidar disso agora mesmo. Mando notícias assim que tiver algo de concreto.

✉ **David Crutton — 10/1/00, 16:45**
Para: Zoë Clarke
Cc:
Assunto: e-mail

Estou prestes a sair do meu escritório. Quando fizer isso, você vai entrar, sentar diante do meu PowerBook e deletar todos os e-mails não lidos cujo assunto seja "Estou arrasando". Como você poderá constatar, são pouquíssimos. Providencie para que a tarefa esteja concluída assim que eu voltar.

✉ **brett_topowlski@millershanks-london.co.uk**
10/1/00, 16:49 (hora local 20:49)
Para: liam_okeefe@millershanks-london.co.uk
Cc:
Assunto: O GRANDE SEGREDO

Acabei de voltar do jantar e li o seu e-mail. Eis o que eu e o Vin achamos que você deve fazer: nada. Ainda. Pensa bem. Você não quer arranjar ainda mais trabalho para si. E, se quer jogar o máximo de merda no ventilador, a melhor hora para fazer isso é a manhã de segunda-feira, bem antes da concorrência. Desse jeito fica tarde demais para eles tomarem qualquer providência, ainda têm que apresentar a campanha, e o Horne vai estar de volta ao país para pagar o pato. E, o melhor de tudo, eu e o Vin vamos estar aí para curtir também.

Estamos reduzidos a quatro gatas para o comercial da LOVE. Mandi pegou uma insolação das brabas. Mesmo que se sinta bem para comparecer à filmagem, está mais vermelha do que a manjuba de um cavalo. Mel está no telefone organizando um casting para amanhã. O roteiro funcionaria com cinco, mas não com quatro. Vamos procurar duas gatas locais para substituí-las. Ó céus, mais uma manhã olhando para peitos. Será que isso nunca vai acabar? Horne ainda não saiu do quarto. Ele pode estar até morto lá dentro, seu cadáver inchado apodrecendo entre os lençóis de seda. Será que eu estou me lixando? Para ser franco, estou. Ele pegou emprestado meu exemplar de *Performance Car* durante o vôo e eu quero de volta.

✉ **pinki_fallon@millershanks-london.co.uk**
10/1/00, 17:02
Para: simon_horne@millershanks-london.co.uk
Cc:
Assunto: Coca

Nossa revisão com David hoje à tarde foi um grande sucesso e, embora ainda haja muito por fazer, acho que estamos no caminho certo. Deixei todo o trabalho com Susi para ela te passar por fax. Me manda a sua opinião... ☺

✉ **Susi Judge-Davis — 10/1/00, 17:05**
Para: Pinki Fallon
Cc:
Assunto: isso é o cúmulo

Você acha mesmo que eu vou passar meia hora no fax mandando esse trabalho para Maurício? Pensei já ter deixado absolutamente claro que só trabalho para Simon. Pode voltar à minha mesa, tirar tudo daqui e dar para Lorraine. Essa obrigação é dela, ora bolas.

✉ **Pinki Fallon — 10/1/00, 17:10**
Para: Susi Judge-Davis
Cc:
Assunto: isso é o cúmulo

Estou começando a ficar cansada de você. Se tirasse a cara dessa revista, perceberia que Simon não está aqui esta semana. Não vi você fazer nada hoje além de criar problemas para Lorraine e ler a *Vogue* italiana, a francesa e a americana. Por que, uma vez na vida, não mete a cara no trabalho? Estou tentando criar uma atmosfera de integração no departamento, e você é a única pessoa que não está colaborando... ☺

✉ **mike_appleton@millershanks-hk.co.hk**
10/1/00, 17:12 (hora local 1:12)
Para: david_crutton@millershanks-london.co.uk
Cc:
Assunto: Bucareste

Outra coisa: minha esposa Noreen é bisneta de húngaros por parte de mãe, de modo que temos uma afinidade natural com a região. É apenas uma pequena coincidência que facilitaria a nossa adaptação à vida romena — se Jim achar que eu sou a pessoa certa, obviamente!

✉ **Zoë Clarke — 10/1/00, 17:13**
Para: Lorraine Pallister
Cc:
Assunto: piranha safada!!!!

Cara, aconteceu uma coisa horrível!!! Nem sei como te contar, de modo que acho melhor abrir o jogo logo de uma vez. Você conhece a garota nova, a Katie Philpott, aquela patricinha que trabalha no atendimento? Pois bem, ela esteve aqui em cima exibindo o vestido novo. Ficou ridícula — ninguém usa lilás hoje em dia, e nem todas aquelas pregas conseguiram esconder o bundão que Deus lhe deu!!! Mas não é essa a questão. Ela disse que o comprou para ir agitar com o Liam!! !!! Sei que você vai ficar mal, por isso vamos nos encontrar no banheiro do seu andar para o você abrir um bom berreiro. Conte com o meu ombro amigo — Beijinhos, Z.

✉ **Pinki Fallon — 10/1/00, 17:17**
Para: Peter Renquist
Cc:
Assunto: EMERGÊNCIA!

Houve um pequeno acidente. Alguém entornou sem querer um vidro de acetona em cima do Liam e respingou um pouco no Mac dele. Eu desliguei da tomada na hora, mas apagou quase todas as letras do teclado. Dá para trocar por um novo o mais rápido possível? A gente está até aqui de trabalho e ele não pode ficar sem um. Aí, valeu... ☺

susi_judgedavis@millershanks-london.co.uk
10/1/00, 17:21
Para: simon_horne@millershanks-london.co.uk
Cc:
Assunto: Pinki

Não sei até quando vou agüentar isso, Si. Estou soterrada de trabalho e Pinki acaba de me pedir para passar páginas e mais páginas da campanha da Coca por fax para você. Expliquei com a máxima delicadeza possível que só trabalho para você, e ela ficou uma fera. Disse coisas horríveis, não só sobre mim, mas sobre você também. Você sabe que odeio este lugar e que só continuo aqui por sua causa, mas não sei se vou agüentar até o fim da semana... Bicotas, S.

Rachel Stevenson — 10/1/00, 17:27
Para: David Crutton
Cc:
Assunto: e-mail

Falei com Peter Renquist e lhe fiz ver a gravidade da situação. Eles chamaram uns consultores que são craques em informática. Vão estar aqui amanhã bem cedo, e prometeram não ir embora até que o problema esteja resolvido de uma vez por todas. Mas vai ser necessário tirar o sistema do ar enquanto isso.

David Crutton — 10/1/00, 17:30
Para: Rachel Stevenson
Cc:
Assunto: e-mail

O que for preciso.

✉ **Rachel Stevenson — 10/1/00, 17:34**
Para: Todos os Departamentos
Cc:
Assunto: sistema

Devido a um problema recorrente no software, o sistema sairá do ar a partir das 7:00 de amanhã. Os reparos devem estar concluídos por volta do fim do dia. O CPD pede desculpas pelo transtorno. No entanto, sempre resta o telefone. E, opcionalmente, vocês podem falar pessoalmente uns com os outros. Seria bom.

Rachel Stevenson
RH

✉ **harriet_greenbaum@millershanks-london.co.uk**
10/1/00, 17:36
Para: melinda_sheridan@millershanks-london.co.uk
Cc:
Assunto: Mako

Me desculpe por só responder ao seu e-mail no fim do dia, mas é que a Coca está tomando todo o meu tempo. Provavelmente neste exato momento você está regando uma merecida lagosta a vinho gelado e espumante. Mandei digitarem o cronograma da Mako, que lhe será enviado por fax imediatamente. Quanto ao dinheiro, se pudermos fazer todos os três comerciais para o cliente por menos de 750.000, acho que posso vender isso. Ele é um pão-duro notório, mas já está na hora de eu lhe ensinar que a máxima "você paga mais para ter o melhor" vale tanto para uma campanha publicitária quanto para um almoço. Toda vez que sugiro um almoço ou jantar de negócios, ele faz questão de que seja no Le Gavroche.

Comporte-se, se puder.

✉ **Rachel Stevenson — 10/1/00, 17:39**
Para: Susi Judge-Davis
Cc:
Assunto: seu pedido de demissão

Susi, se a sua intenção de se demitir é séria, preciso de um pedido por escrito. Fazê-lo por caixa-postal não é, a rigor, aceitável. Fui até sua mesa, mas talvez você já tenha ido para casa. Dei uma busca no seu arquivo, e este já é o sexto pedido de demissão que você apresenta. Tem certeza absoluta desta vez ou é apenas mais um "pedido de socorro"? Por favor, venha falar comigo amanhã de manhã, quando, se Deus quiser, estará se sentindo um pouco mais calma.

✉ **simon_horne@millershanks-london.co.uk**
10/1/00, 17:47 (hora local 21:47)
Para: susi_judgedavis@millershanks-london.co.uk
Cc:
Assunto: RESPONDE!

Pelo amor de Deus, onde é que você se meteu? Estou ligando para você há mais de quinze minutos.

Se pensa que no momento em que saio do escritório você pode se restringir a fazer o estrito necessário, está redondamente enganada.

Não posso me envolver em suas batalhas com Pinki.

Você tem que aprender a se defender.

Se ensinei alguma coisa a você, foi isso.

Além do mais, preciso falar com Pinki sobre assuntos infinitamente mais importantes. Acabei de receber o trabalho por fax, e tem papel espalhado por tudo quanto é canto da minha suíte. No momento em que voltar à sua mesa, procure-a e mande-a ligar para mim.

✉ **liam_okeefe@millershanks-london.co.uk**
10/1/00, 18:02
Para: brett_topowlski@millershanks-london.co.uk
Cc:
Assunto: O GRANDE SEGREDO

Desculpe pela demora com que respondo, mas é que passei por um puta aperto. Um lance meio constrangedor, para ser franco. Lol botou na cabeça que eu estava comendo a Katie Philpott. Fala sério! Já viu a criatura? Enfim, ela veio para cima de mim com a arma favorita das mulheres rejeitadas, o vidro de acetona. Estragou o meu Ted Baker, mas a boa notícia é que ferrou completamente o meu teclado. Estou digitando este e-mail no meu iMac rosa-choque novinho em folha. E também vem com uns joguinhos maneiros. Lol não está me dirigindo a palavra, mas acho que a oferta de uma explicação completa durante um jantar de 60 paus por cabeça pode amolecê-la. Quem disse que *money can't buy me love*? Os escrotos dos Beatles. Babacas.

Seu plano do GRANDE SEGREDO é bom, embora eu não saiba se vou agüentar fechar a matraca uma semana inteira. O negócio é bom demais para ficar de bico calado.

Amanhã o sistema vai sair do ar. Leu aquele que o Crutton enviou sem querer para cada funcionário da Miller Shanks do universo conhecido? Babaca. Os ecos do escândalo dele ainda estão estremecendo as vidraças.

Aproveite o seu festival de peitos amanhã.

✉ **Liam O'Keefe — 10/1/00, 18:10**
Para: Lorraine Pallister
Cc:
Assunto: beijos e mais beijos

Sei que você ainda está furiosa comigo, mas será que um convite para jantar fora ajudaria? Fiz reservas num restaurante que tem 2 (duas) estrelas no Guia Michelin.

Lorraine Pallister — 10/1/00, 18:13

Para: Liam O'Keefe

Cc:

Assunto: beijos e mais beijos

Está vendo aquela régua de aço enorme em cima da minha mesa? Pois enfia no cu e reza para que o sangramento não seja fatal.

Ken Perry — 10/1/00, 18:15

Para: Todos os Departamentos

Cc:

Assunto: correspondência interdepartamental

Como não disporemos do e-mail amanhã, providenciei um estoque extra de papel de impressão para memorandos. O ideal seria que retomássemos a prática anterior ao advento do e-mail, de usar papéis de cores diferentes de acordo com o assunto do memorando.

Para aqueles que são jovens demais ou estão conosco há pouco tempo, o papel cor-de-rosa se destinava às circulares urgentes, o verde-claro às circulares não-urgentes e o azul-claro aos memorandos confidenciais.

Grato pela colaboração.

Ken Perry
Coordenador de Serviços Gerais

melinda_sheridan@millershanks-london.co.uk
10/1/00, 18:42 (hora local 22:42)

Para: harriet_greenbaum@millershanks-london.co.uk

Cc:

Assunto: Mako

Eu, jantando lagostas? Quem me dera, meu amor. Passei a noite inteira na companhia de um club sandwich e um telefone, tentando organizar um casting entre os talentos locais. Sim, perdemos mais uma de nossas bonequinhas bem-dotadas — dessa vez devido a uma insolação, apesar das repetidas exortações para que mantivesse a sua supervalorizada epiderme na sombra. Enfim, ao que tudo indica, o maior tamanho de sutiã que vendem nesta ilha é 46. Estou *tão* arrebentada, que seria capaz de cogitar seriamente da hipótese de pescar meus cansados peitos de dentro de suas taças, se achasse que isso ajudaria alguma coisa. Depois de quarenta e cinco ligações (eu contei), arregimentei nove garotas. Vamos vê-las pela manhã, e irei para a cama rezando para que haja pelo menos duas que o maestro Zapruder ache que cairão nas boas graças da câmera.

Seria ótimo se esse fosse o meu único problema. Mas não é. A equipe chega amanhã e, como Simon (que, aliás, não deu as caras desde que aterrissamos) me fez trocar as reservas já quase de noite, o bololô foi inevitável. Não importa para que lado eu vire a minha calculadora, trinta e duas pessoas em treze quartos não dá. Agora tenho que me pôr em campo para encontrar outro hotel para os hóspedes excedentes.

Mas será que você quer mesmo ouvir tudo isso? É claro que não. Setecentos e cinqüenta mil parecem dar de sobra para as nossas necessidades com a Mako — o bastante, pela primeira vez, para garantir o faturamento e mais uns quebradinhos para o almoço. Dei uma olhada nos seus horários e achei um pouco apertados. Mas, com uma magicazinha da Melinda, espremeremos tudo dentro da programação. Vou esperar ansiosamente para rodar estes comerciais com você, se algum dia sair daqui. Pois é — as coisas continuam indo de vento em proa.

✉ **simon_horne@millershanks-london.co.uk**
10/1/00, 19:02 (hora local 23:02)
Para: susi_judgedavis@millershanks-london.co.uk
Cc:
Assunto: PRECISO DE VOCÊ!

Já perdi as esperanças de receber notícias suas.
Será que você faz uma idéia do quanto estou isolado aqui nestes confins?

✉ **simon_horne@millershanks-london.co.uk**
10/1/00, 20:33 (hora local 24:33)
Para: pinki_fallon@millershanks_london.co.uk
Cc: david_crutton@millershanks-london.co.uk
harriet_greenbaum@millershanks-london.co.uk
Assunto: Coca

Dei um tempo nos preparativos da filmagem para examinar o trabalho que você me mandou, Pinki.

Eu teria preferido falar com você por telefone.

Ao que parece, no entanto, você saiu mais cedo. Eu não fazia idéia de que dirigir o meu departamento tomaria tão pouco do seu tempo.

Felicito-a por administrá-lo com tamanha eficiência.

Eis o que penso da sua campanha para a Coca: é equivocada sob inúmeros aspectos, e creio que você não entrou totalmente no espírito da minha idéia.

Permita-me ser mais específico.

TV: Você cometeu o pecado capital da propaganda de bebidas cortando dos meus roteiros a tomada em que o produto é vertido da garrafa. Há quarenta anos que nenhum comercial de refrigerantes faz sucesso sem um close do líquido efervescente cascateando sobre copiosos cubos de gelo. Reponha-a imediatamente.

Quanto aos seus novos roteiros, é difícil dizer exatamente o que está pegando, mas o fato é que simplesmente não mexem comigo. Trabalhe neles.

CARTAZES: Banais, banais, banais. Faça mais alguns.

RÁDIO: Não entendo esses spots de jeito nenhum. O que é *South Park*, quem é Cartman e por que cargas-d'água o personagem Kenny morre no fim de cada spot? Você nunca ouviu falar em continuidade? Sugiro que volte à estaca zero.

Acho que você ainda tem muito a fazer.

Recomendo que passe algumas noites trabalhando até tarde.

Acho que também lhe seria muito útil se pregasse a minha idéia básica na parede e comparasse todas as suas tentativas futuras com ela.

Me desculpe por ser tão severo com você, mas, se isso servir para fazê-la se compenetrar de que esta concorrência não é a canja que você tinha imaginado, então terá aprendido uma lição dura, mas valiosa.

Si

✉ **pinki_fallon@millershanks-london.co.uk**
10/1/00, 20:45
Para: simon_horne@millershanks-london.co.uk
Cc:
Assunto: Coca

Acabei de ler o seu e-mail. Valeu. Eu não tinha ido para casa. Estava com Harriet fazendo um brainstorm para estruturar a apresentação. David quer que eu vá lá agora para analisar os seus comentários mais a fundo. Volto a falar com você... ☺

✉ **david_crutton@millershanks-london.co.uk**
10/1/00, 21:17
Para: simon_horne@millershanks-london.co.uk
Cc:
Assunto: Coca

Acabei de discutir as suas idéias com Harriet e Pinki. Elas queriam aceitar algumas, mas eu lhes dei um sonoro não. Quer saber por quê? Porque acho que Pinki e os colegas transformaram a sua idéia numa jóia. Por exemplo, as tomadas do produto sendo vertido da garrafa saíram exatamente porque nós não queremos que este comercial se pareça com todos os comerciais de refrigerantes dos últimos quarenta anos. Em função disso, a campanha ficou infinitamente melhor.

A propósito, minha sogra já ouviu falar em *South Park*. Ela tem setenta e cinco anos, está com catarata nos dois olhos e passa a maior parte do tempo jogando rummy. Você devia passar umas horinhas com ela. Talvez aprendesse alguma coisa sobre cultura popular.

✉ **simon_horne@millershanks-london.co.uk**
10/1/00, 21:24 (hora local 1:24)
Para: susi_judgedavis@millershanks-london.co.uk
Cc:
Assunto: Pinki

Sei que amanhã o sistema vai estar fora do ar, mas na quarta de manhã espero encontrar um relatório completo sobre cada passo de Pinki na minha tela. Não esqueça a quem você deve lealdade.

✉ **Nigel Godley — 10/1/00, 23:05**
Para: Todos os Departamentos
Cc:
Assunto: chamando todos os publicitários!

Se ainda tiver alguém aí, me dá um toque. Se não, tchaaaau! Vou sentir falta do "tititi" por e-mail amanhã. Falo com vocês de novo na quarta — Nige.

Terça-feira, 11 de janeiro

▼

✉ **Suporte Técnico do CPD — 11/1/00, 11:23**
Para: Todos os Departamentos
Cc:
Assunto: TESTE

ESTA É UMA MENSAGEM PARA FINS DE TESTE. POR FAVOR DELETE-A. SISTEMA TORNARÁ A SAIR DO AR AGORA.

Quarta-feira, 12 de janeiro

▼

✉ **Suporte Técnico do CPD — 12/1/00, 11:23**
Para: Todos os Departamentos
Cc:
Assunto: sistema

O sistema está no ar novamente. Obrigado pela boa vontade.

Peter Renquist
Coordenador Interino do CPD

✉ **brett_topowlski@millershanks-london.co.uk**
12/1/00, 7:11 (hora local 11:11)
Para: liam_okeefe@millershanks-london.co.uk
Cc:
Assunto: MAURÍCIO, 12 DE JANEIRO DE 2000: TERCEIRO DIA

Saudações da zona de guerra. Hoje é o nosso primeiro dia de filmagem e as coisas não estão pintando nada bem. Para começo de conversa, estou sentado no meu quarto olhando para o pior toró que já vi na minha vida. Isso eles não mostravam no folheto. Vou te contar tudo que aconteceu de ontem para hoje.

Casting — ninguém turbina as tetas em Maurício. Não achamos um só espécime. O que nos deixa com apenas quatro gatas, de modo que eu e Vin passamos metade da noite acordados reescrevendo o roteiro.

Mel, Nathan e Vin se mandaram de novo para procurar a praia perfeita, com areias finas e brancas. Como não encontraram nenhuma, decidimos filmar tudo na praia em frente ao hotel. A areia é bastante fina e branca para o meu gosto, de modo que não sei por que não começamos por ela. Nathan passa o tempo todo murmurando "devíamos ter ido para Zanzibar, devíamos ter ido para Zanzibar". A gerência do hotel não ficou muito satisfeita ao ver uma equipe de filmagem toda suada expulsando os seus enrugados hóspedes das espreguiçadeiras, mas a Mel tem uma lábia imbatível quando quer.

Horne desempenhou um papel crucial em todas essas decisões fundamentais. Ele tem usado seus grandes poderes de percepção extra-sensorial para nos transmitir seus pensamentos de sua suíte com diária de 1.800 mangos e impedir que nós, os incompetentes, ferremos tudo. É isso aí, ele ainda não saiu do quarto. Para mim e Vin vem a calhar, de modo que, como bons malandros, não estamos estrilando. Mas Dan Dantesco se deu ao trabalho de tentar desentocá-lo. Ele está roendo tampa de penico com o cliente e quer que o seu camaradinha Simon o ajude.

Fat Frank Sinton, o cliente — você vai gostar dessa. O cara parece o filho bastardo de Jabba the Hut, mas deve se olhar no espelho e ver Ben Affleck, porque perdi a conta do número de garçonetes que ele já cantou. Enfim, hoje de manhã cedo, quem é que estava na praia, senão Ivana Trump — sim, a perfumista, a esquiadora, a Embaixadora do Glamour da ONU e a Spice Girl original. Ela está aqui curtindo um merecido descanso das suas compras, ou coisa que o valha. Como é que a gente nunca percebeu como a Mel se parece com ela? Gêmeas separadas ao nascer, cara! É o cúmulo da coincidência que dentre todas as praias do mundo as duas tivessem que estar na mesma ao mesmo tempo. Para tornar a coisa ainda mais assustadora, as duas estavam usando sarongues roxos e maiôs pretos. Ivana estava refestelada numa espreguiçadeira, e Fat Frank obviamente pensou que se tratasse da Mel curtindo o sol. O bolão veio quicando em direção a ela e, como é um pegador, chapou uma lata de Pepsi gelada entre os peitos dela — que são, diga-se de passagem, uma beleza. Ela saltou de pé e botou a boca no mundo, chamando a segurança do hotel. Dan Dantesco, que tinha passado a manhã inteira babando a distância (é vidrado nela desde que descobriu que Martina Navratilova é sapatão), se intrometeu e tomou as dores dela — não conseguiu se segurar. Fat Frank se retirou furibundo para o seu quarto ameaçando sair da agência, enquanto Ivana agradecia a Dan pelo seu cavalheirismo. Se ele estava dividido? Como se tivesse sido rachado ao meio por um raio, coitado. Não sabia se seguia o cliente e salvava o negócio ou se seguia o pinto rumo aos braços da tentadora Ivana. Foi uma grande diversão enquanto a gente esperava que Nathan viesse brincar com a sua câmera.

No final, conseguimos organizar uma tomada antes de começar a chover. Está com cara de que vai parar logo, de modo que é melhor eu voltar lá para fora. Vamos filmar duas gatas duelando em jet skis. Velocidade, cenas perigosas, mulheres lindas com peitos gigantescos — isso é arte, brother. Acertou os ponteiros com a Lol? Em outras circunstâncias eu não me preocuparia com você, mas vê se não dá mancada desta vez. Ela é sexo sobre pernas — e as pernas também são um espetáculo.

✉ **Peter Renquist — 12/1/00, 7:34**
Para: Harriet Greenbaum
Cc:
Assunto: e-mail

Finalmente conseguimos matar a charada. Os consultores passaram o dia todo aqui e viraram a noite desmontando o servidor e reinstalando o software. Não encontraram nenhum defeito. Então pensamos que, como David é o único que está tendo problemas, devíamos checar o Notes no seu micro. Fizemos isso às cinco da manhã de hoje. Quando examinamos a configuração, ficamos com a impressão de que ele andou usando errado o address book. É complicado, mas, quando ele envia o e-mail, às vezes aperta o comando de teclas combinadas errado e automaticamente o envia para a Finlândia. Ontem ele deve ter feito uma besteira das grossas e o enviou para todos os funcionários da Miller Shanks. Realizamos alguns testes na tentativa de replicar o seu erro que confirmaram a nossa teoria.

Ele precisa urgentemente ter uma ou duas aulas do básico. A questão é uma só: quem vai falar com ele, você ou eu? Me liga quando chegar.

✉ **david_crutton@millershanks-london.co.uk**
12/1/00, 7:51
Para: daniel_westbrooke@millershanks-london.co.uk
Cc:
Assunto: que é que está havendo aí, porra?

Fui acordado hoje de manhã às 5:30 por Frank Sinton, totalmente histérico. Ele soltou o verbo, reclamando que, não apenas a filmagem está indo como *Apocalypse Now* num mau dia, que não apenas ainda não viu nem sombra do diretor de criação que nós mandamos para aí a fim de garantir um excelente filme, que não apenas o diretor do comercial o está tratando como se ele fosse cocô de cachorro na sola das suas havaianas da Prada, como ainda por cima você o acusou publicamente de atacar sexualmente Ivana Trump.

Isso é surrealista demais.

Quer ter a bondade de me explicar o que está acontecendo, ou será que devemos apenas calar o bico e assistir a mais um contrato sair voando pela janela?

✉ **David Crutton — 12/1/00, 8:06**
Para: Zoë Clarke
Cc:
Assunto: já viu que horas são?

Onde é que você se enfiou? Estou de saída para uma reunião. Quando eu voltar, você vai ter escrito cem vezes com a sua letrinha mais caprichada: "Da próxima vez que eu chegar depois das oito, o sr. Crutton vai fazer do meu rabo um almofadão".

✉ **Rachel Stevenson — 12/1/00, 8:46**
Para: David Crutton
Cc:
Assunto: e-mail

David, o CPD finalmente chegou à raiz do problema. Acho melhor Peter Renquist e eu irmos aí explicar tudo direitinho para você. Por favor, não use o e-mail até termos nos falado. Marquei às 9:30 com Zoë. Até lá.

✉ **susi_judgedavis@millershanks-london.co.uk**
12/1/00, 9:03

Para: simon_horne@millershanks-london.co.uk
Cc:
Assunto: Pinki Fallon

Segui os passos dela o melhor que pude ontem, e acho que ela não desconfiou de nada. Eis o meu relatório:

08:35: P chegou ao escritório. Fez uma xícara de chá (Typhoo). Leu o *Guardian* (Suplemento Cultural).
08:46: LO'K chegou. Fechou a porta. Possivelmente trabalhando.
10:30: HG entrou no escritório de P. Fechou a porta.
10:46: HG saiu com P. Trocaram um abraço. HG entrou no elevador. Foi ao banheiro (reservado nº 1).
10:53: P saiu do banheiro. Deu um giro pelo depto. Fez uma rápida visita a todas as duplas. Voltou ao escritório com novo layout para a Coca. Sorrindo.
11:35: P participou a SJ-D que ia à gravação do jingle da Coca na Candle Music. SJ-D checou com o RTV. Duas fontes independentes confirmaram sua alegação.
13:59: P voltou carregando sacola de comida para viagem. Impossível verificar o conteúdo. Presumivelmente um almoço vegetariano.
14:14: LO'K voltou do almoço com LP. Apanhou SJ-D escutando atrás da porta. Acho que não desconfiou de nada.
14:33: P saiu do escritório. Participou a SJ-D que ia ver DC. Parecia agitada. SJ-D a seguiu. P entrou no escritório de DC. Fechou a porta.
15:00: P voltou ao andar. Tranqüila. Entrou no escritório. Fechou a porta.
15:16: P saiu do escritório e foi ao banheiro (reservados nºs 1 e 2).
15:55: P saiu do banheiro com lenços-de-papel na mão. Parou diante da lata de lixo ao voltar para o escritório. Retirou um exemplar de *Viz*. Nexo obscuro.
16:22: DC apareceu no andar do depto. de criação. Ignorou SJ-D. Sentou na mesa de LP e falou durante 6 min. Seu tom era simpático. Em seguida DC entrou no escritório de P.

16:40: DC saiu com P do escritório de P. P avisou a SJ-D que estaria no Bar Zero com DC. Não queria ser incomodada. SJ-D seguiu elementos a distância e os observou pela janela. DC pediu um espresso duplo. P pediu um chá. DC fez uma piada com a garçonete. Elementos então conversaram durante 34 min. P riu duas vezes.

17:14: DC pagou a conta (em dinheiro) e saiu com P. Esbarraram com SJ-D na saída. SJ-D explicou que tinha ido comprar doces. Não creio que elementos estivessem desconfiados. SJ-D caminhou com P e DC de volta para a agência. Conversaram sobre novo corte de cabelo de HG.

17:17: P voltou ao escritório sozinha. Fechou a porta.

17:43: P saiu do escritório. Avisou a SJ-D que ia à aula de tai chi chuan. SJ-D a seguiu até a Associação Cristã dos Moços.

19:07: P saiu da ACM. SJ-D seguiu P de volta à agência. P foi ao encontro de LO'K no escritório. Fechou a porta. Possivelmente trabalhando.

21:39: P saiu do escritório. Avisou a SJ-D que ia para casa. SJ-D seguiu P até o metrô. P comprou uma passagem para Belsize Park e passou pela roleta. Presumivelmente a fim de ir para casa.

21:48: Vigilância encerrada. SJ-D voltou ao escritório para redigir relatório.

Lamento por não ter conseguido ouvir o que ela estava conversando com David no Bar Zero, mas não acho que fosse sobre o tempo. Espero que esteja tudo indo bem aí em Maurício. Os remédios chegaram? Me escreva logo. Estou me sentindo tão sozinha aqui sem você, lindinho... Bicotas, S.

✉ **melinda_sheridan@millershanks-london.co.uk**
12/1/00, 9:19 (hora local 13:19)

Para: harriet_greenbaum@millershanks-london.co.uk
Cc:
Assunto: Mako

Recebeu o cronograma que enviei ontem para você por fax? Não fiquei sabendo, portanto presumo que sim. Me dê um retorno.

Se tem algum interesse em saber, estamos com a corda no pescoço aqui. Agora é o nosso horário de almoço, mas, hoje de manhã, nossa primeira chance de filmar alguma coisa, o tempo fechou, e não fizemos nada. Pior que isso, o cliente está ameaçando sair da agência por causa de uma lata de refrigerante, Ivana Trump e uma acusação de assédio sexual. Por favor, não me peça para explicar — é esdrúxulo demais. Danny Boy está lá com o cliente, bajulando-o ao limite de suas forças para fazer as pazes.

Ontem foi um fiasco total. Primeiro, tivemos o nosso pequeno casting — vamos chamá-lo de *melecasting* e corramos um véu sobre o resto. Em seguida tive que cuidar da chegada da equipe. Passei a tarde inteira no saguão apertando minha prancheta contra o peito como se fosse uma couraça, enquanto eletricistas, câmeras e claquetistas sortidos reivindicavam seus direitos negociados por sindicato a vista para o mar e cama com dossel. Nunca se torne uma monitora de colônia de férias, minha querida — é o emprego mais ingrato do mundo. Depois disso, botei dois comprimidos de Valium para dentro e despenquei nos braços de Morfeu.

A propósito, você acha que eu me pareço mesmo com a srta. Trump? Todo mundo aqui está dizendo que sim, mas eu não enxergo a semelhança. Sempre achei que lembrava mais Michelle Pfeiffer (na época de *Susi e os Baker Boys*)!

Não deixe de escrever logo, e me garanta que não estou ficando completamente bilola.

✉ **liam_okeefe@millershanks-london.co.uk**
12/1/00, 9:30
Para: brett_topowlski@millershanks-london.co.uk
Cc:
Assunto: MAURÍCIO, 12 DE JANEIRO DE 2000: TERCEIRO DIA

Você tem toda razão e mais alguma em relação à Mel — é sósia de *la* Trump. Pelo visto, vocês vão voltar para casa sem filme e sem cliente. Vou fazer uma sondagem aqui no departamento sobre as possíveis conseqüências.

Lol está um doce de novo. Ontem parti para cima dela com tudo: flores, bombons, lingerie de seda, um vale da Diesel e um almoço. Acho que ela engoliu a minha explicação de que mal falei com a Philpott, e que ela anda me rondando desde que veio trabalhar aqui. Assisti a *Perversa Paixão* na TV a cabo domingo à noite e tirei a idéia dali. Está para nascer um cara mais atilado do que eu.

Pinki está batendo um bolão. Pode me chamar de sexista, mas nunca pensei que uma mulher fosse capaz de dirigir um departamento de criação. Pois bem, quebrei a cara com a filha natural de Joan Baez e Tiny Tim. Crutton está de quatro por ela. Tem arrastado uma asa para cima daquelas sandálias de Jesus Cristo que vou te contar. Até a levou para tomar café ontem de tarde. Se ela depilasse as axilas e apagasse as tatuagens de henna, estaria sentada na cadeira do Horne antes de 1º de fevereiro. Você ouviu isso aqui em primeira mão.

Pelo visto, Susi "se demitiu" outra vez na segunda, mas mesmo assim apareceu aqui ontem. Estava se esgueirando pelos cantos como o detetive Magnum. Apanhei-a inclinada diante da nossa porta tentando pescar alguma coisa da conversa. Ela disse que estava tentando tirar uns papéis que tinham ficado presos na copiadora (a que está com o cartaz de "quebrada" desde novembro). Pinki está convencida de que Susi a seguiu quando ela foi com o Crutton ao BZ.

O que o pessoal está dizendo agora de manhã é que eles desmontaram o servidor ontem, tentando localizar o defeito no e-mail, só para descobrir que Crutton não sabe a diferença entre o seu laptop e um Etch-a-Sketch. Estamos sendo levados para o século XXI por homens de Cro-Magnon. Nada de novo sob o sol.

✉ **Rachel Stevenson — 12/1/00, 9:46**

Para: Todos os Departamentos
Cc:
Assunto: mudança no CPD

Peter Renquist, o coordenador interino do CPD, não está mais na companhia. Ele decidiu se afastar para se dedicar a outros interesses. Espero que vocês me ajudem a lhe desejar felicidades. Até que chegue um substituto efetivo, Ravi Basnital assumirá os encargos de Peter. Por favor, dêem-lhe todo o apoio necessário.

Rachel Stevenson
RH

✉ **Zoë Clarke — 12/1/00, 9:49**
Para: Todos os Departamentos
Cc:
Assunto: agenda de David

Todas as reuniões do David marcadas para agora de manhã estão canceladas, pois ele precisa comparecer a uma sessão urgente de treinamento no CPD. Desculpem o transtorno. — Zoë

✉ **simon_horne@millershanks-london.co.uk**
12/1/00, 9:57 (hora local 13:57)
Para: susi_judgedavis@millershanks-london.co.uk
Cc:
Assunto: Pinki Fallon

obrgado plo rlatóio... fica de olho alberto... filmmagem vai bem... rremedioss chearam... to sentino umma molheza...................... prcso dormiiiiiiir..................hsqwygrshsbbtk

✉ **daniel_westbrooke@millershanks-london.co.uk**
12/1/00, 10:05 (hora local 14:05)
Para: david_crutton@millershanks-london.co.uk
Cc:
Assunto: suas preocupações

Acabei de voltar para o meu quarto e li o seu e-mail. Passei as últimas horas tentando acalmar Frank. Ele foi vítima de uma ligeira indisposição hoje de manhã. Creio que foi uma combinação do sol com a diferença de fuso horário e o estresse causado pelo fato de ser a primeira locação do pobre coitado. (Ainda me lembro da minha — o balão da Nimble. Eu não desejaria uma experiência dessas ao meu pior inimigo!) Enfim, é verdade que Ivana Trump por acaso se encontrava nas redondezas, mas ela não teve a menor participação no episódio. Ele agora está descansando, e tenho certeza de que quando acordar estará se sentindo novinho em folha.

Quanto à filmagem, está indo às mil maravilhas. Houve alguns probleminhas no começo, como sempre há, mas já fizemos algumas seqüências fantásticas. Nathan é excêntrico, mas que artista não é? Simon esteve presente o tempo todo, o que transmitiu uma enorme sensação de segurança à equipe.

Espero que esteja tudo bem aí no nosso doce lar. Quais são as novidades sobre a Coca?

✉ **susi_judgedavis@millershanks-london.co.uk**
12/1/00, 10:06
Para: simon_horne@millershanks-london.co.uk
Cc:
Assunto: descanse, meu anjo

Querido Simon, você está precisando muito descansar. Você vem trabalhando demais há tempo demais. Trate de recuperar as forças e deixe que os outros metam os peitos. Já está na hora de eles aprenderem a parar de jogar tudo nas suas costas. E não se esqueça, se houver qualquer coisa de que você precise, é só me mandar um e-mail... Bicotas, S.

✉ **mike_appleton@millershanks-hk.co.hk**
12/1/00, 10:10 (hora local 18:10)
Para: david_crutton@millershanks-london.co.uk
Cc:
Assunto: Bucareste

Espero que esteja correndo tudo bem com a Coca. Tenho certeza de que a concorrência deve estar deixando você ocupadíssimo, mas será que já arranjou um minutinho para comentar com Jim do meu interesse pelo cargo em Bucareste? Não deixe de me dizer.

Mike

✉ **daniel_westbrooke@millershanks-london.co.uk**
12/1/00, 10:10 (hora local 14:10)
Para: simon_horne@millershanks-london.co.uk
Cc:
Assunto: que é que está havendo aí dentro?

Já bati à sua porta. Já passei bilhetes por baixo dela. Já telefonei para você e já me postei no jardim jogando pedrinhas na sua janela. Minha última esperança é a de que o seu laptop esteja ligado e você esteja lendo os seus e-mails.

Se você se desse ao trabalho de sair da sua suíte, veria que reina o caos. Frank Sinton está apoplético e correndo o risco de ser processado por assédio sexual. A filmagem vai catastroficamente mal. Os membros do cast estão baixando ao leito um atrás do outro, e ainda temos que filmar o comercial. Melinda está se saindo galhardamente, mas Brett e Vince estão encarando a situação como se fosse um passeio do 1º ano primário ao zoológico.

Preciso de sua ajuda e apoio. Contei a David ainda há pouco que você está fazendo um magnífico trabalho. Sugiro que saia daí agora e assuma parte da responsabilidade por este desastre. Não vou ficar protegendo você indefinidamente.

✉ **Susi Judge-Davis — 12/1/00, 10:31**
Para: Lorraine Pallister
Cc:
Cco: Rachel Stevenson
Assunto: você!!

Isto são horas? Chegar às 10:30 é inadmissível. Pensa que posso dirigir este departamento sozinha? Você não começou de maneira nada auspiciosa esta semana. Se não está satisfeita, terei o maior prazer em falar com Rachel por você sobre as suas alternativas.

Lorraine Pallister — 12/1/00, 10:36
Para: Susi Judge-Davis
Cc:
Assunto: você!!

Desculpe por chegar tão atrasada, Susi querida, mas é que ontem à noite eu trepei até ficar de perna torta, e demorei um tempão para entrar nos eixos hoje de manhã. Você devia experimentar fazer isso qualquer dia desses. Talvez te deixasse mais descontraída.

Susi Judge-Davis — 12/1/00, 10:39
Para: Rachel Stevenson
Cc:
Cco: David Crutton
Assunto: Lorraine Pallister

Segue em anexo o e-mail que acabei de receber de Lorraine. Creio que não preciso acrescentar nada para deixar claro por que não a tolerarei no meu andar nem mais um minuto. Por favor, providencie a sua transferência.

ANEXO

Lorraine Pallister — 12/1/00, 10:36
Para: *Susi Judge-Davis*
Cc:
Assunto: *você!!*

Desculpe por chegar tão atrasada, Susi querida, mas é que ontem à noite eu trepei até ficar de perna torta, e demorei um tempão para entrar nos eixos hoje de manhã. Você devia experimentar fazer isso qualquer dia desses. Talvez te deixasse mais descontraída.

✉ **Lorraine Pallister — 12/1/00, 10:44**
Para: Liam O'Keefe
Cc:
Assunto: está ocupado?

Quando cheguei hoje de manhã descobri como fazer o elevador parar entre dois andares. Quando é que você vai estar livre para fazer um servicinho de manutenção?

✉ **Liam O'Keefe — 12/1/00, 10:46**
Para: Lorraine Pallister
Cc:
Assunto: está ocupado?

Tenho que dar umas instruções para um fotógrafo, desenhar dez anúncios e o pessoal da contabilidade está me enchendo o saco atrás das minhas planilhas de horas... te vejo daqui a trinta segundos.

✉ **Rachel Stevenson — 12/1/00, 10:49**
Para: Susi Judge-Davis
Cc:
Assunto: Lorraine Pallister

Várias pessoas, de David Crutton a subalternos, me informaram que Lorraine está se entrosando excepcionalmente bem com o pessoal do *seu* andar.

Talvez *você* devesse vir falar comigo sobre as *suas* opções. Minhas portas estão sempre abertas.

susi_judgedavis@millershanks-london.co.uk
12/1/00, 10:55
Para: simon_horne@millershanks-london.co.uk
Cc:
Assunto: preciso de você

Lindinho, sei que você está em modo de "Não Perturbe" neste exato momento, mas, assim que acordar, por favor, *por favor* ligue para mim. Não agüento mais.

Liam O'Keefe — 12/1/00, 11:05
Para: Lorraine Pallister
Cc:
Assunto: BIOLOGIA EXPLICADA, PARTE I

antes: 

depois: 

Lorraine Pallister — 12/1/00, 11:11
Para: Liam O'Keefe
Cc:
Assunto: BIOLOGIA EXPLICADA, PARTE II

antes: **ii** depois: **iii**
(você não estava usando camisinha, estava?)

✉ **brett_topowlski@millershanks-london.co.uk**
12/1/00, 11:13 (hora local 15:13)
Para: liam_okeefe@millershanks-london.co.uk
Cc:
Assunto: MAURÍCIO, 12 DE JANEIRO DE 2000: TERCEIRO DIA

Agora é oficial: estamos na merda. Hoje de manhã tínhamos três garotas. Agora temos duas. Um desastre de jet ski digno de entrar para a história das videocassetadas. Nathan mandou duas das nossas gatas se escarrancharem e mandarem ver. Elas ensaiaram algumas vezes e, tirando o fato de Despina (a sua favorita no vídeo do casting) não saber distinguir a direita da esquerda, tudo parecia estar indo superbem. Nossas duas deusas marinhas deram a partida numa zoeira ensurdecedora para a primeira carreira. Estavam agachadas como panteras peitudas sobre os volantes. Destemidas, aceleraram em direção uma à outra, preparando-se para desviar na última hora — e nós só assistindo, na praia, mudos diante daquele show de beleza e saúde. Aí Nathan gritou: "Desvia!". Elas desviaram. Natahn gritou: "Pra esquerda, Despina, pra esquerda!". A gostosa burra desviou para a direita.

Nathan gritou: "Corta!".

Os dois jet skis afundaram sem deixar vestígio. Despina fraturou o fêmur e a tíbia (perna, para você que é leigo). Kerri, a outra, ficou com os dois pulmões cheios de oceano Índico e sofreu uma laceração feia (corte, para você que é leigo) no supercílio. Depois disso, o tempo voltou a ficar maravilhoso. Nem uma nuvem. O mar parecendo um espelho. Mas não tinha mais clima, e Nathan encerrou a filmagem. Em suma, não temos mais um roteiro para filmar, estando o mulherio desfalcado de quatro itens.

Mas não tenho só más notícias. Fat Frank está ajudando a polícia local com as investigações sobre o caso Trump — a traumatizada beldade resolveu apresentar queixa.

Mel está fazendo o diabo a quatro para convencer as duas garotas que restaram a continuar no filme. Vin e eu estamos reescrevendo a porra do roteiro pela segunda (terceira? quarta? quinta?) vez. Da última vez que vi Dan Dantesco, ele estava soluçando com a cara enfiada num Singapore Sling. Onde está Horne? Eu é que pergunto.

Um conselho de amigo: nunca, sob nenhuma circunstância, ainda que um psicopata de três metros de altura encoste um facão de açougueiro de um palmo e meio na sua jugular, escreva um comercial começando com "Abre numa praia orlada de palmeiras...".

✉ **Lorraine Pallister — 12/1/00, 11:27**
Para: Katie Philpott
Cc:
Assunto: cartão amarelo

Liam andou tentando me convencer de que você é louca de pedra. O que você é é uma puta amadora, colega. Pois eu vou te mostrar o que é loucura — experimenta só chegar a dois metros dele de novo.

✉ **David Crutton — 12/1/00, 11:27**
Para: Ravi Basnital
Cc:
Assunto: o que aprendi com o CPD

Encare isto como um teste tanto dos meus recém-adquiridos conhecimentos de informática quanto da sua perspectiva de ainda estar empregado no fim do dia:

PERTTI VAN HELDEN, SEU BABACÃO.

✉ **Katie Philpott — 12/1/00, 11:45**
Para: Lorraine Pallister
Cc:
Assunto: cartão amarelo

Nossa, calminha aí! Eu só estava sendo amável. Mas pode crer que não vou mais me dar a esse trabalho daqui por diante.

Zoë Clarke — 12/1/00, 11:47
Para: Todos os Departamentos
Cc:
Assunto: agenda de David

A sessão do David no CPD acabou e a agenda dele está de volta ao normal. — Zoë

David Crutton — 12/1/00, 12:03
Para: Lorraine Pallister
Cc:
Assunto: parabéns

Acabo de ler o seu e-mail para Susi, que ela fez a gentileza de me enviar. Bom trabalho.

Lorraine Pallister — 12/1/00, 12:05
Para: Susi Judge-Davis
Cc:
Assunto: recado do meu punho para as suas fuças

No banheiro. Agora.

susi_judgedavis@millershanks-london.co.uk
12/1/00, 12:13
Para: simon_horne@millershanks-london.co.uk
Cc:
Assunto: preciso muito de você!

Já acordou, lindinho? Acabei de ter uma briga medonha com Lorraine. Ela me ameaçou com uma lixa de unha. E pensar que me esforcei tanto para me dar bem com ela. Como sempre, Rachel ficou do lado dela. Não sei como David ficou sabendo, mas até ele tomou as dores dela. Todo mundo está caindo na minha pele e não sei mais o que fazer... Bicotas, S.

✉ **brett_topowlski@millershanks-london.co.uk**
12/1/00, 12:21 (hora local 16:21)
Para: liam_okeefe@millershanks-london.co.uk
Cc:
Assunto: PAREM AS MÁQUINAS!

O Caso Trump engrenou uma terceira. Eu e o Vin estávamos no bar e começamos a conversar com um cara. Ele pagou umas bebidas para nós e fez perguntas, tipo o que a gente está fazendo aqui. Depois quis saber qual era o babado com a nossa Ivana. Para encurtar a história, o cara é repórter do *Sun*. Ele está aqui com um fotógrafo tentando conseguir fotos da McCutcheon fazendo topless — só mesmo um jornaleco como o *Sun* não tem nada melhor para fazer do que caçar ex-estrelas de novelas do outro lado do mundo. Enfim, ele agora está atrás de um furo muito maior. Nós calamos o bico quando descobrimos quem ele era, mas acho que até então já tínhamos falado demais. Sabe como é — cerveja vai, cerveja vem, um cara impressionado com o fato de você estar numa filmagem com um bando de estrelas do pornô soft — bom, você exagera um pouquinho, é ou não é? Vin disse a ele que era o diretor de criação, e acho que a gente fez com que a parada toda parecesse um pouco mais cabeluda do que é. Ele agora está entrevistando uns e outros. Agora há pouco vi a Mel dizendo a ele para ir lamber sabão. Fat Frank voltou da delegacia. Ele e Dan Dantesco estão bolando um pedido de desculpas servil na esperança de convencer *la* Trump a não apresentar queixa. Tenho que admitir que está sendo o maior barato. Uma vez, quando eu tinha nove anos, meu retrato saiu no *Brighton Argus* porque fisguei uma mina alemã nunca explodida quando estava pescando com o meu pai. Achei o máximo, mas o que está rolando agora não fica atrás. Se eu fosse você, compraria todos os tablóides amanhã. Estou sentindo o cheiro do nome de Fat Frank em Gótico Franklin Condensado Bold, corpo 80.

✉ **david_crutton@millershanks-london.co.uk**
12/1/00, 12:33
Para: daniel_westbrooke@millershanks-london.co.uk
Cc:
Assunto: LOVE

Acabei de ler o seu e-mail e estou me sentindo totalmente tranqüilo. Até me arrependo por ter chegado a ficar tão nervoso — como sou bobo! Não vou esquentar nem um pouco com o telefonema que acabo de receber do *Sun* me perguntando se eu gostaria de comentar o ataque sexual de Ivana Trump perpetrado por um dos nossos clientes. Tenho certeza de que é uma besteira, um casinho irrelevante, nada com que eu deva me preocupar. Se fosse algo mais do que uma tempestade em copo d'água, você estaria imediatamente no telefone com uma explicação detalhada e franca. Não estaria?

✉ **David Crutton — 12/1/00, 12:39**
Para: Harriet Greenbaum
Cc:
Assunto: LOVE

Estamos à beira de uma crise que ameaça engolfar tudo. Vem ao meu escritório agora.

✉ **james_f_weissmuller@millershanks-ny.co.usa**
12/1/00, 12:40 (hora local 7:40)
Para: harriet_greenbaum@millershanks-london.co.uk
Cc:
Assunto: Coca

Harriet, confesso que fiquei impressionado com a maneira honesta mas sensível como você tratou Pertti. David também me disse que, na ausência de Daniel, você está dirigindo a concorrência da Coca como gente grande. Nada me dá maior prazer do que ver um membro da família Miller Shanks, cujo valor até então não era reconhecido, crescer e brilhar.

Alguns dias atrás pedi a David uma prévia do planejamento e da criação da Coca. Até agora, ele não a enviou — está muito ocupado dirigindo uma agência de primeira, creio! Eu lhe agradeceria muito se pudesse me mandar o material o quanto antes. Tenho uma grande experiência com a Pepsi dos meus tempos na BBDO, de modo que talvez possa dar uma modesta contribuição.

Fico esperando sua resposta ansiosamente.
Jim Weissmuller

✉ **Harriet Greenbaum — 12/1/00, 12:42**
Para: David Crutton
Cc:
Assunto: LOVE

Houve um imprevisto de que preciso tratar imediatamente. Dentro de cinco minutos estou aí com você.

✉ **harriet_greenbaum@millershanks-london.co.uk**
12/1/00, 12:45
Para: james_f_weissmuller@millershanks-ny.co.usa
Cc:
Assunto: Coca

Caro Jim,

Estou honrada, mas você é muito generoso. Foi David quem conduziu o caso de Pertti; eu apenas assinei o meu nome.

Dei ordens à minha secretária para lhe enviar todo o material que temos para a Coca, e deve chegar a Nova York dentro de no máximo uma hora. Assim que você o tiver analisado com calma, talvez possamos discutir suas idéias por telefone. Não preciso dizer que eu prezaria a sua opinião mais do que a de qualquer pessoa.

Atenciosamente,
Harriet Greenbaum

✉ **liam_okeefe@millershanks-london.co.uk**
12/1/00, 13:13
Para: brett_topowlski@millershanks-london.co.uk
Cc:
Assunto: PAREM AS MÁQUINAS!

Puta que pariu. Eu tinha ido dar umas instruções para um fotógrafo, voltei agorinha e li o seu e-mail. Estou louco para saber mais. Não fico nessa ansiedade por uma notícia desde que acampei diante do Portland esperando notícias do primogênito de Lady Di (um menino, um menino! Oh, como me rejubilei).

✉ **brett_topowlski@millershanks-london.co.uk**
12/1/00, 13:22 (hora local 17:22)
Para: liam_okeefe@millershanks-london.co.uk
Cc:
Assunto: PAREM AS MÁQUINAS!

Nenhuma novidade. Mel mandou a gente ficar no quarto e não falar com ninguém, nem mesmo com o serviço de quarto. Ela descobriu que a gente deu com a língua nos dentes para o *Sun* e ficou uma arara. Ela é de dar medo quando perde a cabeça. Você acampou mesmo diante do Portland? Seu mané.

✉ **liam_okeefe@millershanks-london.co.uk**
12/1/00, 13:24
Para: brett_topowlski@millershanks-london.co.uk
Cc:
Assunto: PAREM AS MÁQUINAS!

Seu trouxa.

✉ **Harriet Greenbaum — 12/1/00, 13:38**
Para: David Crutton
Cc:
Assunto: LOVE

Tive uma chance de pensar no assunto, e eis o plano de ação que sugiro. Esqueça as sucessivas tentativas de encontrar Dan ou Simon por telefone. Sem querer ser desrespeitosa com nenhum dos dois, é notório que eles entram em pânico e têm uma tendência a não dizer totalmente a verdade quando o circo pega fogo.

Em vez disso, localize Melinda na primeira oportunidade e peça a ela um relatório completo. Não podemos agir sem estarmos de posse de todos os fatos. De todas as pessoas que estão lá, ela é a mais equilibrada e provavelmente abrirá o jogo conosco. Se você quiser, eu mesma telefono para ela. Somos amigas de longa data e ela não mentiria para mim.

Diga a ela que, a despeito do que ainda venha a acontecer, temos que concluir a filmagem — com ou sem a colaboração do cliente. Se cancelarmos o negócio agora, provavelmente incorreremos em quebra de contrato. Telefone para o presidente da LOVE e recomende uma frente unida. Não vai ajudar a nossa causa ou a dele se estivermos em pé de guerra.

Informe nossos advogados na primeira oportunidade. Desconfio que, se as coisas continuarem neste ritmo, vai haver um bombardeio tal de manchetes que não vamos ter tempo de nos desviarmos.

Decrete uma lei mordaça proibindo todos os funcionários de falarem sobre qualquer coisa com a imprensa. Todos os contatos de jornalistas devem ser encaminhados diretamente a você.

Por fim, fui colega de faculdade de uma editora assistente do *Sun*. Se quiser, entrarei em contato com ela, farei algumas perguntas discretas sobre o que eles pretendem publicar (se é que pretendem publicar alguma coisa) e verei se dou um jeito de passar uma boa imagem da Miller Shanks.

Me diga o que acha dessas idéias e o que mais gostaria que eu fizesse.

✉ **David Crutton — 12/1/00, 13:49**
Para: Harriet Greenbaum
Cc:
Assunto: LOVE

Você deu um show de bom senso, Harriet. Obrigado. Ligue para Melinda agora e me dê um retorno assim que tiver falado com ela. Frise que a filmagem deve continuar. Em seguida ligue para a sua amiga no *Pum* e veja o que consegue apurar. Aproveite para enfatizar a dinheirama que nós gastamos com o jornaleco dela em publicidade para os nossos clientes — pega mal cuspir no prato em que se come, etc. Nesse ínterim, eu me encarrego das suas outras sugestões. Vamos nos encontrar dentro de uma hora mais ou menos para reavaliar a situação.

✉ **David Crutton — 12/1/00, 13:53**
Para: Todos os Departamentos
Cc:
Assunto: SEM COMENTÁRIOS

Não tenho autorização para divulgar o motivo no momento, mas ninguém deve dizer nada à imprensa. Não me importo que seja o *The Times*, o *Sun* ou o *Angler's Weekly*. Todos os contatos de jornalistas com a agência devem ser encaminhados a mim. Ir contra mim nesse caso é se arriscar a uma demissão sumária.

David Crutton
CEO

✉ **David Crutton — 12/1/00, 13:56**
Para: Zoë Clarke
Cc:
Assunto: Max Gregory

Liga para ele assim que acabar de comer essa batata assada nojenta. O nome dele está no Rolodex, em "Hunter, McPhee e Associados". Diz a ele que preciso vê-lo imediatamente — agora à tarde, para ser mais claro. Não quero saber onde ele está — numa conferência, no Fórum, em Val D'Isére, não importa. Se ele tentar tirar o corpo fora, lembra a ele não só o polpudo salário que nós pagamos ao seu escritório de rábulas, mas também o fato de que o filho dele tem uma promissora carreira na publicidade graças a mim.

✉ **brett_topowlski@millershanks-london.co.uk**
12/1/00, 14:10 (hora local 18:10)
Para: liam_okeefe@millershanks-london.co.uk
Cc:
Assunto: com a boca na botija

O fotógrafo do *Sun* esteve na nossa varanda tirando fotos da gente pela janela. A cena aqui dentro não é das melhores — todas as garrafas do minibar estão espalhadas em cima da cama, e Vin está chumbado no chão, só com uma camiseta da Vivid Pictures Mondo Porno. Pior ainda, estou com uma porcaria duma toalha enrolada na cabeça e meio tubo da máscara de lama da Body Shop na cara — não, eu me recuso a pensar nisso. Mel acabou de esmurrar a porta. Filmagem de madrugada. Você acredita que a gente vai conseguir terminar essa filmagem? Acho que vou reescrever essa bosta de roteiro.

✉ **Harriet Greenbaum — 12/1/00, 14:11**
Para: David Crutton
Cc:
Assunto: LOVE

Falei com Mel. Resumo da ópera:

- Frank Sinton passou a filmagem inteira dando em cima de todas as mulheres, e beliscou o traseiro de Mel, entre outros, em várias ocasiões. Isso lhe teria rendido vários apelidos por parte da equipe — "Dublê de Porco", "Sintonia Grossa" e "Boi da Vara Acesa" são apenas alguns.
- Ivana Trump está passando as férias em Mauricio.
- Mel é sósia de Ivana — indiscutível quando paramos para pensar no assunto.

- Frank viu Ivana curtindo o sol numa espreguiçadeira, alega que a confundiu com Mel e fez algo com ela na região dos seios — exatamente o quê ainda é motivo de controvérsia. A versão dele é de que colocou por brincadeira uma lata gelada em cima do peito dela. Já ela alega que ele tentou enfiar a mão no seu maiô.
- Ivana ainda está decidindo se vai apresentar uma queixa formal.
- A polícia interrogou Frank e as testemunhas.
- Um jornalista do *Sun* já estava aqui na cola de uma ex-estrela de *EastEnders*. Agora está trabalhando no caso de Ivana.
- Brett e Vince inadvertidamente deram com a língua nos dentes antes que Mel pudesse amordaçá-los.
- Mel não pretendia interromper a filmagem, mas esta, infelizmente, já estava indo de mal a pior.
- Ainda não filmaram nada.
- Quatro garotas do cast estão fora do comercial devido a ferimentos/doença.
- Ainda restam dois dias de filmagem e Mel prometeu suar sangue para voltar com um filme.
- Simon não foi visto. Entrincheirou-se no seu quarto assim que chegou.

Não há nenhuma boa notícia, infelizmente.

O melhor que pode acontecer é Ivana decidir não apresentar queixa, em qual caso vamos poder vender o ocorrido como um mal-entendido sem maiores conseqüências. Falei com o meu contato no *Sun*. Parece que o caso vai ser a primeira página da edição de amanhã. Bem, como eles poderiam resistir? Ela disse que vai fazer o possível para minimizar os danos causados a nós, mas não espere nenhum favor. Frank Sinton é ex-funcionário do departamento de marketing do *Sun* e não era nada popular por lá (foi despedido por bolinar uma secretária e receber propinas da sua agência de publicidade — razões bastante boas para eles agora quererem ir à forra). Ela disse que o diretor de lá gostaria imensamente de conversar com você. Me diga o que mais posso fazer.

✉ **David Crutton — 12/1/00, 14:15**
Para: Harriet Greenbaum
Cc:
Assunto: LOVE

Obrigado. Falei com o patrão do Sinton. Ele concorda que devemos nos manter unidos nesse caso. Está dando uma bronca no Sinton e nos pediu para o trazermos rente no cabresto. Daqui a pouco vou me encontrar com os nossos advogados. A gente se fala quando eu voltar.

✉ **Zoë Clarke — 12/1/00, 14:18**
Para: Lorraine Pallister
Cc:
Assunto: as novidades!!!!

O Putton me fez jurar segredo, mas vou explodir se não contar para alguém!!!! Toda aquela história de a gente não falar com os jornais é por causa do que está acontecendo na filmagem da LOVE. Pelo visto, o cliente atacou Ivana Trump!!!!!!!!!!!!!!!!!!!!! Tentou dar uma nela na praia!!!!!!! Vai sair em todos os jornais de amanhã!!!!!!!!!!! O Crutton está puto da vida!!!!! Disse que vai despedir todo mundo!!!!!! Ele agora vai se encontrar com os advogados. Vou aí falar com você assim que ele sair e te conto tudinho!!!!!!! Beijinhos, Z.

✉ **david_crutton@millershanks-london.co.uk**
12/1/00, 14:22
Para: melinda_sheridan@millershanks-london.co.uk
daniel_westbrooke@millershanks-london.co.uk
simon_horne@millershanks-london.co.uk
Cc: Harriet Greenbaum
Assunto: a cagada de seis milhões de dólares

Obrigado, Melinda, por finalmente pôr Harriet por dentro do bode. Agora que estou a par de tudo, aqui vão as minhas ordens para vocês.

Melinda, você agora é a responsável. Não deixe ninguém mijar fora do penico. Sua prioridade será minimizar os estragos desse fiasco. Faça tudo que puder para se entender com *la* Trump e convencê-la de que se tratou de um caso compreensível de confusão de identidade. Se necessário, cite uma lista de clientes para ela e pergunte qual é o seu preço para estrelar uma megacampanha para qualquer um deles.

Em seguida, ponha a filmagem novamente nos eixos e termine o comercial. Você não vai voltar para a Inglaterra sem ele.

Nenhum de vocês deve dar uma palavra com qualquer jornalista. Isso vale tanto para o pessoal da produção quanto para o da equipe. Melinda, você vai chamar Vince e Brett num canto e dizer a eles que, se eu ler qualquer coisa nos jornais de amanhã que indique que eles enlamearam o bom nome desta agência, é melhor não embarcarem no vôo de volta.

Daniel, você tem uma incumbência. Você vai se amarrar por uma cordinha à cintura de Frank Sinton. Não vai deixar que ele se meta em mais nenhuma roubada. Não vai permitir que ele chegue a duzentos metros de ninguém que possua sequer um projeto de peito.

Simon, se já tiver saído do seu quarto, volte para lá imediatamente, pendure a placa de "não perturbe" na porta e se tranque lá dentro. Não saia até que Melinda bata para lhe informar que está na hora de voltar para casa. Já vi você durante uma crise. Você não é só uma vergonha completa, é um grande perigo.

Melinda, espero que você mantenha Harriet a par de todos os acontecimentos, por mais insignificantes que sejam. Ela me informará conforme o necessário. Até agora nenhum de vocês se cobriu de glória. Passem os três próximos três dias fazendo o possível para se redimirem.

Lorraine Pallister — 12/1/00, 14:24
Para: Zoë Clarke
Cc:
Assunto: as novidades!!!!

Eu já sabia. Li os e-mails do Brett para o Liam. Aliás, o departamento inteiro já está sabendo, porque o Liam está correndo um livro de apostas sobre a manchete de amanhã do *Sun*:

2/1: QUASE ESTRUMPADA
3/1: O DOIDIVANAS E OS DOIS DE IVANA

6/1: ANIMAL-RÍCIO
30/1: APERTEM O SINTON
500/1: DOW SOBE DOIS PONTOS DEVIDO À ESTABILIZAÇÃO DA ECONOMIA ASIÁTICA

Desce aqui para fazer uma fezinha. A propósito, Judge-Dose entrou nos eixos. Levei ela para um canto antes do almoço a fim de ter uma conversa franca com ela. Disse a ela que a gente devia fazer uma forcinha para se dar bem e ser amigas (enfiei minha lixa de unha na narina dela e disse que se ela não parasse de se comportar como a Mãe das Filhas-da-Mãe eu faria no nariz dela a plástica que ela sempre quis mas nunca pôde pagar). Pelo visto, está dando certo — ela acabou de me trazer um café e perguntou se eu precisava de uma mãozinha com alguma coisa. Mandei ela comprar um maço de cigarros para mim. Fiz bem?

✉ **simon_horne@millershanks-london.co.uk**
12/1/00, 14:33 (hora local 18:33)
Para: susi_judgedavis@millershanks-london.co.uk
Cc:
Assunto: o que é que está havendo?

Acabei de acordar e li um e-mail estranhíssimo de David. Não consigo encontrar nem Daniel nem Mel para descobrir o que diabo está acontecendo. Alguma coisa a ver com Ivana Trump? Será que dá para você esquecer seus problemas insignificantes no escritório por um momento e fazer umas perguntinhas *discretas* aí pelo departamento para me ajudar a destrinchar isso?

Agora vou procurar meu Migraleve. Estou com uma enxaqueca infernal.

susi_judgedavis@millershanks-london.co.uk
12/1/00, 14:41
Para: simon_horne@millershanks-london.co.uk
Cc:
Assunto: o que é que está havendo?

As fofocas estão correndo soltas por aqui, lindinho. Não sei até que ponto é verdade, mas, pelo que entendi, o seu cliente da LOVE molestou Ivana Trump e foi preso. David está fazendo um escândalo e procurando alguém em quem jogar a culpa. Parece que a filmagem também não está indo muito bem das pernas. Se eu fosse você, ficaria quieta no meu canto, fofinho. Não procure sarna para se coçar. Me desculpe por ter incomodado você horas atrás por causa da minha briga com Lorraine. Já está tudo esquecido. Sei que tenho que seguir o seu conselho de sempre e ficar acima da maldade dela. Me escreva se houver alguma coisa que eu possa fazer... Bicotas, S.

simon_horne@millershanks-london.co.uk-
12/1/00, 14:48 (hora local 18:48)
Para: susi_judgedavis@millershanks-london.co.uk
Cc:
Assunto: hora de entrar em ação

Diga a David para não se preocupar com nada. Vou me encarregar dessa *comédie d'erreurs*.

james_f_weissmuller@millershanks-ny.co.usa
12/1/00, 14:56 (hora local 9:56)
Para: harriet_greenbaum@millershanks-london.co.uk
Cc:
Assunto: Coca

Recebi o trabalho. Muito obrigado pela presteza da resposta. Minha primeira impressão? Notável! A criação tem a modernidade de que precisamos para conquistar essa conta. "VOU DE COCA AONDE FOR" é uma síntese espetacular da promessa da marca. A campanha inteira tem um feeling jovem e energético. Algumas vezes o humor é um pouco "alternativo" para um homem idoso como eu, mas vejo isso como um sinal de que é perfeita para o target.

Eu já havia dito a David que seria preciso alguma coisa especial para superar a campanha fora de série criada pelo escritório da Finlândia, e acredito que seja esse o caso. Adoraria conhecer os responsáveis. Eles têm um futuro brilhante.

Tendo dado uma olhada na apresentação estratégica, acho que respalda bem os anúncios, e não vejo nenhuma falha gritante de lógica. No entanto, acho que há ainda algumas possibilidades inexploradas, e é sobre elas que devemos discutir tão logo lhe seja conveniente. Será que a sua secretária poderia ligar para a minha assistente para marcar uma videoconferência? Não há nada que substitua uma conversa cara a cara nesses casos.

Jim

✉ **harriet_greenbaum@millershanks-london.co.uk**
12/1/00, 15:02
Para: james_f_weissmuller@millershanks-ny.co.usa
Cc:
Assunto: Coca

Jim, obrigada por sua aprovação. Estávamos muito confiantes em relação a esse trabalho, mas isso não quer dizer que o seu aval não seja precioso.

A campanha é uma criação de Simon Horne, mas foi extremamente aprimorada por todo o departamento de criação, tendo à frente Pinki Fallon, nossa redatora mais experiente. Ela vai morrer de vergonha de ficar no centro das atenções, mas grande parte do mérito é dela.

Eu adoraria ouvir suas idéias em detalhes, e minha secretária já está organizando a conferência. Estou à sua disposição.

Harriet Greenbaum

✉ **brett_topowlski@millershanks-london.co.uk**
12/1/00, 15:11 (hora local 19:11)
Para: liam_okeefe@millershanks-london.co.uk
Cc:
Assunto: quando você pensa que do chão não passa...

... abre-se uma cratera no solo. Mel veio bater aqui para nos chamar. Simon saiu da solitária e nos convocou para uma "reunião de crise" no saguão. Ai, ai, ai, ai, ai, ai, ai...

✉ **Harriet Greenbaum — 12/1/00, 15:20**
Para: Pinki Fallon
Cc:
Assunto: Coca

Tenho uma videoconferência marcada com Weissmuller às 16:00 para analisar o material da Coca. Ele ficou fascinado com o seu trabalho, e acho que você deveria participar também, para agradecer os aplausos.

✉ **Pinki Fallon — 12/1/00, 15:27**
Para: Harriet Greenbaum
Cc:
Assunto: Coca

Tenho que revisar um material novo para a Freedom exatamente às 16:00, mas dá para adiar. Nunca participei de uma videoconferência na vida. Minha camiseta do Kurt Cobain está bem ou preciso trocar?... ☺

Harriet Greenbaum — 12/1/00, 15:30
Para: Pinki Fallon
Cc:
Assunto: Coca

Venha como está.

Harriet Greenbaum — 12/1/00, 15:47
Para: Zoë Clarke
Cc:
Assunto: Coca

Estou indo para a sala de reuniões para participar de uma videoconferência muito importante sobre a Coca. Sei que David está com os nossos advogados no momento, mas será que pode pedir a ele para vir se encontrar comigo assim que chegar? Obrigada.

Liam O'Keefe — 12/1/00, 15:57
Para: Todos os Departamentos
Cc:
Assunto: piada

Recebi a primeira piada por e-mail do século XXI. Dizem que a história é verídica. Divirtam-se.

ANEXO

O padre Conor está passeando à margem do Shanon quando vê um membro da sua congregação pescando. Ele se detém para bater um papo e comenta que nunca pescou na vida.

— É sopa — diz o pescador. — Toma aqui um molinete e experimenta.

— Bem, até o abençoado São Pedro era pescador. Acho que vou arriscar a sorte — torna o sacerdote.

O padre Conor senta e atira a linha. Passados alguns minutos, sente que a isca foi mordida, roda a manivela e retira da água um grande peixe de cinco quilos. Ele fica todo prosa quando o paroquiano lhe dá um tapinha nas costas e diz:

— Mas que grande filho-da-puta, padre!

— Olha o linguajar! — retruca o padre Conor. — Eu sou um padre.

— Não, padre — explica o paroquiano, pensando depressa. — O nome desse peixe é filho-da-puta.

Rindo do mal-entendido, o orgulhoso padre leva o seu peixe para casa e encontra o bispo esperando na sala.

— Que peixe bonito, padre! — exclama o bispo.

— Pois é — torna o padre. — É um grande filho-da-puta.

— Por favor, padre! Que linguajar — reclama o bispo.

— Não, não, Sua Eminência — esclarece o padre —, filho-da-puta é o nome do peixe.

Sendo uma sexta-feira, o apaziguado bispo sugere que vão à sua residência para jantar o peixe. Uma vez lá, o bispo se dirige à cozinha para limpar e eviscerar o peixe. Neste momento chega a madre superiora do convento local. Como não é um grande cozinheiro, o bispo diz:

— Reverenda Madre, será que poderia cozinhar esse filho-da-puta?

— Sua Eminência não pode dizer uma coisa dessas na Casa do Senhor! — exclama a horrorizada freira.

— A senhora está enganada, Reverenda Madre — explica o bispo. — O nome desse peixe é filho-da-puta.

Novamente calma, a madre superiora se põe a preparar o peixe. Pouco depois chega o Papa, fazendo uma visita surpresa (como é do seu hábito). Encantado, o bispo o convida para jantar.

Eles se sentam à mesa e o Papa diz as orações. Em seguida, a madre superiora traz o peixe numa bela travessa de prata. Ansiosos, os três aguardam a opinião do Porta-Voz de Deus na Terra.

— Que peixe delicioso — comenta o impressionado pontífice.

— É mesmo, Sua Santidade. Fui eu que pesquei o filho-da-puta — diz o padre, vaidoso.

— E eu limpei o filho-da-puta — acrescenta o bispo.

— E eu cozinhei o filho-da-puta — intromete-se a madre superiora.

O Papa se recosta na cadeira, encarando-os por um momento. Então coloca os pés na mesa, solta um peido e diz:

— Sabem de uma coisa? Até que vocês são legais, seus escrotos.

✉ **David Crutton — 12/1/00, 16:03**
Para: Zoë Clarke
Cc:
Assunto: cadê Harriet?

Liguei para ela, mas o telefone não atende. Assim que você voltar à sua mesa, encontre-a. Diga a ela que temos assuntos legais urgentes para discutir.

✉ **Nigel Godley — 12/1/00, 16:07**
Para: Liam O'Keefe
Cc:
Assunto: piada

Sou um católico praticante e, como muitos outros, fiquei profundamente ofendido com a sua pretensa "piada" insensível e de mau gosto.

Quanto a ser uma história verídica, até onde sei, tanto a agenda cheíssima do Papa quanto a sua necessidade da presença constante de seguranças o impediriam de fazer uma "visita surpresa". A mim você não enganou nem um minuto.

Nige

✉ **Zoë Clarke — 12/1/00, 16:10**
Para: David Crutton
Cc:
Assunto: cadê Harriet?

Ela está na sala de reuniões, numa videoconferência. Acho que não pode ser interrompida. Pode deixar que eu a escoro assim que ela sair.

✉ **max_gregory@huntermcpheepartners.co.uk**
12/1/00, 16:14
Para: david_crutton@millerhanks-london.co.uk
Cc:
Assunto: LOVE

David, foi bom ver você mesmo sob circunstâncias tão atribuladas. Depois que você saiu pude consolidar minhas idéias, e seria bom pô-las por escrito.

Como já disse, não creio que haja muito que você possa fazer no momento além de deixar o barco correr. Nenhum juiz expediria um mandado proibindo o *Sun* de publicar a história, pois, como envolve uma possível acusação de crime, é indiscutivelmente de interesse público.

A esta altura você está certo em não romper com a LOVE, mas também não deve estreitar demais seus laços com eles. Quando a história vier à público, talvez seja necessário pegar em armas.

No que diz respeito a qualquer ação civil que a srta. Trump possa mover, o alvo desta provavelmente não será a Miller Shanks, já que, ao que parece, nenhum de seus funcionários teve qualquer envolvimento direto no suposto delito. Isso posto, eu não gostaria nada de estar no lugar do sr. Sinton hoje à noite. Se eu fosse o advogado da srta. Trump, estaria fazendo um depósito num chalé em Aspen, esperando muitos dias felizes no tribunal.

Nesse ínterim, sugiro que a muralha de silêncio seja reforçada, que aguardemos o *Sun* e estudemos minuciosamente cada palavra, vírgula e dois-pontos de sua matéria. Só então saberemos em que terreno estamos pisando.

Seguirei para o escritório imediatamente após o balé hoje à noite, de posse da primeira edição, lá por volta das 23:00. Se tiver qualquer pergunta ou houver qualquer novidade antes disso, por favor fique à vontade para entrar em contato comigo — você tem todos os meus números. Vou me arriscar a provocar a ira de Darcy Bussell deixando meu celular ligado.

Gostaria de aproveitar a oportunidade para lhe agradecer mais uma vez por tomar tão boa conta de James. Toda vez que nos encontramos, ele só tem elogios para você. Ele não poderia desejar um mestre mais sábio e benevolente.

Um grande abraço, Max

melinda_sheridan@millershanks-london.co.uk
12/1/00, 16:24 (hora local 20:24)
Para: harriet_greenbaum@millerhanks-london.co.uk
Cc:
Assunto: ÚLTIMAS NOTÍCIAS SOBRE A LOVE

Como então, David a nomeou Monitora da Crise. Você sempre recebe as melhores missões, sua sortudinha! Bem, aqui vai meu primeiro relatório oficial para você digerir, regurgitar e fazer o que quiser. Peço desculpas desde já por quaisquer digressões — você sabe como eu sou.

Em primeiro lugar, me incumbi da missão de procurar *la* Trump e fazer o que fosse necessário para reparar o agravo cometido. Fui encontrá-la na jacuzzi de água quente, e me aproximei com cautela. Ela me tratou com a máxima frieza, o que era compreensível, de modo que enfatizei ao máximo a ridícula semelhança que Deus e todo mundo afirmam existir entre nós. Isso a abrandou um pouco, de modo que justifiquei o comportamento grotesco de Frank Sinton como sendo um caso puro e simples de confusão de identidade. Disse a ela que ele estava morto de vergonha e arrependimento e que, enquanto conversávamos, nossa equipe estava tentando convencê-lo a sair do parapeito da janela do hotel (uma mentira infame, mas totalmente justificável nessas circunstâncias). Ela caiu e disse que retiraria a queixa em troca de um pedido de desculpas por escrito e da imediata repatriação de Frank.

Ah, sim, e também comentei com ela, de maneira totalmente casual, que estávamos procurando uma porta-voz para a nossa fantástica campanha de TV para a Freedom Televendas, e que ela era feita sob medida para o papel. Será que temos uma fantástica campanha para a Freedom Televendas? Se não tivermos, sugiro que criemos uma imediatamente e que comece com "Abre em Ivana Trump". Acho que também mencionei um contrato de direito de utilização da imagem de um ano no valor de $800.000.

Ela é uma mulher encantadora e corretíssima (enfim, uma sósia). Só fui embora depois de ela me dar o número do seu cabeleireiro — bem, nunca se sabe quando poderei estar filmando em LA. Estando a Missão nº 1 cumprida, tomei um merecido Scotch and American e fumei meu primeiro cigarro desde 31 de dezembro (acho que você pode omitir isso do seu relato para David) antes de dar as alvíssaras a Dan e Frank. Os dois não podiam ter ficado mais aliviados.

Em seguida saí em campo para reunir Nathan, Vincent e Brett e ver se conseguíamos descobrir um jeito de terminar a filmagem. Minha procura foi bruscamente interrompida pela aparição de Simon. E que aparição mais aterradora, minha querida — até um zumbi autêntico tiraria o chapéu para ele. Apesar das ordens expressas de David em contrário, ele decidiu assumir o controle da situação. A novidade não é boa: ele convocou uma conferência de guerra na hora e caiu na pele de todos os presentes, gritando que enquanto nos divertíamos ao sol ele delirava, acometido por algum tipo não-identificado de febre tropical. Foram só as atenções do médico do hotel, afirmou, que o salvaram. Tenho certeza de que ouvi Vincent murmurar "Que peninha", mas deixei passar.

Por fim, Horne se acalmou o bastante para permitir que Brett apresentasse o roteiro revisto dele e de Vince. Era uma obra-prima de improvisação sob pressão. Eles o haviam reduzido a uma cena simples e elegante a quatro mãos para a nossa dupla restante de garotas da LOVE. Hilariante, inteligente e (música para os ouvidos de uma massacrada produtora) filmável em um único dia. Não preciso dizer que Simon não fez coro ao nosso entusiasmo e baixou o cacete no roteiro (desculpe o linguajar, é a minha frustração falando mais alto). Ele saiu a passos indignados, dizendo que, como sempre, teria que reescrevê-lo sozinho. Ao sair, espiou *la* Trump no bar e marchou direto para ela. O novo guarda-costas dela (cortesia da segurança do hotel) quase arrancou o braço dele.

Como já disse, a aparição de Simon não foi uma boa novidade.

Você pode me perguntar o que nosso cliente acha da nova versão. Com sua estréia na imprensa amanhã e um casamento para salvar hoje à noite, ele está pouco se importando com seu comercial. Nós poderíamos rodar até o próximo longa de 007 que acho que ele nem notaria.

Mas há uma boa notícia. Hoje é a noite do karaokê no Lagoon Bar. Depois de um gargarejo com pink-gin, minha garganta estará calibrada para um dueto com Simon — "Morning Side of the Mountain", de Donny e Marie.

Resignada com o seu destino,
Mel

✉ **simon_horne@millershanks-london.co.uk**
12/1/00, 16:53 (hora local 20:53)
Para: susi_judgedavis@millershanks-london.co.uk
Cc:
Assunto: LOVE

Me faz um favor? Avisa ao David que tiramos o pé da lama em relação a Ivana Trump. Joguei todo o meu charme para cima dela e a deixei de quatro. Ela está comendo na minha mão.

Não estou pedindo agradecimentos — apenas diga a ele para não se preocupar mais.

Eu mesmo contaria a ele, se não estivesse até o pescoço com um problemaço criado por Brett, Vince e Nathan. Graças à incompetência dos três, vou ser obrigado a reescrever o roteiro do começo.

Graças a Deus que estou aqui.

Dá uma vasculhada no arquivo atrás de uns roteiros que escrevi para a concorrência abandonada do Safeway (junho passado?). Quando encontrá-los, me manda por fax imediatamente.

Acho que, com alguns ajustes criteriosos, um deles se adequará à perfeição às necessidades da LOVE.

Não me peça para explicar isso.

A mente de um criador é uma dessas coisas que nem Freud explica!

✉ **Susi Judge-Davis — 12/1/00, 16:58**
Para: David Crutton
Cc:
Assunto: LOVE

Simon acaba de me pedir para lhe transmitir a excelente notícia de que ele resolveu a situação de Ivana Trump. Ele pede desculpas por não ter podido contar a você ele mesmo, mas é que, como sempre, está trabalhando como um mouro — Susi

Harriet Greenbaum — 12/1/00, 17:10
Para: David Crutton
Cc:
Assunto: LOVE

Desculpe por só responder ao seu e-mail agora. Acabo de sair de minha videoconferência com Jim e só agora encontrei o Post-it da Zoë me pedindo para ir falar com você. Foi uma reunião muito proveitosa — é uma pena que você não tenha podido participar dela conosco. Estou subindo agora mesmo. Recebi um relatório da Mel. Ainda tenho que lê-lo, mas vou imprimi-lo e nós poderemos analisá-lo juntos.

harriet_greenbaum@millershanks-london.co.uk
12/1/00, 17:27
Para: melinda_sheridan@millershanks-london.co.uk
Cc:
Assunto: LOVE

Parabéns por conseguir que a queixa fosse retirada. Até onde sei, Pinki está trabalhando em idéias para a Freedom neste exato momento. Vou avisá-la imediatamente da "mudança de rumo". Quanto à semostração de Simon, acho que David quer se encarregar disso pessoalmente. Seria uma boa idéia se você me mandasse por fax o roteiro revisado de Brett e Vince, para podermos dar a nossa opinião. E, quanto ao que sairá nos jornais amanhã, não há muito mais que você possa fazer por aí. Procure não se preocupar, pois vamos tentar minimizar os estragos da melhor forma possível.

Concentre-se em fazer uma boa f Imagem amanhã, embora exatamente o que você vai filmar ainda seja motivo de conjectura. Deixe o seu e-mail aberto, peça um chocolate quente e se prepare para virar a noite. Nós a avisaremos.

Sorria. Afinal, é só um emprego. E, se isso lhe serve de consolo, também estou com meus problemas por aqui. David está azedo comigo por ter tido a temeridade de participar de uma reunião com Weissmuller, o Único Deus Verdadeiro, sem a presença dele.

David Crutton — 12/1/00, 17:28
Para: Zoë Clarke
Cc:
Assunto: você perdeu completamente o juízo, sua imbecil?

Por que não me disse que a tal reunião de Harriet que não podia ser interrompida era com Weissmuller? Você vai mandar tatuar a seguinte frase na testa em letras invertidas para ficar bem legível toda vez que se olhar no espelho:

NINGUÉM JAMAIS FALA COM WEISSMULLER SEM O CONHECIMENTO DE DAVID.

Isso é o que se pode chamar de uma regra de ouro.

David Crutton — 12/1/00, 17:33
Para: Susi Judge-Davis
Cc:
Assunto: LOVE

Notícia fantástica, Susi. Diga a Simon que ele é um gênio e que não sei o que seria de mim sem ele. Sei que a modéstia o impediu de me contar ele mesmo sobre seu golpe de mestre com Ivana Trump. Fico feliz que você tenha me avisado, ou eu teria caído na patranha daquela bruxa traiçoeira, Melinda, de que o mérito era todo dela. E diga a ele que estou muito satisfeito de saber que ele vai salvar o roteiro da LOVE. Peça a ele para me mandar por fax o trabalho pífio de Brett e Vince, juntamente com o dele. Estou precisando dar umas boas gargalhadas, e talvez sirva de munição se e quando viermos a "liberar" os dois.

✉ **james_f_weissmuller@millershanks-ny.co.usa**
12/1/00, 17:36 (hora local 12:36)
Para: david_crutton@millershanks-london.co.uk
daniel_westbrooke@millershanks-london.co.uk
simon_horne@millershanks-london.co.uk
Cc:
Assunto: Coca

Meu respeito e admiração irrestritos para vocês três — não apenas por uma campanha extraordinária para a Coca-Cola, que certamente nos colocará na liderança da concorrência, como também por encontrar dois talentos incríveis em Harriet Greenbaum e Pinki Fallon para liderar o trabalho da agência. Passei uma hora agradabilíssima e instrutiva numa videoconferência com as duas. Tenho certeza de que deve ser uma tranqüilidade para vocês saberem que, caso o impensável aconteça e os três sejam atropelados por um de seus famosos ônibus de dois andares, contam com substitutas tão competentes nos bastidores.

Parabéns, cavalheiros.
Jim

✉ **susi_judgedavis@millershanks-london.co.uk**
12/1/00, 17:42
Para: simon_horne@millershanks-london.co.uk
Cc:
Assunto: viva!

David me mandou um e-mail. Ele encheu tanto a sua bola! Mal pode acreditar em como você se saiu bem com Ivana Trump. Eu sabia que você ia conseguir — você tem um jeito com as celebridades! E adivinha? Melinda andou tentando roubar o crédito pelas suas costas! Que ordinária! Eu nunca falei nada porque não é do meu feitio julgar os outros, mas sempre achei que ela era uma hipócrita. Eu devia confiar mais na minha intuição. E David pediu para você mandar o script idiota de Brett e Vince. Ele quer ver com os próprios olhos a mediocridade daqueles dois! Eu sabia que você só precisava de um descanso para virar a mesa. Parabéns, meu herói... Bicotas, S.

✉ **Harriet Greenbaum — 12/1/00, 17:47**
Para: Pinki Fallon
Cc:
Assunto: Freedom

Sei que você está revisando o trabalho neste exato momento, mas aconteceu uma coisa que vai nos obrigar a rasgá-lo e começar da estaca zero. Me liga que eu explico.

✉ **Rachel Stevenson — 12/1/00, 17:49**
Para: Zoë Clarke
Cc:
Assunto: entre na linha

Acabo de convencer David a não lhe dar uma advertência por escrito sobre a sua conduta. A única coisa que a salvou foi o desgosto recente que você sofreu. Ele questionou a sua competência para o cargo e citou várias ocasiões em que acha que você o deixou na mão. Ele está particularmente irritado com o fato de você ter deixado de lhe avisar da videoconferência com James Weissmuller agora à tarde. O bom senso deveria bastar para lhe dizer que qualquer coisa relacionada com o presidente mundial deve ter sempre prioridade máxima.

Sei que David pode ser um patrão difícil, mas você não está se ajudando em nada. Você precisa se aplicar mais.

Mas nem tudo são espinhos. Em geral ele passa por cima das advertências por escrito e vai direto à demissão, de modo que deve ter uma quedinha por você. Você tem uma chance preciosa de se redimir, Zoë. Agarre-a com unhas e dentes.

✉ **daniel_westbrooke@millershankslondon-co.uk**
12/1/00, 17:55 (hora local 21:55)
Para: james_f_weissmuller@millershanks-ny.co.usa
Cc:
Assunto: Coca

Não tenho palavras para dizer como me sinto gratificado por ver Harriet finalmente recebendo o reconhecimento que merece. Quando ela veio trabalhar conosco, dois anos atrás, a maioria das pessoas não dava nada por ela, mas eu notei nela um quê especial. Devo dizer que David tinha suas dúvidas quando à capacidade de minha protegida dirigir a concorrência da Coca durante minha inevitável ausência. Ainda bem que consegui fazê-lo mudar de idéia. Promover o talento é uma parte fundamental do cargo de Diretor de Atendimento, de modo que os agradecimentos são desnecessários. A satisfação interior é a sua própria recompensa.

Um forte abraço, e estou ansioso para revê-lo no domingo, se o *jetlag* permitir.

Daniel

✉ **david_crutton@millershanks-london.co.uk**
12/1/00, 18:09
Para: james_f_weissmuller@millershanks-ny.co.usa
Cc:
Assunto: Coca

Obrigado por seu e-mail. Espero que não se importe por eu considerá-lo, num certo sentido, como um elogio pessoal.

Como você sabe, sou adepto fervoroso da teoria de que se deve dar rédeas soltas ao talento, ainda que nunca posto à prova. Tomei a decisão de conceder a Harriet e a Pinki esta responsabilidade adicional contrariando o parecer de meus colegas.

Ainda bem que, pela primeira vez, não permiti que o consenso prevalecesse e confiei no meu arbítrio.

Estou ansioso para que o domingo chegue logo. Tomei a liberdade de reservar uma mesa no Sugar Club para o jantar. Uma certa srta. Ciccone é freqüentadora assídua de lá durante suas temporadas em Londres, de modo que se trata de um local onde os nova-iorquinos são recebidos de braços abertos!

Um grande abraço,
David

✉ **simon_horne@millershanks-london.co.uk**
12/1/00, 18:14 (hora local 22:14)
Para: james_f_weissmuller@millershanks-ny.co.usa
Cc:
Assunto: Coca

Jim, seu e-mail me provocou um verdadeiro *frisson* de prazer.

Se me permite ser imodesto por um momento, sempre me orgulhei de meu dom para descobrir talentos.

Descobri Pinki trabalhando numa agência de quinta categoria e decidi lhe dar uma oportunidade na publicidade de alto nível.

Ela correspondeu cem por cento às minhas expectativas.

Para um criador, as idéias são como filhos, e às vezes é muito difícil desmamá-las.

Mesmo assim, eu sabia que ela seguiria minha orientação à risca em cada etapa da gestação da campanha. Embora eu tenha sido obrigado a dar alguns toques sutis no timão, ela em momento algum perdeu de vista o espírito da minha idéia.

Estou profundamente emocionado por ela, por saber que não sou mais o único a dar o devido valor à sua vocação e tenacidade.

Estou ansioso para apresentá-la a você assim que chegar de *la Pomme Grande*.

Si

✉ **daniel_westbrooke@millershanks-london.co.uk**
12/1/00, 18:20 (hora local 22:20)
Para: simon_horne@millershanks-london.co.uk
Cc:
Assunto: A NOITE DAS FACAS LONGAS

Seu telefone está fora do gancho, mas temos que conversar. Presumo que você tenha lido o e-mail de Jim. Eu não teria me tornado Diretor de Atendimento se não fosse capaz de farejar um conchavo.

Estou no meu quarto aguardando sua resposta imediata.

✉ **Zoë Clarke — 12/1/00, 18:27**
Para: Lorraine Pallister
Cc:
Assunto: aquele filho-da-puta escroto!!!!!!!!!!!!!!!!!!

Passei só Deus sabe quanto tempo chorando no banheiro!!!!!!! Rachel me disse que David quer me despedir!!!!!!!!!!!!!!!!!!!!!!!!!!!! Passei a semana inteira fazendo o possível e o impossível para agradar a ele e simplesmente não sei mais o que fazer! Preciso de uma bebida!!!!!! Me leva para o Bar Zero!!!!!!

✉ **simon_horne@millershanks-london.co.uk**
12/1/00, 18:33 (hora local 22:33)
Para: daniel_westbrooke@millershanks-london.co.uk
Cc:
Assunto: A NOITE DAS FACAS LONGAS

Estou aplicando a última demão de verniz ao novo roteiro da LOVE.

Venha à minha suíte daqui a quinze minutos.

Vou desarrolhar o malte.

Você tem toda razão, precisamos conversar.

✉ **Lorraine Pallister — 12/1/00, 18:36**
Para: Zoë Clarke
Cc:
Assunto: aquele filho-da-puta escroto!!!!!!!!!!!!!!!!!!!

Eu ia ao cinema com o Liam, mas ele me deu o bolo. Se mandou para o *Sun* a fim de esperar a primeira edição. Pé no saco! Enxuga esses olhos e pinta na minha mesa daqui a cinco minutos.

✉ **simon_horne@millershanks-london.co.uk**
12/1/00, 18:43 (hora local 22:43)
Para: susi_judgedavis@millershanks-london.co.uk
Cc:
Assunto: plantão

Daqui a pouco vou lhe mandar o novo roteiro para a LOVE, junto com a idéia ridícula de Brett e Vince. Entregue-o imediatamente para David e peça a ele para entrar em contato comigo urgentemente para me dar a sua orientação. Já é tarde e preciso informar ao diretor o que vamos filmar amanhã.

✉ **david_crutton@millershanks-london.co.uk**
12/1/00, 19:07
Para: simon_horne@millershanks-london.co.uk
Cc: melinda_sheridan@millershanks-london.co.uk
Assunto: LOVE

Li seu trabalho. Sei que o fator tempo é da máxima importância, por isso vou direto ao ponto.

Seu roteiro é uma bosta.

Já era uma bosta seis meses atrás, quando ainda era uma idéia para o Safeway.

Infelizmente, não envelheceu como um bom vinho. Continua sendo uma bosta.

De mais a mais, mesmo não sendo redator nem produtor, até eu posso lhe dizer que o que você escreveu é inexeqüível, dado o limite de tempo e de recursos de que você dispõe. Por exemplo: onde é que você vai arranjar um porquinho amestrado no meio do oceano Índico? E será que os uniformes dos soldados americanos crescem nas palmeiras daí?

Filme a idéia de Brett e Vince. É simples, engenhosa e atende às exigências do briefing. E, o mais importante, me fez rir. Quem sabe, se você tirar o time de campo com elegância e ficar de bico calado, eles não são capazes de limpar a sua barra?

Em tempo: se está se perguntando por que mandei uma cópia para Mel, a resposta é que estou apenas tentando me precaver contra possíveis "falhas de comunicação" e a possibilidade de você voltar com algum híbrido de *Os Doze Condenados* e *Babe, o Porquinho Atrapalhado*.

✉ **brett_topowlski@millershanks-london.co.uk**
12/1/00, 19:32 (hora local 23:32)
Para: liam_okeefe@millershanks-london.co.uk
Cc:
Assunto: louvados sejam!!

E o Senhor disse: Testei duramente os madraços Vincent e Brett com a pestilência e a praga, e eis que não foram aniquilados. E o Senhor se agradou deles.

❧

E eis que dirigiu o Senhor a palavra à sua serva Melinda, dizendo: Visitarás Vincent e Brett na calada da noute, e a eles dirás que Horne é a víbora untuosa que rasteja sobre o próprio ventre pela terra, e que ele há de lhes babar o ovo. E a eles darás a boa nova de que farão do seu roteiro um filme, e que este será exibido em toda a terra.

❧

E o filme se fez. E estava cheio de tomadas de peitos baloiçantes, e de mamilos arrebitados, e de nalgas atrevidas. E toda a gente da terra se rejubilou, e proclamou: Aquele Vincent e aquele Brett — sangue bom!

❧

É isso aí, brother, enfiamos uma goleada no adversário. Agora vamos acordar Nathan e dizer a ele que está na hora de trocar a cama pela câmera. Afinal, o Senhor disse: Fiat filmibus.

✉ **David Crutton — 12/1/00, 19:38**
Para: Harriet Greenbaum
Cc:
Assunto: o que dizem os jornais

Estou indo comer um curry. Se ainda estiver por aí, talvez queira vir ao meu escritório e esperar para ver Max Gregory e um exemplar do *Sun*. Pelo menos desse jeito vou ter você debaixo da minha vista e saber que não está saindo de fininho para conferenciar com Weissmuller.

✉ **Harriet Greenbaum — 12/1/00, 19:42**
Para: David Crutton
Cc:
Assunto: o que dizem os jornais

Estou aqui com Pinki, tentando enfiar Ivana Trump a força na estratégia de criação da Freedom, de modo que espero a bomba chegar.

Acho que infelizmente o perfil maduro e abastado da Trump está a anos-luz de ser o adequado para o target de 16 a 24 anos que a Freedom está visando. Hoje à tarde Pinki aprovou uma campanha estrelada por Jenny McCarthy com uma trilha sonora do Nine Inch Nails, o que dá uma dimensão do nosso problema.

Vejo você na volta.

harriet_greenbaum@millershanks-london.co.uk
12/1/00, 23:59
Para: melinda_sheridan@millershanks-london.co.uk
Cc:
Assunto: o *Sun*

É tão ruim quanto nós temíamos. Nos pintaram como sendo frívolos, ardilosos e depravados — em suma, como se trabalhássemos em publicidade. Brett e Vince foram os que saíram pior. Acho que seria interessante para eles consultar um advogado.

O mais constrangedor de tudo foi ver Jeremy Paxton segurando a primeira página no fim do *Newsnight*. Aquele sorriso de desprezo e superioridade é ótimo, até o momento em que o alvo é você.

Não há mais nada que você possa fazer, a não ser manter todas as bocas fechadas e tocar o trabalho em frente. Vou mandar o roteiro por fax para você bem cedinho. Até lá, bons sonhos.

Quinta-feira, 13 de janeiro

▼

✉ **liam_okeefe@millershanks-london.co.uk**
13/1/00, 1:42
Para: brett_topowlski@millershanks-london.co.uk
Cc:
Assunto: LEIA TUDO SOBRE ISSO!

Mandei o táxi meter o pé na tábua na volta do *Sun* para poder te mandar a matéria, mas é grande demais para passar por fax e o scanner pifou, de modo que por e-mail também não vai dar. Então reproduzi os realces recorrendo a todos os recursos tecladísticos à minha disposição. Curta os seus quinze minutos de fama.

FURO ESPETACULAR DO SUN

ME IVANA QUE EU GOSTO

por HARRY SALTER, Maurício, e REENAN WILKIE, Londres

A paradisíaca ilha Maurício foi sacudida ontem quando Ivana Trump, ex-mulher do magnata da especulação imobiliária e presidenciável Donald

Trump, foi vítima de um ataque sexual não provocado diante de dezenas de testemunhas.

A exótica loura passava as férias no exclusivo hotel da ilha, o Le Touessrok. Seu sossego foi perturbado quando Frank Sinton, um alto executivo do Canal LOVE, a estação pornô a cabo, aproximou-se por trás e investiu.

Seio

Maureen Pearson, uma turista britânica que testemunhou o ataque, afirmou: "Foi uma indecência. A pobre mulher estava quieta no seu canto apanhando sol quando o tarado partiu para cima dela sem mais nem menos. Ele tentou agarrar o seio dela da maneira mais acintosa".

A sra. Pearson, proprietária de um salão de beleza em Wigan, estava com sua câmera à mão, e as fotos feitas por ela (nas páginas 2, 3, 4 e 5) mostram todos os lances do sórdido ataque.

O calvo Sinton alega que a acusação é falsa: "Foi uma brincadeira inofensiva. Confundi-a com outra pessoa e PT saudações. Vai à m*** e me deixa em paz".

Ivana Trump estava abalada demais para fazer comentários.

Lésbicas

Sinton, de 34 anos, está em Maurício para filmar um novo comercial de TV para a LOVE. Nele aparecerão modelos turbinadas fazendo ***topless***, orgias ***lésbicas*** simuladas e um peixe ***inflável*** de um metro de comprimento. Vince Douglas, em Maurício como *capo* da Miller Shanks, a importante agência de publicidade londrina responsável pelo comercial, afirmou: "Em linhas gerais, é um bando de paraíbas no cio se divertindo na praia. Vai ser uma coisa de muito bom gosto". Brett Topowlski, assistente de Douglas, acrescentou: "É só uma diversãozinha inofensiva. Agora, tem uma mulherada top de linha".

Sarrinho

Sobre o ataque sexual, Douglas, de 21 anos, que dirige uma Ferrari e ganha mais de £ 250.000 por ano, disse: "Frank dirige um canal pornô. É o tipo da coisa que deixa o cara com as calças pegando fogo, se é que você me entende. É lógico que, quando ele vê uma chance de tirar um sarrinho, manda ver. São todos pervertidos na LOVE".

Em Londres, David Crutton, CEO da Miller Shanks, declarou: "Até que estejamos a par de todos os fatos, não podemos fazer nenhum comentário. No entanto, se houver de fato ocorrido um ataque sexual, nós o deploramos e apoiamos quaisquer medidas que tenham sido tomadas pelas autoridades".

Monty Sadler, diretor do Canal LOVE, não foi encontrado para comentar o caso.

Estatura Moral

Anthony Burke-Johnson, membro do Parlamento pelo Partido Conservador e Presidente da campanha Limpem as Nossas Telas, afirmou: "Há anos tento tirar do ar porcarias como o Canal LOVE. Se os executivos de lá saem feito uns desembestados agarrando qualquer pobre senhora que lhes encha os olhos, então não têm estatura moral para dirigir uma emissora de TV".

Tem mais:

A OPINIÃO DO SUN:

Divulgadores da imoralidade, sua máscara caiu

Uma coisa é os vendilhões da pornografia do Canal LOVE encherem nossas telas de indecências. Outra coisa é seus funcionários realizarem suas fantasias sórdidas numa praia pública. No passado, eles tiraram o corpo fora e fugiram da raia para livrar a cara. Agora, são condenados por Vince Douglas, da própria agência de publicidade de que são clientes: ***"São todos pervertidos na LOVE".*** E nós do *Sun* dizemos: "Apoiado! Apoiado!". Já está na hora de os cães de guarda da censura mostrarem os dentes. ***Tirem essa bile venenosa das nossas salas!***

Ela mostrou que tem peito!

Somos um jornal voltado para a família e jamais aprovaríamos o tipo de ataque sexual sofrido ontem por Ivana Trump. No entanto, estamos com a glamourosa loura e não abrimos, por levantar a bandeira das mulheres maduras em vez de esconder seus encantos sob um twin-set e um colarzinho de pérolas. Nossas fotos exclusivas nas páginas 2, 3, 4 e 5 provam que ser vovó não é sinônimo de perder o borogodó. ***É isso aí, Ivana. Entre a sua bunda e a de uma garota, preferimos mil vezes beliscar a sua!***

Saíram umas fotos fantásticas. Minha favorita é uma em que você está com a cara soterrada por uma máscara de lama e Vin com o pau de fora em busca de moçoilas. Eles sapecaram uma tarja preta em cima, como manda a decência — chega quase até o joelho. Diz a ele que essa é boa para o álbum de recortes da mãe dele. Desculpe a franqueza, mas acho que a coisa aqui está preta para o lado de vocês. Arranjem depressinha um advogado.

Ah, sim, parabéns pelo roteiro. Curtam a filmagem — pode ser a última de que vocês participam na vida.

✉ **brett_topowlski@millershanks-london.co.uk**
13/1/00, 3:01 (hora local 7:01)
Para: liam_okeefe@millershanks-london.co.uk
Cc:
Assunto: LEIA TUDO SOBRE ISSO!

A coisa não está com uma cara nada boa, está? Vin está se borrando de medo. Não se lembra do que disse, mas está com a sensação horrível de que eles omitiram as piores partes. Ainda não vi o Horne, mas tenho certeza de que o seboso vai encontrar a gente logo. Ainda há pouco mostrei o seu e-mail para a Mel e tudo que ela conseguiu dizer foi "Ah, não, vocês não disseram isso. Ah, não...". Eu disse ao Vin para pensar no lado positivo da coisa — pelo menos, fizeram o pinto dele parecer enorme.

A outra má notícia é que acordamos no meio de um semifuracão. Não vamos filmar porra nenhuma hoje. Quero a minha mãe.

✉ **David Crutton — 13/1/00, 8:02**
Para: Zoë Clarke
Cc:
Assunto: Rachel Stevenson

Assim que ela chegar, mande-a vir falar comigo. Eu hoje acordei doido para despedir alguém.

✉ **Zoë Clarke — 13/1/00, 8:04**
Para: Lorraine Pallister
Cc:
Assunto: porra, porra, porra!!

David acabou de dizer que hoje vai despedir gente!!!!!!!!! Que é que eu faço????????? Se eu inventar que estou passando mal e for para casa agora, ele não vai poder me despedir, vai?

✉ **max_gregory@huntermcpheepartners.co.uk**
13/1/00, 8:48
Para: david_crutton@millershanks-london.co.uk
Cc:
Assunto: LOVE

Um bom-dia para você.

A caminho do escritório, comprei a útlima edição do *Sun*, que, graças a Deus, não traz nenhuma nova revelação. Naturalmente, os outros tablóides pegaram carona no furo, mas nenhum deles encontrou nada de escabroso para acrescentar.

Tendo consultado o travesseiro, cheguei à conclusão de que a coisa não está tão feia assim para o seu lado. Você tem alguns "atos cirúrgicos" a realizar, mas, tão logo tenha extirpado o "membro necrosado" do seu *corpo de assistentes*, me parece que sua vitória estará assegurada. Não será nenhuma surpresa para você que eu me refira ao sr. Douglas. A língua dele pôs você em maus lençóis. Eis o que lhe recomendo que faça:

Verifique o contrato dele, no qual tenho certeza de que encontrará a cláusula de praxe proibindo quaisquer declarações não autorizadas à imprensa. Presumindo que esta conste do contrato, você tem todo o respaldo jurídico de que necessita para uma demissão sumária.

Dê a maior divulgação possível à sua desvinculação dele. Deixe absolutamente claro para quem quiser ouvir que uma conduta como a do sr. Douglas não será tolerada na Miller Shanks.

Mande para o Canal LOVE um pedido de desculpas por escrito "sem prejuízo dos direitos da parte que o firma" e torça para que eles não decidam nos processar por difamação por conta das palavras do sr. Douglas. Meu palpite é de que eles não vão fazer isso. Vão querer que esse caso tenha uma morte prematura.

Já o curto comentário do sr. Topowlski é muito menos incriminador. Embora não autorizado, não expôs a Miller Shanks. Sugiro que você o deixe se safar com uma advertência formal.

Sinto que essa história toda terá uma vida útil extremamente curta. A menos que a srta. Trump resolva comercializar a sua versão (coisa que, se quiser preservar a sua dignidade, ela não fará), duvido que os jornais de amanhã darão seguimento ao caso.

Quando a poeira assentar, daqui a um ou dois dias, acredito que você estará em condições até mesmo de salvar seu relacionamento com a LOVE. Com o sr. Douglas e (presumivelmente) o sr. Sinton passando mais tempo em seus respectivos jardins, não haverá nada que impeça vocês de tocarem em frente como se nada tivesse acontecido.

Como eu disse ontem à noite, as coisas nunca parecem tão ruins no dia seguinte.

Um grande abraço,
Max Gregory

✉ **melinda_sheridan@millershanks-london.co.uk**
13/1/00, 8:59 (hora local 12:59)
Para: harriet_greenbaum@millershanks-london.co.uk
Cc:
Assunto: últimas notícias sobre a LOVE

O instituto de meteorologia local estava errado. O Velho do Mar estava certo. Agora de manhã estamos levando uma fubecada de um tufão em toda a sua força bruta. Em que pese à inefável simplicidade do roteiro de Brett e Vincent, ainda assim exige condições climáticas em que os telhados não estejam sendo arrancados das casas.

Danny Boy joga a culpa por toda a enrascada em mim — afinal, a culpa tem que ser de alguém. "Por que diabo você não fez um seguro contra intempéries?", lamuriou-se, entre duas colheradas de iogurte com muesli. Relembrei a ele que, dois meses atrás, quando lhe disse qual seria o prêmio de um seguro desses, ele debochou de mim: "Seguro contra intempéries? Não seja ridícula — vamos filmar em *Maurício*". Naturalmente, Daniel é mestre em matéria de reescrever a história, de modo que tenho certeza de que fui eu que me enganei redondamente.

Obrigada por me enviar o artigo horas atrás, embora já tenhamos lido a maior parte dele, graças a Liam. Os pobrezinhos do Vincent e do Brett estão com cara de cachorrinhos que quebraram uma fábrica inteira de panelas. Sei que eles foram maus meninos, mas, na sua opinião, será que há alguma maneira de salvá-los? Eles não sabiam o que faziam.

Esperávamos dar tchauzinho para Frank agora de manhã, mas o aeroporto está interditado por causa do tempo. Estamos presos com ele por mais vinte e quatro horas, no mínimo. Acho que ele está aliviado. É bastante inteligente para saber que há uma carta de demissão e um pedido de divórcio à sua espera na bandeja de assuntos pendentes no escritório.

Mas não se preocupe conosco. A equipe do hotel está se desdobrando para manter o alto-astral dos hóspedes. Agora de manhã puseram-nos todos no saguão jogando bingo. Ganhei uma garrafa do licor local (abacaxi), um cinzeiro de suvenir e uma caixa das Pastilhas de Menta do Le Touessrok (made in Bristol). Agora à tarde temos a tradicional aula de dança nativa, e, se é verdade que quem pode pode, quem não pode se sacode, acho que é uma boa oportunidade para o meu esqueleto mandar brasa.

✉ **Lorraine Pallister — 13/1/00, 9:09**
Para: Zoë Clarke
Cc:
Assunto: porra, porra, porra!!

Fica calma. Se ainda não viu o *Sun* hoje, pega e lê agora. Se ele for despedir alguém, caso uma nota como vão ser Vince e Brett.

✉ **Harriet Greenbaum — 13/1/00, 9:15**
Para: David Crutton
Cc:
Assunto: Freedom

Falei outra vez com Pinki e ela não vê nenhuma maneira óbvia ou razoável de fazer uma campanha voltada para os jovens em torno de Ivana Trump sem expô-la ao ridículo. Podemos conversar? Talvez você enxergue alguma solução que nos escape.

✉ **David Crutton — 13/1/00, 9:23**
Para: Rachel Stevenson
Cc:
Assunto: demissão

Você tem toda razão. Seria um perigo despedir Douglas enquanto ele está do outro lado do mundo e não temos nenhum controle sobre ele. O pontapé vai esperar até as 9:00 da segunda. Prepare a carta e, aproveitando o embalo, a advertência por escrito para Topowlski também. Como a vida é estranha! Um nasce com a bunda virada para a lua, enquanto o outro nasce com a bunda virada para a sola do meu sapato.

✉ **David Crutton — 13/1/00, 9:28**
Para: max_gregory@huntermcpheepartners.co.uk
Cc:
Assunto: LOVE

Obrigado pelo e-mail. A carta de demissão de Vince Douglas está sendo redigida neste exato momento. Falei com Monty Sadler, da LOVE, e, como era de esperar, ele está fazendo o mesmo em relação a Frank Sinton. Assim como nós, ele quer pôr uma pedra sobre este pesadelo.

Obrigado por sua ajuda, como sempre.
David

✉ **brett_topowlski@millershanks-london.co.uk**
13/1/00, 9:35 (hora local 13:35)
Para: david_crutton@millershanks-london.co.uk
Cc:
Assunto: pedido de desculpas

Caro sr. Crutton,

Queremos nos desculpar pelos comentários que saíram no *Sun* de hoje. Reconhecemos que talvez tenhamos mesmo dito essas coisas, mas quando isso aconteceu não sabíamos que estávamos falando com um jornalista. E ele também só publicou as partes ruins, omitindo todas as outras sobre o quanto adorávamos trabalhar para uma agência tão legal e não poderíamos desejar um patrão mais generoso e compreensivo.

Sabemos que isso não serve como desculpa e que a maneira como nossas declarações saíram no jornal causou uma impressão bastante negativa. Agora compreendemos que erramos, e que o nosso gesto não teve nada de bacana ou inteligente. Tudo que podemos fazer é dizer o quanto estamos arrependidos e prometer que isso nunca mais acontecerá.

Esperamos que esteja tudo OK em Londres e lhe desejamos boa sorte com a concorrência da Coca na segunda!

Atenciosamente,

Brett Topowlski
Vince Douglas

✉ **david_crutton@millershanks-london.co.uk**
13/1/00, 9:42
Para: brett_topowlski@millershanks-london.co.uk
Cc:
Assunto: pedido de desculpas

Vocês têm toda razão, garotos, isso nunca mais acontecerá.

✉ **Zoë Clarke — 13/1/00, 9:47**
Para: Lorraine Pallister
Cc:
Assunto: fofoca

O Putton me fez jurar segredo, de modo que não conta para ninguém!!!! Vince vai ser despedido segunda de manhã, e Brett vai se safar só com uma advertência!!!!!!!!!! Os dois acabaram de mandar para ele um pedido de desculpas, e eu nunca ouvi ele rir tão alto!!!!!!!

✉ **Lorraine Pallister — 13/1/00, 9:50**
Para: Liam O'Keefe
Cc:
Assunto: má notícia

Dá um pulo aqui. Crutton já decidiu o que fazer com V&B.

✉ **Ken Perry — 13/1/00, 9:56**
Para: Todos os Departamentos
Cc:
Assunto: MSTV

Tenho a honra de anunciar que hoje o novíssimo canal de TV interno da Miller Shanks fará a sua primeira transmissão. Todos os aparelhos de televisão nos corredores, recepção e demais áreas de circulação já foram sintonizados, e às 12:00 o programa terá início.

12:00: BEM-VINDOS À MSTV — uma breve introdução de nosso CEO, David Crutton.
12:10: MEUS COMERCIAIS FAVORITOS — um fascinante passeio pela ilustre carreira publicitária de Simon Horne, desde "Ele rebola e a poeira dança" até o telefone animado da Lombard Direct.
12:25: GODLEY E SUAS CURIOSIDADES DO FILME PUBLICITÁRIO — um divertido quiz com o nosso apresentador de plantão.
12:45: CONSTRUINDO UMA CARREIRA BEM-SUCEDIDA — uma entrevista sem censura com o nosso Diretor de Atendimento, Dan Westbrooke.
01:00: EM EXTERNA — uma espiada por trás dos bastidores de uma filmagem de TV. Este mês nós visitamos os Estúdios Isleworth para mostrar o making of do comercial do ano passado do absorvente Ultra Discreet, da Kimbelle, estrelado por Gerri Halliwell.
01:15: VOCÊ CANTAROLA E EU TOCO — um apelo sincero de Simon Horne pela volta da arte perdida do jingle publicitário.
01:20: ENCERRAMENTO.

Espero que vocês se juntem a mim para saborearmos esse petisco televisivo. Será servido um lanche.

Ken Perry
Coordenador de Serviços Gerais

✉ **David Crutton — 13/1/00, 10:03**
Para: Harriet Greenbaum
Cc:
Assunto: Freedom

Já estou com as reservas feitas para o jantar de hoje à noite com os graúdos da Freedom. Você devia vir também para eu te apresentar como a nossa guru estratégica de plantão. Deslumbra os caras com umas estatísticas — o poder aquisitivo da terceira idade, a expectativa de vida mais longa, o blablablá de praxe. Diz a eles que, após uma longa reavaliação, nós concluímos que não faz sentido visar adolescentes falidos quando o mundo está cheio de vovôs e vovós fofinhos que preferem mil vezes torrar sua aposentadoria com calças jeans e moda disco em vez de elevadores de cadeirinha para corrimãos. E traz também uns gráficos plastificados — ninguém ali é Einstein, e alguns diagramas em cores bem chamativas vão deixá-los babando nos seus consomês.

Quando propusermos Ivana Trump, a nova aspirante a porta-voz da Freedom, daqui a uma semana eles vão estar de quatro.

✉ **liam_okeefe@millershanks-london.co.uk**
13/1/00, 10:11
Para: brett_topowlski@millershanks-london.co.uk
Cc:
Assunto: má notícia

Está sentado? Não tenho como dourar a pílula: Vin está despedido no momento em que puser o pé no escritório. Sem dúvida o Crutton também vai querer de volta as chaves da Ferrari da companhia (desculpe, não resisti). Você se safa com um puxão de orelhas — uma advertência por escrito. Dei uma palavra com a Pinki e ela duvida que haja alguma coisa que possa fazer, mas vai falar com o Crutton assim mesmo. É uma situação meio constrangedora para ela, porque não era para ela estar sabendo de nada. A gente só descobriu porque a Zoë bateu para a Lol. Lamento muito, muito mesmo, mas a gente já sabia que isso ia acontecer, não sabia? Se tiver alguma coisa que eu possa fazer, é só falar.

✉ **Nigel Godley — 13/1/00, 10:16**
Para: Todos os Departamentos
Cc:
Assunto: MSTV

Não percam minha modesta estréia na MSTV (sem contar a vez em que participei de *Crackerjack*). Vou aparecer com uma gravatinha-borboleta que gira! Vai ser uma loucura!

✉ **brett_topowlski@millershanks-london.co.uk**
13/1/00, 10:27 (hora local 14:27)
Para: david_crutton@millershanks-london.co.uk
Cc:
Assunto: má notícia

Vin reagiu como um verdadeiro homem e foi para o bar. Agradece à Pinki, mas diz a ela para não se preocupar com o Crutton. Vin disse que é perda de tempo e que já estava mesmo a fim de ir embora. Ele até fica aliviado que seja DC a fazer isso e não SH(eshelento). E eu também vou ter que ir embora, como você sabe. Eu e o Vin somos amigos desde os tempos de faculdade, e não posso abandoná-lo agora. Já falei com a Letitia e pus nossos passes oficialmente à venda.

O tempo ainda não deu uma trégua. Pode ser que amanhã a ventania já tenha passado, mas a praia vai estar parecendo Hiroxima, Ground Zero.

Os recreadores do Le Touessrok estão batendo de quarto em quarto para saber quem quer ir à aula de dança nativa no saguão. É o tipo da coisa que renderia um anedotário completo, mas eu não estou nem um pouco a fim.

✉ **mike_appleton@millershanks-hk.co.hk**
13/1/00, 10:32 (hora local 18:32)
Para: david_crutton@millershanks-london.co.uk
Cc:
Assunto: Bucareste

Desculpe a insistência, mas você ainda não falou com JFW, falou?

✉ **david_crutton@millershanks-london.co.uk**
13/1/00, 10:36
Para: mike_appleton@millershanks-hk.co.hk
Cc:
Assunto: Bucareste

Mike, Jim chega no fim de semana. Falo com ele então. Adeus.

✉ **Pinki Fallon — 13/1/00, 10:45**
Para: Susi Judge-Davis
Cc:
Assunto: a revisão de hoje

Susi, você vive me lembrando que só trabalha para Simon, mas será que pode por favor nos ajudar hoje? Lorraine está até o pescoço de trabalho, de modo que eu ficaria muito grata se você pudesse providenciar o necessário para a revisão das 14:00 — blocos, canetas, bebidas, etc. Valeu... ☺

✉ **Letitia Hegg/letitia_tavistockhegg.aol.co.uk**
13/1/00, 10:47
Para: simon_horne@millershanks-london.co.uk
Cc:
Assunto: pondo as fofocas em dia

Essa vai deixar você fascinado: acabo de receber um telefonema do seu redator, Brett, simplesmente desesperado para arranjar um emprego. Eu não sabia que você tinha despedido o amiguinho dele, Vince. Você tem que me manter a par das novidades, querido. Na verdade, até recebi um briefing que cairia como uma luva para eles — Campbell e Roalfe da V&R estão procurando uma dupla de criação jovem e descolada. Mas Brett estava com o tom de voz atormentado de um leproso, o que me botou para correr. Enfim, embora normalmente eu não encostasse no *Sun* nem com as luvas de jardinagem da minha mãe, não resisti e o li agora de manhã. Imagino que dois nomes começando com V e B devem ter entrado na lista negra de todos os diretores de criação.

Mas tenho uma fofoca tão quente para você que deveria ser servida *flambée* pelo *maître* do Savoy Grill. Adivinhe quem eu vi dividindo uma mesa ótima perto da janela ontem na hora do almoço? Sua ilustre colega, a srta. Harriet Greenbaum, e ninguém menos do que seu antigo parceiro. Você sabe que me refiro a Barry Clement. É claro que pode ser um caso de verdadeiro amor, mas acho que não. Ele tem sido visto badalando com uma produtora translumbrante — Jennifer Lopez, só que lisa como uma tábua. Sem querer ser venenosa, duvido que os quadris de parideira e as estrias de Harriet o deixem aceso. O fato é que ele anda indócil na Abbott Mead há algum tempo. Já não tem mais espaço nas prateleiras para leõezinhos de ouro e cotoquinhos de lápis. Creio que está aceitando ofertas que sejam desafiadoras do ponto de vista criativo. Não foi nesses termos que David C. vendeu a Miller Shanks para você — um desafio criativo? O que é que anda acontecendo por lá? Se souber, não deixe de me contar.

Pelo que disseram os jornais e Brett, parece que a sua viagem a Maurício não está sendo nenhuma vilegiatura de sonhos, pobrezinho de você. Ainda assim, se bem o conheço, você deve estar enfileirando as tropas com *cris de guerre* vibrantes e salvando a pátria com o *brio* de sempre! E vai poder me contar a história fascinante nos seus mínimos detalhes quando almoçarmos juntos. Em breve!

A propósito, será que os e-mails estão chegando até você aí em Maurício ou você só estará lendo este ao voltar à sua mesa?

Mantenha a bandeira do Reino Unido drapejando no mastro!

✉ **Susi Judge-Davis — 13/1/00, 10:50**
Para: Pinki Fallon
Cc:
Assunto: a revisão de hoje

Desculpe pelo atraso com que respondo, mas é que estou ocupadíssima com os preparativos para a volta de Simon. Eu ajudaria com o maior prazer, mas realmente não tenho condições.

✉ **Pinki Fallon — 13/1/00, 10:55**
Para: Susi Judge-Davis
Cc:
Assunto: a revisão de hoje

Dá para ver o quanto você está ocupada. Tem quatro vidros de esmalte de unha espalhados na sua mesa. Deve ser tão difícil decidir de que cor Simon gostaria mais! Eu escolheria o vinho, mas, por outro lado... Me perdoe o sarcasmo, Susi, mas já estou ficando cheia disso. Deixa que eu mesma providencio tudo... ☺

✉ **Lorraine Pallister — 13/1/00, 10:56**
Para: Zoë Clarke
Cc:
Assunto: almoço

Acho que Judge-Dose está prestes a surtar de novo. Está sentada à mesa dela com os olhos vermelhos, e andou digitando feito uma doida. Ela só faz isso quando está para mandar algum e-mail venenoso. Não quero saber do Movimento dos Sem-TV ou seja lá que merda for na hora do almoço. Que tal a gente ir ao Blakey's? Já estou cheia de pagar três contos por uma Bud merreca no Bar Zero. Acho que dá para eu tirar uma horinha às 13:00. Me fala.

✉ **susi_judgedavis@millershanks-london.co.uk**
13/1/00, 10:59

Para: simon_horne@millershanks-london.co.uk

Cc:

Assunto: já chega

Lindinho, é com o coração apertado que lhe escrevo neste momento em que você está atolado de trabalho, mas é que não agüento mais. Como Assistente Pessoal do Diretor Executivo de Criação, espero ser tratada com um mínimo de respeito. No entanto, esta semana Lorraine Pallister ameaçou minha integridade física e Pinki Fallon mandou e desmandou em mim como se fosse a dona do pedaço. Você sabe que eu faria quase qualquer coisa por você, mas cheguei ao meu limite. Tentei lhe telefonar para conversarmos sobre o assunto, mas a ligação não completava. Agora, sinto que não tenho opção.

Por favor, aceite este e-mail como meu pedido de demissão formal da Miller Shanks. Naturalmente, trabalharei até o fim do mês, pois não quero ser acusada de falta de profissionalismo.

Gostaria de aproveitar a oportunidade para lhe agradecer por me dar a chance de trabalhar para você. Foi um privilégio fazer parte do círculo de assessores mais chegados de uma das poucas lendas vivas da criação publicitária na Inglaterra. Talvez, se mais gente na Miller Shanks tivesse a sua visão e o seu alto nível profissional, eu não estaria escrevendo este e-mail.

Espero que, embora estejamos nos separando, possamos sempre, sempre permanecer próximos.

Sua grande amiga,
Susi Judge-Davis

✉ **simon_horne@millershanks-london.co.uk**
13/1/00, 11:15 (hora local 15:15)

Para: susi_judgedavis@millershanks-london.co.uk

Cc:

Assunto: já chega

Você pensa que a única coisa que eu tenho para me preocupar é a droga do seu bem-estar? Se você não vivesse tão obcecada com seus próprios problemas, talvez notasse que a minha carreira está em crise.

Pinki está tentando roubar o meu emprego.

Harriet, provavelmente com o beneplácito de David, está levando para jantar fora o meu ex-diretor de arte, um indivíduo totalmente desprovido de talento, como um substituto em potencial para mim.

E David não perde uma oportunidade de me puxar o tapete de baixo dos pés.

Como se isso não bastasse, estou do outro lado do mundo tentando confeccionar das tripas um músculo cardíaco.

Para ser franco, se alguém deveria estar pedindo demissão, esse alguém sou eu.

E agora você me foge desse jeito, como um rato no *Lusitania*.

Mais do que nunca, preciso que você seja forte.

Leal.

Dedicada.

Mas tudo que você faz é se entregar à autopiedade e se lamuriar sobre seus problemas ridículos.

Sinceramente, desisto. Se quer ir embora, então vá.

Tenho certeza de que posso encontrar uma secretária que me dê o seu apoio quando as coisas ficam ebâneas.

✉ **Zoë Clarke — 13/1/00, 11:17**
Para: Lorraine Pallister
Cc:
Assunto: almoço

Não posso ir almoçar. O Crutton faz questão de que todo o andar da diretoria assista à MSTV no escritório dele. Eca!!!!!!! Desculpe!

✉ **simon_horne@millershanks-london.co.uk**
13/1/00, 11:25 (hora local 15:25)
Para: harriet_greenbaum@millershanks-london.co.uk
Cc:
Assunto: apoio

Pensei em passar uns minutinhos pondo as notícias em dia com você. Como já deve saber, estamos comendo fogo por aqui.

Mas, com um pouco de aplicação, acho que posso pôr o Expresso Miller Shanks novamente nos trilhos.

Estamos em ponto morto devido ao tempo inclemente, e tive uma trégua para refletir com calma. Você ficará encantada de saber que isso propiciou um surto de atividade do hemisfério esquerdo do meu cérebro, e já estou com os germes de algumas idéias doidas para fazermos da concorrência de segunda um grande show. Como você já deve saber, tenho um modesto histórico nesses recursos impactantes.

Talvez você já tenha ouvido falar que vesti todos os funcionários da O&M, das recepcionistas ao presidente, com trajes de cowboy para a concorrência do Burger King.

Ficamos a um pêlo de vencer.

Mas estou digredindo.

Vou desenvolver minhas idéias para você o mais rápido possível.

A propósito, um passarinho me contou que você almoçou com o meu velho amigo, Barry Clement. Não o vejo desde a D&AD do ano passado, no Grosvenor. Ele não faturou nenhum prêmio e não estava de muito bom humor.

Como vai indo ele na Abbott Mead? Ele nunca mais foi o mesmo depois que nossa parceria se desfez. Bem, já faz mais de um ano que ele não cria nada que preste, e você não precisa que lhe digam que as campanhas são a seiva vital do diretor de criação.

Espero sinceramente que ele consiga pôr sua carreira novamente nos eixos.

Não é inexplicável como a tênue chama da inspiração criadora por vezes bruxuleia e morre? Pobre, pobre Barry. É tão alentador saber que você está reservando um tempo para confortá-lo.

Obrigado.

Não deixe de me avisar se Pinki está indo bem com minha idéia para a Coca. Passei a semana inteira com o cheiro acre do celulóide entranhado nas narinas, mas sinto uma enorme falta da adrenalina dos preparativos para uma concorrência.

Tudo de bom,
Si

✉ **Pinki Fallon — 13/1/00, 11:41**
Para: Ken Perry
Cc:
Assunto: EMERGÊNCIA

KEN, NÃO CONSIGO FALAR COM VOCÊ NEM COM SHANICE POR TELEFONE. PRECISO DA SEGURANÇA AQUI AGORA!! SUSI TRANCADA NO ESCRITÓRIO DE SIMON. VIDRO VAZIO DE SONÍFEROS NA MESA DELA. AMBULÂNCIA JÁ CHAMADA MAS PRECISAMOS ARROMBAR A PORTA IMEDIATAMENTE.

✉ **simon_horne@millershanks-london.co.uk**
13/1/00, 11:48 (hora local 15:48)
Para: letitia@tavistockhegg-aol.co.uk
Cc:
Assunto: pondo as fofocas em dia

É sempre maravilhoso saber de você, minha querida. É claro que os e-mails chegam até mim nestes confins — como eu poderia suportar cortar o meu funílico umbilical eletrônico com a civilização?

Está sendo uma filmagenzinha para lá de ingrata, mas você sabe que a minha resposta a um desafio é sempre um "SIM" em Si Maior.

Devo dizer que é assaz estimulante malhar o bíceps intelectual até a dor.

Como sempre, o *Sun* deu a um caso inexistente as proporções de um factóide nacional. Mesmo assim, fui obrigado a cobrar de Vince o preço capital por seus comentários irrefletidos. Uma punição muito dura, eu sei.

Mas tal é *le monde de chien mange chien* em que labutamos.

O mundo está cheio de diretores de arte como ele.

Lamento decepcioná-la, mas não há absolutamente nada de salaz e/ou maquiavélico na conexão Greenbaum/Clement. Fui eu mesmo que pedi a Harriet para lhe dar apoio moral, tão abissal é o poço em cujo fundo ele se encontra.

E é claro que não há nenhuma necessidade de uma nova liderança por aqui no plano da criação. Como diz o outro, estamos por cima da carne-seca.

Ainda hoje de manhã, David confessou que, na minha ausência, experimenta a mesma sensação de perda de um homem que teve um membro amputado.

No entanto, isso não significa que eu próprio não esteja meditando sobre a possibilidade de uma mudança. Eu pretendia mesmo tocar nesse assunto com você da próxima vez que almoçássemos juntos, mas, já que você o trouxe à baila...

Sinto que acendi as caldeiras da revolução na Miller Shanks, e agora o desafio está perdendo a força. Talvez seja hora de alçar novos vôos.

Obviamente, David faria o possível e o impossível para me segurar.

Mas creio que posso convencê-lo de que o grosso do trabalho já foi feito, e que a missão pode ser levada adiante por um talento menos exuberante.

No momento, o que há é apenas um tenuíssimo rumorejo de *ennui*.

De anseio pelo próximo Matterhorn criativo.

Mas em breve conversaremos a esse respeito — você sabe o quanto dependo de seu conselho sagaz.

Vou entrar numa roda-viva quando voltar. Mas ligue para Susi e reserve para si a primeira brechinha que ela encontrar.

Si

✉ **simon_horne@millershanks-london.co.uk**
13/1/00, 11:58 (hora local 15:58)
Para: barry_clement@amv-bbdo.co.uk
Cc:
Assunto: há quanto tempo

Meu amigo, encontro-me cercado pelo tremeluzente oceano Índico por todos os lados.

Moleques trigueiros carregam cocos e mangas em toscas bandejas de madeira.

E os mamões!

Do que isso o faz se lembrar, meu velho companheiro? Da nossa aventura ibérica — ouço-o exclamar, e tem razão.

Naturalmente, foi em Sevilha, e não havia nenhum oceano. Comíamos laranjas, não cocos.

Mas sinto o mesmo aroma acre nas narinas. Aquela *mélange* de suor sagrado da equipe de filmagem, de pancake, aquele *je ne sais quoi*.

Que senhora filmagem, hein? Fazer com que um prosaico saquinho de nozes salgadas se assenhoreasse de uma das mais magníficas conurbações antigas da Espanha foi um golpe de mestre.

Que o cliente tenha ido à falência antes que nosso comercial pudesse lançar seu sedutor feitiço continua sendo uma das maiores tragédias do fim do século XX.

Que parceria tivemos, Barry.

Hoje em dia, tudo parece um pouco fácil demais. Onde estão os desafios? As demonstrações de virtuosismo daqueles que rompem com os padrões?

Talvez eu apenas esteja na agência errada. Não me entenda mal. A Miller Shanks é uma ótima companhia. Apenas um pouco "fácil de agradar".

Agora me dou conta de que ainda tenho muito da Musa correndo pelas minhas veias para me conformar com o segundo lugar.

E você também, desconfio.

Se eu algum dia pressentisse que você estava sendo conduzido rumo a um porto seguro como o que oferece a Miller Shanks, eu pularia a bordo de sua nau e a libertaria de tal curso.

Não, as águas perigosas e turbilhonantes do rebelde criador ainda são o habitat de homens como nós.

Quando eu voltar, darei início a uma busca por algo um pouco mais arriscado — *adrenalina* é aquilo por que anseio.

E também digitarei o seu número.

Após ter reservado uma mesa no The Ivy, onde poderemos relembrar as glórias passadas e beber às que ainda estão por vir.

Si

✉ **Shanice Duff — 13/1/00, 11:59**
Para: Todos os Departamentos
Cc:
Assunto: MSTV

Ken Perry me pediu para avisar a todos que, em virtude de uma pequena emergência médica no departamento de criação, o início da MSTV foi atrasado meia hora. Desculpem o transtorno.

Shanice

✉ **simon_horne@millershanks-london.co.uk**
13/1/00, 12:10 (hora local 16:10)
Para: susi_judgedavis@millershanks-london.co.uk
Cc:
Assunto: há trabalho a ser feito

Minhas desculpas pelo e-mail um tanto ríspido que lhe enviei antes.

Mas foi para o seu próprio bem, meu anjo querido.

Às vezes, um tapa enérgico no rosto é a única maneira de fazer com que um histérico recobre a razão. Espero que você tenha voltado a ser a criatura sumamente racional que conheço, porque há trabalho a ser feito.

Conforme mencionei antes, minhas costas estão expostas.

O inimigo está procurando o ponto mais fraco para cravar seu salto-agulha.

Eis aquilo em que você deve se concentrar: fique de olho nas maquinações de Harriet, tanto quanto nos passos da oportunista Pinki.

E, se Letitia Hegg não ligar para você dentro de meia hora para combinar um *rendez-vous*, telefone você para ela e marque uma hora.

Mantenha-me informado, minha linda.

E fique de olhos bem abertos, como uma águia.

Nossas carreiras dependem disso.

✉ **Zoë Clarke — 13/1/00, 12:14**
Para: Lorraine Pallister
Cc:
Assunto: ambulância

O que é que está acontecendo?!!! O David me encheu de trabalho, ou eu já teria corrido para aí há muito tempo!!! Eu ouvi a ambulância!!!!!!! Susi morreu?!!!!!!!!!!!!!!! Você não fez isso, fez?!!!!!!!!! Me conta, me conta, me conta!!!!!!!!!!!!!!!!!!!!!!!!!!!

✉ **David Crutton — 13/1/00, 12:15**
Para: Pinki Fallon
Cc:
Assunto: não consegue manter a ordem?

Que é que está havendo? Não precisamos do prédio se transformando no set de *Plantão Médico*. Ferrou toda a agenda do dia. Pensei que você fosse capaz de dirigir o departamento sem recorrer aos melodramas de Simon. Mas talvez eu tenha me enganado.

✉ **barry_clement@amv-bbdo.co.uk**
13/1/00, 12:17
Para: simon_horne@millershanks-london.co.uk
Cc:
Assunto: há quanto tempo

Surprise, surprise! Uma cartinha simpática depois da última vez em que nos encontramos. Se bem me lembro, eu estava sendo arrastado para a porta enquanto você se escondia debaixo de uma mesa no Grosvenor. Bom, eu estava de cara cheia, e o que é a D&AD sem pelo menos um quebra-pau?

Você não mudou nem um pouco, não é mesmo?

Continua escrevendo.

Naqueles parágrafos.

Curtíssimos.

Na vaga.

Esperança.

De que confiram às suas.

Palavras mais.

Profundidade.

Do que realmente.

Possuem.

E, se bem li nas entrelinhas, você parece estar insinuando que eu sairia da Abbott Mead Vickers e iria para a Miller Shanks — ou seja, trocaria uma agência que já ganhou mais prêmios do que poderia sonhar a sua para lá de vã filosofia por uma que... como direi... tem *você* trabalhando nela.

Idéia genial, amigão. Quando é que eu começo?

Embora você recorde com nostalgia nossa filmagem na Espanha, aquilo foi um fiasco histórico. Foi por causa da merda do nosso comercial que a Happi Snax foi para a Cucuia. Uma companhiazinha merreca daquelas não tinha nada que gastar 750.000 num filme de trinta segundos.

Estranho. Nós não nos falamos há anos e, por acaso, você me escreve no dia seguinte àquele em que almoço com uma big-big da Miller Shanks (bonita e inteligente, aquela Harriet). Se eu te dissesse que o Crutton vai me levar ao La Mirabelle na semana que vem, você me mandaria flores?

Barry

P.S. Acabei de me lembrar do seu apelido na O&M: "Ânus Dourados da Publicidade". Têm comido muitas drag queens bonitinhas ultimamente?

simon_horne@millershanks-london.co.uk
13/1/00, 12:21 (hora local 16:21)

Para: susi_judgedavis@millershanks-london.co.uk
Cc:
Assunto: há trabalho a ser feito

Susi, onde você está? Fale comigo, querida.

✉ **brett_topowlski@millershanks-london.co.uk**
13/1/00, 12:22 (hora local 16:22)
Para: liam_okeefe@millershanks-london.co.uk
Cc:
Assunto: O PLANO

Vin voltou do bar e está fumegando de ódio. Ele tem um plano. Não é nada sutil, nem vai salvar nossos empregos. Mas vai fazer com que saiamos daí com sorrisos quilométricos. Desculpe se complicar um pouco a sua vida nos próximos dias, mas você vai curtir mesmo assim.

✉ **brett_topowlski@millershanks-london.co.uk**
13/1/00, 12:33 (hora local 16:33)
Para: pinki_fallon@millershanks-london.co.uk
Cc:
Assunto: Coca

Oi, Pinki. Vince e eu pensamos muito no que estamos para te contar, e não foi uma decisão nada fácil. Não queremos complicar a vida de ninguém, mas achamos que você deve ficar sabendo de tudo.

Liam nos contou da idéia que o Simon teve e que você está desenvolvendo para a concorrência. Assim que ele a mencionou, tivemos uma sensação de déjà vu. Depois de algum tempo, descobrimos por quê. Duas garotas chamadas Jane Backer e Kitty Bates deixaram sua pasta aqui para o Simon ver no ano passado. Nós demos uma espiada nela e elas tinham feito uma campanha para o 7UP. O slogan era "VOU DE 7UP AONDE FOR". Não queremos acusá-lo nem nada, e talvez seja só uma coincidência. Mas falamos com a Letitia Hegg horas atrás e ela comentou que o Simon esteve no escritório dela semana passada olhando as pastas, e sabemos que ela tem tentado vender o passe das duas a Deus e todo mundo.

Como dissemos, não queremos fazer nenhuma acusação precipitada. Mas achamos que, pelo bem da Miller Shanks, você deveria investigar isso antes de levar as coisas longe demais. Você pode achar que pelo fato de estarmos por baixo no momento estamos fazendo isso apenas por despeito. Não estamos. Já fomos estudantes também, até dois anos atrás, e sabemos o que é ser explorado. Enfim, embora não seja nenhum segredo que não morremos de amores pelo Simon, sabemos que você ralou muito na campanha da Coca, e, se ficar provado que a idéia é mesmo de outras pessoas, você sabe como é foda se livrar das conseqüências.

Desculpe por fazermos isso — Brett e Vince

✉ **liam_okeefe@millershanks-london.co.uk**
13/1/00, 12:44
Para: brett_topowlski@millershanks-london.co.uk
Cc:
Assunto: Coca

Seus filhos-da-mãe sacanas! Vocês jogaram em cima de mim uma porrada de trabalho extra, mas vou perdoar vocês, porque já estão com o pé numa agência de empregos. Vai ser um festival de neguinho tentando livrar a cara e o emprego que não está no gibi — vou só relaxar e curtir. Pinki está fazendo uma revisão da Coca com a Harriet, de modo que anda vai demorar um pouco para ler o seu e-mail.

Vocês vão gostar dessa: Susi acaba de ser levada de ambulância para o hospital. Pinki a encontrou trancada no escritório do Horne e desconfiou de uma overdose — tinha um vidro de comprimidos vazio na mesa dela. Pinki mandou a segurança derrubar a porta sem dó nem piedade (a novinha em folha que entrou no lugar da que levou as machadadas na semana passada) e a encontrou descaída sobre a mesa do Horne. Depois que a levaram, Lol vasculhou a bolsa dela atrás do telefone dos pais e encontrou todos os comprimidos do vidro embrulhadinhos com todo o cuidado num lenço-de-papel. Devia saber que a prima donna não ia ter colhões para fazer uma coisa dessas. Pinki ligou para o hospital, mas já era tarde — eles já tinham dado uma lavagem estomacal nela (butim: meio biscoitinho salgado, dois gomos de tangerina, uma xícara pequena de Earl Grey, uma unha roída?). Lol disse que isso fez um favor a ela, poupando-a do trabalho de enfiar os dedos na garganta depois do almoço. Lol é cruel pra caramba — é por isso que a amo.

Ih! Não é que acabei de digitar a palavra com A?

Eu te mantenho por dentro do que acontecer em relação ao Grande Roubo da Coca.

✉ **Lorraine Pallister — 13/1/00, 12:54**
Para: Zoë Clarke
Cc:
Assunto: almoço

Tem certeza de que não pode dar nem uma fugidinha? Preciso te dar o serviço completo sobre a tentativa de suicídio frustrada de Judge-Pseudo-Overdose. Ela não consegue fazer nada direito.

✉ **Zoë Clarke — 13/1/00, 13:02**
Para: Lorraine Pallister
Cc:
Assunto: almoço

Ele vai me matar se eu sair escondido agora, mas tenho que ouvir isso!!!!!!!!!! Te encontro daqui a dois minutos.

✉ **pinki_fallon@millershanks-london.co.uk**
13/1/00, 13:03
Para: brett_topowlski@millershanks-london.co.uk
Cc:
Assunto: Coca

Brett e Vince, lamento pela encrenca em que vocês estão. Por maior que tenha sido a bobagem que você fez, Vince, não acho que mereça ser despedido. Pensei no e-mail de vocês e, o que quer que os tenha motivado a escrevê-lo, essa é uma acusação muito, muito séria. Vou ter que checá-la e depois ver de que maneira usá-la. Não quero que vocês digam uma palavra sobre isso a ninguém. Acho que ninguém deve ficar sabendo, até que estejamos a par dos fatos. Por favor, confiem em que vou fazer a coisa certa. Mantenho vocês informados... ☺

✉ **pinki_fallon@millershanks-london.co.uk**
13/1/00, 13:10
Para: simon_horne@millershanks-london.co.uk
Cc:
Assunto: Susi

Más notícias, infelizmente. Susi foi levada às pressas para o hospital hoje de manhã devido a uma suspeita de overdose. Por fim, constatou-se que ela não tinha tomado nada, mas, obviamente, está muito transtornada com alguma coisa. Tive algumas dificuldades com ela esta semana, mas não imaginei que isso fosse acontecer. Acredito que ela vai ter alta hoje mais tarde, e tenho certeza de que gostaria de receber um telefonema seu. Imagino que isso sôe terrível quando você está a quilômetros de distância, sem poder fazer nada para ajudar, mas, por favor, não se preocupe. Susi já teve problemas antes e sempre conseguiu dar a volta por cima. Tenho certeza de que desta vez não vai ser diferente.

A propósito, você se lembra de ter visto uma pasta de Kitty Bates e Jane Backer, da Watford College? Não é nada de mais, mas elas estão me chateando por telefone, dizendo que você quer vê-la de novo. Quer que eu dê uma olhada por você ou devo deixar isso para quando você voltar?

Me fala. E espero que você não se importe por eu ter mandado umas flores para Susi em nome do departamento... ☺

✉ **harriet_greenbaum@millershanks-london.co.uk**
13/1/00, 13:15
Para: simon_horne@millershanks-london.co.uk
Cc:
Assunto: apoio

Obrigada pelo e-mail. E também pela oferta de idéias para fazer da concorrência um grande show. Falei sobre isso com David, mas ele acredita que, neste caso específico, menos é mais. Ele já se encontrou com Kelly Derringer algumas vezes na Coca-Cola e acha que ela é o tipo de americana do Iowa meio puritana que daria para trás diante de um grande aparato publicitário.

O almoço com Barry foi excelente. Ele não estava nem um pouco deprimido, pelo contrário, não conseguia parar de falar sobre os comerciais que acabou de filmar para a Guinness e a Volvo. Parecem espetaculares. Ele me disse para pedir a você que mandasse lembranças a Baby Tempika — alguém com quem vocês dois trabalharam, acho.

Estamos lentamente nos recuperando do horror da primeira página do *Sun* de hoje. Espero que você nos ajude a pôr uma pedra sobre esse assunto voltando com um filme fantástico. Boa sorte!

simon_horne@millershanks-london.co.uk
13/1/00, 13:31 (hora local 17:31)
Para: pinki_fallon@millershanks-london.co.uk
Cc:
Assunto: Susi

Parece que basta eu me afastar cinco minutos daí para as coisas começarem a ir para o brejo. Susi estava em ótima forma na sexta, de modo que nem quero imaginar a baderna que levou a pobre moça a tentar o suicídio.

Tremo só de pensar que outros estragos encontrarei quando entrar no escritório.

Quanto à pretensão de me dar conselhos sobre como lidar com Susi, conheço-a melhor do que qualquer um e não admito preleções da pessoa que pode muto bem tê-la levado a esse gesto extremo.

Não falemos mais nada por ora, mas pode ficar certa de que conduzirei uma investigação completa a respeito.

Quanto àquelas jovens, Kitty e Jane, recuso-me a acreditar que você esteja me incomodando por causa delas. Lembro-me vagamente do trabalho delas como sendo banal e tedioso. Certamente não lhes prometi nada.

Não alimente as esperanças delas olhando seu portfólio. Quanto antes elas se compenetrarem de que não têm nenhum futuro na publicidade, melhor.

Não prejulgarei sua administração do meu departamento a esta distância.

Contentar-me-ei em dizer que é melhor você proceder com a máxima cautela neste dia e meio que ainda lhe restam no papel de "encarregada".

✉ **pinki_fallon@millershanks-london.co.uk**
13/1/00, 13:35
Para: letitia@tavistockhegg.aol.co.uk
Cc:
Assunto: Kitty e Jane

Oi, Letty.

Você está almoçando, de modo que torço para que leia meu e-mail assim que chegar. Simon comentou que viu a pasta de Kitty Bates e Jane Backer e está muito interessado nelas. Ele me pediu para dar uma olhada e dizer a ele o que acho. Será que você poderia mandá-la para mim agora à tarde? O fator tempo é vital, pois acho que ele está com pressa de contratar gente nova.

Obrigada e tudo de bom... ☺

✉ **David Crutton — 13/1/00, 14:19**
Para: Zoë Clarke
Cc:
Assunto: MSTV

Minhas ordens expressas eram para você sentar no meu escritório e assistir à estréia do nosso magnífico programa de entrevistas e variedades. Imagino, portanto, que você não ousaria perdê-lo, mesmo não estando o seu popô colado ao meu sofá. Assim, para o seu entretenimento, preparei uma lista de perguntas sobre o programa.

✉ **Zoë Clarke — 13/1/00, 14:22**
Para: Lorraine Pallister
Cc:
Assunto: merda!!!!!!!!!

David quer que eu responda a perguntas sobre a MSTV!!!!!! Socorro!!!

✉ **Lorraine Pallister — 13/1/00, 14:25**
Para: Zoë Clarke
Cc:
Assunto: merda!!!!!!!!!

Por que não procura o anoraque ambulante, Godley? Quem quer que ele seja, parece saber tudo e mais alguma coisa sobre esse lugar.

✉ **Letitia Hegg / letitia@tavistockhegg.aol.co.uk**
13/1/00, 14:36
Para: pinki_fallon@millershanks-london.co.uk
Cc:
Assunto: Kitty e Jane

Pinki, meu bem, que surpresa mais encantadora receber um e-mail seu! Você evoca de modo tão comovente os livres anos 60, que não a associo à revolução digital!

Devo confessar que estou surpresa. Quando o meu querido Simon olhou o trabalho de Kitty e Jane, não deu a impressão de estar louco para contratá-las. Ainda assim, fico feliz que ele tenha mudado de idéia (ainda mais quando os meus 15% estão em jogo!).

É claro que despacharei a pasta delas para você sem demora. Ela se encontra na TBWA neste exato momento, e vou mandar que a enviem diretamente para aí. Pode contar com ela antes do fim do dia. Diga a Si que, se de fato deseja fazer uma oferta irrecusável a elas, que ponha o pé na tábua. A TBWA está entusiasmadíssima, e as garotas com a caneta prontinha para assinar na linha pontilhada.

Sempre feliz por poder ser útil,
Letty

✉ **Katie Philpott — 13/1/00, 14:45**
Para: David Crutton
Cc:
Assunto: MSTV

Uau, foi tão inspirador!!!! Uma agência com seu próprio programa de TV!! E foi genial — informativo, profissional e divertido. Parabéns — Katie P

✉ **liam_okeefe@millershanks-london.co.uk**
13/1/00, 14:53
Para: brett_topowlski@millershanks-london.co.uk
Cc:
Assunto: vocês perderam

Isso talvez anime vocês, garotos. Tivemos MSTV hoje. Se foi muito ruim? Digamos que, se algum cliente assistir, nunca mais vai nos confiar a sua verba de TV. A melhor parte foi o Horne cantando o antigo jingle dos Sugar Puffs (''Há dois homens na minha vida...''). Comprem o CD.

✉ **harriet_greenbaum@millershanks-londo.co.uk**
13/1/00, 15:07
Para: melinda_sheridan@millershanks-london.co.uk
Cc:
Assunto: LOVE

David acaba de me dizer que não se importa com o tempo que está fazendo aí, ele quer que você volte com um comercial. A esta altura do campeonato, não está mais preocupado com a qualidade, só quer ver um filme pronto. Me diga quais são as probabilidades, para que eu consiga fazer com que ele largue do seu pé.

✉ **David Crutton — 13/1/00, 15:14**
Para: Ravi Basnital
Cc:
Assunto: o silêncio é de ouro

Faz noventa e cinco sublimes horas e trinta e quatro divinos minutos que não recebo nenhum e-mail de Pertti van Helden. Parabéns. Como sou muito parcimonioso com os meus elogios, quem sabe você não gostaria de mandar emoldurar este e-mail?

✉ **melinda_sheridan@millershanks-london.co.uk**
13/1/00, 15:29 (hora local 19:29)
Para: harriet_greenbaum@millershanks-london.co.uk
Cc:
Assunto: LOVE

Pode dizer a David que no decorrer da minha acidentada carreira participei de oitenta e seis locações e nunca, nem uma vez sequer, voltei sem um comercial. Fiquei dezessete dias esperando que uma chuva de monção passasse, com apenas dez carteiras de Silk Cut, três romances de Harold Robbins e um garçom nativo com o vigor de um touro premiado para me ajudar a agüentar o rojão. Vi sanguessugas da Floresta Amazônica se colarem numa modelo contratada exclusivamente por sua cútis inigualável, e mesmo assim levei bronze no British Television Awards. E testemunhei minha atriz principal e seu cabeleireiro saltarem para a morte nas Dolomitas, vítimas da guerra contra os cabelos crespos e rebeldes. Não vou deixar que um reles tufão arruíne a minha trajetória profissional.

Amanhã o vento pode levar o câmera, o assistente de direção e o próprio diretor (para ser franca, pela maneira petulante como esse último vem se comportando, espero que leve mesmo). Se eu tiver que pegar emprestado a filmadora de algum hóspede do hotel e filmar eu mesma essa porra de roteiro, então é exatamente o que vou fazer.

Nigel Godley — 13/1/00, 15:34
Para: Zoë Clarke
Cc:
Assunto: euzinho!

Adorei conhecer a secretária do CEO. Devo estar subindo na vida! Foi uma pena que você não tenha podido assistir à MSTV, mas fico contente por ter te posto por dentro de tudo. Quer que eu te empreste a minha cópia em VHS para assistir em casa? De repente a gente pode fazer uma boquinha qualquer dia desses na hora do almoço, e aí eu te instruo um pouco mais sobre a fascinante história da Miller Shanks. Creio que você acharia essas informações muito úteis no aprimoramento da sua relação com o seu amo e senhor.

Nige

Zoë Clarke — 13/1/00, 15:50
Para: Lorraine Pallister
Cc:
Assunto: Godley

Muitíssimo obrigada!!!!! Agora o nojento quer me levar para almoçar fora!!!!!!!!!!!!!!!! Eu preferia ter errado todas as respostas e sido despedida!!!!!!!!!!!!!

Letitia Hegg / letitia@tavistockhegg.aol.co.uk
13/1/00, 16:12
Para: simon_horne@millershanks-london.co.uk
Cc:
Assunto: almoço

Liguei para Susi, mas a desamparadinha havia ido para casa passando mal. Falei com Lorraine — uma rapariga do Norte muito simpática — e marquei uma horinha na sua agenda super-hiperapertada. Vou ter você todinho para mim na hora do almoço de terça-feira que vem. O Greenhouse lhe apetece? Não piso lá há milênios, mas ouvi dizer que eles estão com um novo chef talentosíssimo que faz milagres com uma costeleta de porco.

A propósito, estou mandando o portfólio das duas meninas da Watford para Pinki. Ela disse que você está inequivocamente interessado. Estou vibrando que você tenha mudado de idéia, depois de tê-las desenganado na semana passada. Eu já disse à sua hippie de plantão e vou dizer a você: se as deseja, terá que correr como Ben Johnson com esteróides três vezes mais potentes. Beattie as quer na TBWA, e eu ficaria atônita se elas dissessem não ao deus de cachinhos mil.

✉ **nigel_godley@millershanks-london.co.uk**
13/1/00, 16:19

Para: brett_topowlski@millershanks-london.co.uk
vince_douglas@millershanks-london.co.uk

Cc:

Assunto: planilhas de horas

Andei verificando os meus registros e constatei que vocês não preenchem nenhuma planilha desde setembro de 98. Será que poderiam por favor mandá-las para mim imediatamente? Devo enfatizar a importância da pronta devolução das planilhas para a administração eficiente da contabilidade da companhia. Sei que parece um tédio, mas, se vocês fizerem do preenchimento um jogo (por exemplo, compilem uma tabela de classificação para ver em que campanhas trabalham mais horas), pode ser divertido.

Desculpem a chateação, mas todos nós temos um trabalho a fazer.

Nige

P.S. Seu gato não se farta da buchada que fiz para ele, Vince!

simon_horne@millershanks-london.co.uk
13/1/00, 16:22 (hora local 20:22)
Para: letitia@tavistockhegg.aol.co.uk
Cc:
Assunto: LEIA ISTO AGORA!

É IMPERIOSO QUE VOCÊ MANDE BUSCAR AQUELE PORTFÓLIO IMEDIATAMENTE. PINKI ESTÁ SOB ORDENS EXPRESSAS DE NÃO AVALIAR O TRABALHO DE QUAISQUER POSSÍVEIS AQUISIÇÕES. DEVO ENFATIZAR AO MÁXIMO A IMPORTÂNCIA DESTE E-MAIL.

!

simon_horne@millershanks-london.co.uk
13/1/00, 16:27 (hora local 20:27)
Para: pinki_fallon@millershanks-london.co.uk
Cc:
Assunto: Kitty e Jane

Letitia me informou que, apesar de minhas expressas ordens em contrário, você foi em frente e solicitou o portfólio delas.

Já me magoa bastante que você não aceite minha palavra quando digo que são medíocres.

Mas, acima disso, a sua desobediência se tornou uma questão de princípios.

Se na segunda-feira eu souber que você sequer alisou o zíper do portfólio delas, voltarei atrás na minha decisão de readmiti-la depois do que aconteceu na semana passada.

Considere-se avisada.

Si

✉ **brett_topowlski@millershanks-london.co.uk**
13/1/00, 16:42 (hora local 20:42)
Para: liam_okeefe@millershanks-london.co.uk
Cc:
Assunto: Horne

O babaca passou o dia inteiro com o ar mais convencido do mundo por causa do estado deprimente do Vin, mas eis que agora há pouco topamos com ele no bar e estava branco como um lençol num anúncio de sabão em pó. Eu não sabia que ele tinha ficado tão mal com a notícia da falsa tentativa de suicídio da Susi. Cheguei até a ficar com um pouco de pena dele. Mas não se preocupe, passou em menos de um segundo. Afinal, como é que alguém pode ficar sinceramente com pena de um cinqüentão gordo com uma camiseta do Marilyn Manson e um boné Hilfiger? Em que planeta esse cara vive, pô?

✉ **brett_topowlski@millershanks-london.co.uk**
13/1/00, 16:52 (hora local 20:52)
Para: nigel_godley@millershanks-london.co.uk
Cc:
Assunto: planilhas de horas

O sistema mudou, Godders. Agora é a Susi Judge-Davis que preenche todas as planilhas do departamento de criação. Ela é muito mais eficiente do que qualquer um de nós. Chapa todas na mesa dela que ela te devolve antes que você tenha tempo de dizer "escrituração por partidas dobradas".

Brett e Vince

✉ **liam_okeefe@millershanks-london.co.uk**
13/1/00, 17:03
Para: brett_topowlski@millershanks-london.co.uk
Cc:
Assunto: Horne

Você está mais por fora que garçom em ceia de Cristo. A cara de corredor da morte é porque ele acabou de ficar sabendo que a Pinki está prestes a ver a pasta de Kitty e Jane. Ele está se borrando em todos os tons de marrom que existem. Mandou um e-mail para a Pinki proibindo-a de olhar a pasta, sob pena de ser demitida. Ela está fazendo o que é certo e ignorando o sacana.

✉ **nigel_godley@millershanks-london.co.uk**
13/1/00, 17:11
Para: brett_topowlski@millershanks-london.co.uk
Cc:
Assunto: planilhas de horas

Ninguém nunca me diz nada na minha salinha. Mas parece ser um plano nota dez — talvez o departamento de criação finalmente fique em pé de igualdade com o resto da agência no desempenho dessa atividade prosaica, mas crucial. Todas as planilhas não preenchidas estarão na mesa da Susi amanhã cedinho. Obrigado pela informação, amigos!

Nige

✉ **Letitia Hegg / letitia@tavistockhegg.aol.co.uk**
13/1/00, 17:22
Para: simon_horne@millershanks-london.co.uk
Cc:
Assunto: LEIA ISTO AGORA!

Meu bem, cheguei neste exato minuto de uma entrevista (uma diretora de arte encantadora na Grey — preciso mandá-la para você) e li o seu urrante e-mail. Liguei para a TBWA, mas já era tarde — o portfólio já estava a caminho. Mas não tem importância. Tenho certeza de que, se você ligar para Pinki, ela o mandará imediatamente de volta para mim, intacto. Confesso, porém, que nunca vi você nesse morde-e-sopra furioso em relação a nenhuma das minhas duplazinhas — em geral você é tão firme e decidido. Mas Kitty e Jane parecem estar balançando o coreto de todos os diretores de criação que encontram.

Letty

liam_okeefe@millershanks-london.co.uk
13/1/00, 17:32
Para: brett_topowlski@millershanks-london.co.uk
Cc:
Assunto: *Risco Total*

A mercadoria chegou. Pinki não me deixou nem chegar perto. Virou as páginas no mais absoluto silêncio. Em seguida, apanhou-a e saiu pisando duro para o escritório do Crutton. Expressão: fúria total. Seus amigos íntimos Paz e Amor não vão nem ver a cor da bola.

Pinki Fallon — 13/1/00, 18:21
Para: Zoë Clarke
Cc:
Assunto: urgente

Procurei David, Harriet e você em toda parte. Preciso falar com algum dos dois ou com ambos sobre um assunto da mais extrema importância. Assim que você voltar à sua mesa, por favor me diga onde posso encontrá-los.

✉ **Zoë Clarke — 13/1/00, 18:35**
Para: Pinki Fallon
Cc:
Assunto: urgente

Desculpe, Pinki, mas por pouco você não pega os dois na agência. Eles foram jantar com um cliente. Acho que é o da Freedom. Eu sugeriria que você ligasse para o celular do David, mas ele o deixou comigo para recarregar. Dá para esperar?

✉ **Pinki Fallon — 13/1/00, 18:36**
Para: Zoë Clarke
Cc:
Assunto: urgente

Não, não dá. Em que restaurante eles estão? Eu pego eles lá.

✉ **Zoë Clarke — 13/1/00, 18:40**
Para: Pinki Fallon
Cc:
Assunto: urgente

Não me lembro. Desculpe. Acho que começa com P. Ou seria com V? Não tenho certeza, para ser franca.

✉ **liam_okeefe@millershanks-london.co.uk**
13/1/00, 19:16
Para: brett_topowlski@millershanks-london.co.uk
Cc:
Assunto: *Risco Total II*

Ela não conseguiu falar com o Crutton. Ele saiu para jantar com a Harriet e a anta da Zoë não lembra em que restaurante fez a reserva para eles. Aí ela me mostrou a campanha de Kitty e Jane para o 7UP e perguntou o que eu achava.

A bicha enrustida e bandida é culpada da acusação. Agora ela mandou a Lol reunir todo mundo que ainda estiver aqui para dar o briefing de uma nova campanha para a Coca. Pelo jeito, não vou passar a noite no quente.

Durmam bem, meninos, felizes por saberem que não poderiam ter aproveitado melhor o dia.

brett_topowlski@millershanks-london.co.uk
13/1/00, 19:21 (hora local 23:21)
Para: liam_okeefe@millershanks-london.co.uk
Cc:
Assunto: *Risco Total II*

Dormir? Você só pode estar brincando, meu filho. Não me sinto bem assim desde que comecei a sarrar Delia Stubbs (segundo ano, Sagrado Coração, Brighton). Vamos para a discoteca Swaying Palms antes que todas as cachorras francesas menores de idade sejam arrastadas para as caminhas pelas suas mamães. Estou me sentindo um cara de sorte.

Pinki Fallon — 13/1/00, 19:32
Para: Harriet Greenbaum
David Crutton
Cc:
Assunto: Coca

Fiz de tudo para encontrar vocês, pois precisam saber o que acabo de descobrir. Se eu não tiver conseguido encontrá-los antes de lerem este e-mail, desculpem, pois teria sido melhor cara a cara.

Por favor, não me perguntem quem me contou, mas fiquei sabendo que a nossa campanha para a Coca não é original. Na realidade, "VOU DE COCA AONDE FOR" foi concebida por uma dupla de estudantes da Watford College, chamadas Kitty Bates e Jane Backer. Chequei hoje à tarde e soube que Simon esteve na Tavistock Hegg semana passada olhando pastas. Uma dessas era a delas. Foi nesse dia que ele mostrou a vocês a idéia "dele". Pedi que me mandassem a pasta, para que eu pudesse ver as possíveis semelhanças com os meus próprios olhos. As duas campanhas são praticamente idênticas. Não há como se atribuir isso a uma coincidência. As únicas diferenças ficam por conta dos elementos que acrescentamos depois que Simon viajou.

Também tenho dois e-mails que recebi dele hoje à tarde. Considerados junto com o trabalho, são sumamente auto-incriminadores.

Sei que vocês vão querer ver as provas com os seus próprios olhos antes de decidirem o que fazer. De minha parte, a decisão já está tomada. Não posso em hipótese alguma compactuar com isso, e, se a agência decidir apresentar o trabalho mesmo assim, acho que não vou mais poder trabalhar aqui. Não é de hoje que as duplas iniciantes têm suas idéias roubadas sem nenhuma recompensa, e essa prática é revoltante.

Sei que vocês podem pensar que tenho um interesse pessoal no assunto e que quero roubar o emprego de Simon ou algo assim, mas não é o caso. Estou arrasada com o que aconteceu. Achava que ele tinha tido uma idéia genial com "VOU DE COCA AONDE FOR", e foi bárbaro fazer parte do desenvolvimento dela esta semana.

Só para constar, vou mandar o departamento virar a noite trabalhando numa saída de emergência. Dado o adiantado da hora, pouco gente ainda está aqui, de modo que não tenho muitas esperanças de estar com ela pronta pela manhã.

Me perdoem por lhes dar uma notícia tão ruim. Juro pela minha vida que daria tudo para achar que há algum lado positivo nisso tudo... ☹

✉ **pinki_fallon@millershanks-london.co.uk**
13/1/00, 19:35
Para: brett_topowlski@millershanks-london.co.uk
Cc:
Assunto: Coca

Olhei a campanha de Kitty e Jane para o 7UP e vocês têm razão. Contei a David por e-mail, mas ele saiu e provavelmente não vai responder até amanhã. A despeito do que aconteça agora, quero que vocês saibam que não estou disposta a trabalhar para uma agência que apresenta um trabalho roubado. Se Simon continuar no emprego depois disso, não estou disposta a trabalhar para um ladrão. Considerando como o mundo da publicidade é inescrupuloso, provavelmente vou estar desempregada como vocês na semana que vem. Boa sorte com a filmagem amanhã... ☺

✉ **brett_topowlski@millershanks-london.co.uk**
13/1/00, 22:20 (hora local 2:20)
Para: liam_okeefe@millershanks-london.co.uk
Cc:
Assunto: boa-noite

Dançamos até nos acabarmos e voltamos agorinha. Na volta demos uma parada diante da suíte do Horne para flagrar mais um episódio de veadagem de baixo-nível, mas a única coisa que deu para ouvir por trás da porta foram os uivos abafados de um homem que vê sua carreira descendo pela privada. Tinha uma salada de lagostas debaixo de um domo de prata diante da porta dele — obviamente não está recebendo as entregas do serviço de quarto. Vin está atacando a salada — o prêmio de consolação por ter decidido não trazer a bela Françoise da discoteca. Bom, ela tinha onze anos, e até o Vin fixa o limite em doze.

Pinki nos mandou um e-mail superlegal. Diz a ela que agora pode ouvir os CDs dela de Leonard Cohen na altura que quiser que a gente nunca mais vai ficar puto da vida.

Pra caminha, como dizia Topo Gigio.

✉ **liam_okeefe@millershanks-london.co.uk**
13/1/00, 22:31
Para: brett_topowlski@millershanks-london.co.uk
Cc:
Assunto: boa-noite

Adorei saber que SH está enfrentando a situação como um verdadeiro banana. A gente não está tendo um descanso. Estou tentando criar uma campanha para a Coca, e a Pinki está com um bloqueio mental digno da equipe búlgara de vôlei. Estamos numa pior, pode crer — numa pior.

Sexta-feira, 14 de janeiro

▼

✉ **brett_topowlski@millershanks-london.co.uk**
14/1/00, 1:31 (hora local 5:31)
Para: liam_okeefe@millershanks-london.co.uk
Cc:
Assunto: acorda, preguiçoso

Horne ainda está soluçando. O tufão passou e o sol saiu. As idílicas areias mauricianas parecem a praia de Omaha em 6 de junho de 1944, mas, que diabo, é um dia excelente para filmar um comercial.

✉ **David Crutton — 14/1/00, 7:47**
Para: Pinki Fallon
Cc:
Assunto: Coca

Se estiver aqui, vem até o meu escritório imediatamente. Traz todo o trabalho — tudo que Simon, você e o seu departamento fizeram, e também a campanha para o 7UP. Quero fazer uma comparação.

Harriet Greenbaum — 14/1/00, 7:52
Para: Pinki Fallon
Cc:
Assunto: Coca

Que desastre, Pinki. Assim que chegar, me liga. Gostaria de dar uma olhada em tudo com calma antes que David veja e qualquer chance de uma avaliação racional saia voando pela janela.

Pinki Fallon — 14/1/00, 7:56
Para: Harriet Greenbaum
Cc:
Assunto: Coca

Estou aqui. Não fui para casa ontem. Tivemos algumas idéias, mas nada que renda uma campanha capaz de vencer uma concorrência ao meio-dia de segunda. Vem me ver, e em seguida a gente vai ao escritório do David. Ele já me mandou um e-mail... ☺

Zoë Clarke — 14/1/00, 8:35
Para: Lorraine Pallister
Cc:
Assunto: gritaria

O David está no escritório com a Pinki e a Harriet e está uma fera!!!!!!!! Está jogando as coisas na parede!!!!!!!!!!!!!!!! Tem alguma coisa a ver com a Coca!!!!!!!!!! Não dá para entender direito, mas ele diz que vai matar o Simon quando se encontrar com ele!!!!!! Não estou brincando — ele vai <u>MATAR</u> o Simon!!!!!!!!!!!!!!!! Eu sabia que devia ter alguma vantagem em chegar tão cedo assim!!!!!!!

✉ **David Crutton — 14/1/00, 8:49**
Para: Pinki Fallon
Harriet Greenbaum
Cc:
Assunto: Coca

Me desculpem por perder a cabeça. Compreendo que você foi apenas a portadora da notícia, Pinki. Mas, se acha que isso é raiva, espere só até ver quando eu puser as mãos em Horne.

Acabo de pensar o seguinte: existe uma solução óbvia e simples. Contrate essas duas moças. Faça com que elas comecem imediatamente e lhes dê todo o crédito. É a única maneira de podermos apresentar essa que é uma ótima campanha sem macular a sua preciosa consciência, Pinki. Quanto é que um primeiro emprego está pagando hoje em dia, 15.000? Pois ofereça 20.000 e as duas vão lamber os beiços.

Pinki, você tem a minha pemissão para ligar para Letitia Hegg e pôr a assinatura das duas num contrato.

Mesmo que elas não mordam a isca, estou inclinado a apresentar a campanha de qualquer maneira. Podemos argumentar que os elementos que foram acrescentados a ela tornam-na diferente. Se a coisa vazar e tivermos que enfrentar um desastre para a imagem da agência, felizmente teremos o contrato com a Coca-Cola para minimizar o constrangimento.

E, se essas medidas me caracterizam como um ladrão vulgar e acarretam a demissão de um importante membro do sexo feminino do departamento de criação, ora, por mim tudo bem.

A propósito, se Horne ou Westbrooke tentarem entrar em contato com vocês, não falem com eles. Não quero que o primeiro se inteire do seu destino e embarque "por acidente" num vôo para algum país que não tem tratado de extradição com o Reino Unido.

✉ **Pinki Fallon — 14/1/00, 9:03**
Para: David Crutton
Harriet Greenbaum
Cc:
Assunto: Coca

Vou fazer todo o possível para contratar Kitty e Jane. Elas têm mesmo uma pasta excelente, e, se você tem a séria intenção de reconhecer a sua autoria e lhes dar o crédito pela campanha da Coca, acho que essa é uma solução justa. Letitia ainda não chegou ao escritório, de modo que vou mandar um e-mail para ela em seguida. Deus queira que seja o primeiro assunto de que ela trata.

Mas, se por algum motivo não conseguirmos que elas venham trabalhar conosco e você ainda assim decidir levar em frente "VOU DE COCA AONDE FOR", vou ter que reconsiderar a minha posição. O roubo de idéias é um assunto muito sério para ser ignorado... ☺

✉ **David Crutton — 14/1/00, 9:07**
Para: Pinki Fallon
Cc:
Assunto: Coca

Está tentando me ameaçar? Tem graça.

✉ **pinki_fallon@millershanks-london.co.uk**
14/1/00, 9:13
Para: letitia_tavistockhegg.aol.co.uk
Cc:
Assunto: Kitty Bates e Jane Backer

Oi, Letitia.

Queremos oferecer a Kitty e Jane um emprego na Miller Shanks. Estamos com um desfalque na criação que precisamos preencher urgentemente, e achamos que elas têm o talento que estamos procurando. Gostaríamos de oferecer £ 20.000 a cada uma. Sei que é um valor um pouco acima da média, mas realmente achamos que elas são especiais.

Pode dar a notícia a elas o mais rápido possível e me dizer qual foi a resposta?

Valeu... ☺

✉ **liam_okeefe@millershanks-london.co.uk**
14/1/00, 9:26
Para: brett_topowlski@millershanks-london.co.uk
Cc:
Assunto: *Risco Total III*

Sei que você deve estar apanhando sol na praia enquanto assiste a câmeras filmando e peitos balançando, mas preciso te dar as últimas notícias. Pinki foi bater no escritório do Crutton bem cedo com seus argumentos contra Horne. Pelo que ouvi dizer, ele ficou mais roxo do que o pinto violáceo do purpúreo dinossauro Barney, e atirou aquela luminária de vidro cheia de líquido colorido na parede. Quando se acalmou, mandou Pinki contratar as gatas da Watford. E, se elas não aceitarem, ele quer apresentar a campanha assim mesmo — acho que era esperar demais que houvesse uma consciência debaixo daquele terno de 1.500 paus. Mas não faz diferença, porque ele vai acabar com a raça do Horne, quanto a isso não resta a menor dúvida.

Mais notícias durante a programação.

✉ **Lorraine Pallister — 14/1/00, 9:49**
Para: Liam O'Keefe
Cc:
Assunto: você não vai acreditar nisso

Se puser a cabeça para fora da porta e der uma espiada na direção do corredor, vai ver Susi-cida usando rosa-bebê dos peitos aos pés (meias de seda cor-de-rosa, fala sério!!). Ela me deu um sorriso superesquisito quando sentou. Que é que ela está fazendo aqui, pô?

✉ **Letitia Hegg / letitia@tavistockhegg.aol.co.uk**
14/1/00, 10:00
Para: pinki_fallon@millershanks-london.co.uk
Cc:
Assunto: Kitty Bates e Jane Backer

Pinki, meu bem, não há nada que me eletrize mais do que ver meus bebês sendo objeto do mais luxurioso desejo. Mas você tem certeza absoluta? Uma hora está arquejando "vem, vem, vem", outra hora Simon está urrando "só por cima do meu cádaver". O que posso pensar?

Mas agora isso não tem mais a menor importância. As tchutchuquinhas estavam pagando bebidas para todo mundo no Lamb & Flag ontem à noite, para comemorar sua aquisição de empregos na TBWA. Beattie as contratou por 18.000, e não acho que 2.000 vão fazer com que elas mudem de idéia.

Lamento que você tenha perdido o bonde, mas tenho dezenas de outras duplas para você se apaixonar perdidamente. É só dizer e eu a afogarei num mar de portfólios.

Letty

✉ **Pinki Fallon — 14/1/00, 10:03**
Para: Zoë Clarke
Cc:
Assunto: urgente

Sei que David está em reunião, mas avisa a ele que estou subindo agora mesmo para falar com ele... ☺

✉ **Susi Judge-Davis — 14/1/00, 10:11**

Para: Rachel Stevenson
Pinki Fallon

Cc: simon_horne@millershanks-london.co.uk
David Crutton

Assunto: pedido de desculpas

Meu esgotamento nervoso ontem me deu uma chance de refletir sobre algumas coisas. Agora compreendo que talvez tenha exagerado na minha reação a certos acontecimentos recentes, e gostaria de me desculpar se porventura tiver causado uma preocupação desnecessária a alguém. Tenho passado por uma época de grande estresse, mas sei que todos estamos sob tensão e que é errado reagir a provocações. Agradeceria se me dessem a oportunidade de lhes relembrar que possuo as qualidades essenciais a um membro da equipe da Miller Shanks.

Atenciosamente,
Susi Judge-Davis

✉ **daniel_westbrooke@millershanks-london.co.uk**
14/1/00, 10:16 (hora local 14:16)

Para: harriet_greenbaum@millershanks-london.co.uk

Cc:

Assunto: Coca

Será que alguém faria a gentileza de me dizer o que está se passando com a concorrência da Coca-Cola? Não preciso lembrar a você que fui eu que compareci ao briefing original com o cliente. Nem deveria precisar lhe lembrar que sou o Diretor de Atendimento. Você deveria me manter informado por uma simples questão de cortesia. Ou será que é pedir demais?

✉ **pinki_fallon@millershanks-london.co.uk**
14/1/00, 10:23
Para: letitia_tavistockhegg.aol.co.uk
Cc:
Assunto: Kitty Bates e Jane Backer

Falei com David e ele me autorizou a elevar o valor a £ 45.000 para cada uma. Elas também fariam jus aos benefícios integrais — carros da agência, vagas no estacionamento, celulares e plano de saúde.

Sei que é um pacote excepcionalmente generoso, mas é uma prova de que achamos que elas são talentos únicos que teriam um grande futuro aqui.

Por favor, me avise qual foi a resposta delas.

Valeu... ☺

✉ **Letitia Hegg / letitia@tavistockhegg.aol.co.uk**
14/1/00, 10:26
Para: pinki_fallon@millershanks-london.co.uk
Cc:
Assunto: Kitty Bates e Jane Backer

Pela primeira vez na vida, não sei o que dizer. Vou falar com elas imediatamente.

✉ **David Crutton — 14/1/00, 10:33**
Para: Rachel Stevenson
Cc:
Assunto: Judge-Davis

Acabei de ler aquele e-mail estranho da Susi. Aquela mulher me dá medo. É provável que aconteçam algumas coisas na semana que vem durante as quais será oportuno nos livrarmos dela — e poderemos fazer com que isso se passe por um efeito colateral. Por favor, não me deixe esquecer.

✉ **Susi Judge-Davis — 14/1/00, 10:39**
Para: Rachel Stevenson
Cc: simon_horne@millershanks-london.co.uk
Assunto: a gota d'água

Há coisa de alguns minutos Nigel Godley trouxe uma pilha enorme de planilhas de horas e literalmente as chapou na minha mesa (que, por sinal, eu tinha acabado de arrumar). Ele então me participou que agora é *minha obrigação* preencher as planilhas para o *departamento inteiro*. Observei que sou uma assistente *pessoal* que trabalha somente para o Diretor Executivo de Criação, mas ele simplesmente saiu pisando duro, dizendo que esse era o novo sistema e que, se eu não gostasse, falasse com David Crutton.

Estou me esforçando muito para andar na linha, mas não deveria ser obrigada a tratar com gente grosseira e ignorante como ele. Rachel, eu exijo que você cuide disso imediatamente.

✉ **Rachel Stevenson — 14/1/00, 10:48**
Para: David Crutton
Cc:
Assunto: Judge-Davis

Não se preocupe, não vou deixar você se esquecer nem um minuto.

✉ **Letitia Hegg / letitia@tavistockhegg.aol.co.uk**
14/1/00, 10:55
Para: pinki_fallon@millershanks-london.co.uk
Cc:
Assunto: Kitty Bates e Jane Backer

Falei com elas. Fiz-lhes ver que uma oferta dessa magnitude é praticamente inédita para um primeiro emprego. Até pintei a Miller Shanks como se fosse Shangri-la. Bem, um ou outro floreiozinho é obrigatório quando se quer vencer como headhunter.

Por mais incrível que pareça, elas disseram não, obrigada. Acreditam que se comprometeram com a TBWA e que não poderiam de modo algum abandonar o cacheado Brummie. Além disso, elas tinham algumas coisinhas a dizer sobre os patrões de vocês. Elas acham... como posso me expressar... que a escolha da primeira agência é fundamental e que estariam mais bem servidas em termos de futuro profissional num "ambiente mais criativo".

Lamento muito, minha querida. Mas, como já disse, de grandes vocações meu paraíso está cheio.

Letty

Pinki Fallon — 14/1/00, 11:01
Para: David Crutton
Harriet Greenbaum
Cc:
Assunto: Coca

Posso ver vocês dois imediatamente?

David Crutton — 14/1/00, 11:03
Para: Pinki Fallon
Cc:
Assunto: Coca

Harriet está aqui comigo. Sobe.

Letitia Hegg / letitia@tavistockhegg.aol.co.uk
14/1/00, 11:21
Para: simon_horne@millershanks-london.co.uk
Cc:
Assunto: muito estranho

Talvez eu esteja lhe contando algo de que você já está a par, mas, lendo nas entrelinhas, a impressão que tive foi a de que você foi excluído desse babadinho em particular, meu bem. Apesar do seu óbvio desinteresse por elas, Pinki deu início a um tresloucado leilão para obter os serviços de Kitty

Bates e Jane Backer. O preço chegou a 45.000. Bem, eu é que não ia me queixar, dada a minha percentagem. Mas devo dizer que, embora elas sejam boas, não são Evelyn Waugh e Pablo Picasso. Ela alegou que tinha o total apoio de David. Ao fim e ao cabo, não conseguiu contratá-las. Elas agora são propriedade lavrada e sacramentada de Trevor Beattie.

Afinal, o que está acontecendo, meu doce-de-coco? Você não pode deixar de contar à sua headhunter favorita.

Letty

✉ **Pinki Fallon — 14/1/00, 11:30**
Para: David Crutton
Cc:
Assunto: demissão

Caro David,

Infelizmente sou obrigada a apresentar o meu pedido de demissão. Não quero ir embora, mas sinto que, nestas circunstâncias, não tenho opção.

Não posso apoiar a decisão de apresentar uma campanha para a Coca-Cola baseada numa idéia que sabemos ser da autoria de uma dupla de criação que não trabalha na Miller Shanks. Acredito que esta violação de princípios pega muito mal para a companhia, que deixou de ser o lugar que era quando fui contratada, cheia de esperanças, no ano passado.

Por mim eu iria embora imediatamente, mas, se você quiser, estou disposta a trabalhar o período regulamentar de três meses.

Atenciosamente,
Pinki Fallon

✉ **Nigel Godley — 14/1/00, 11:38**
Para: Todos os Departamentos
Cc:
Assunto: Olha o rack para CDs! Olha o rack para CDs! Olha o rack para CDs!

À VENDA

Rack para CDs em padrão mogno

- Capacidade para 65 CDs.
- Estrutura em poliuretano durável.
- Autêntico padrão mogno.
- Estado de novo, salvo por um pequeno arranhão.
- £ 14 ou oferta mais próxima.
- O primeiro que vir, compra!

Ligar para x4667 — Nige

✉ **David Crutton — 14/1/00, 11:43**
Para: Pinki Fallon
Cc:
Assunto: demissão

Seu pedido de demissão foi aceito. Pode ir embora no fim do dia. Será que dá para pedir ao Liam para vir falar comigo?

✉ **Liam O'Keefe — 14/1/00, 11:45**
Para: Lorraine Pallister
Cc:
Assunto: adeus

Pinki rodou. Crutton quer falar comigo. Tenho 1,78m de altura, 106cm de tórax e 82 de perna. Encomenda o caixão.

liam_okeefe@millershanks-london.co.uk
14/1/00, 12:08
Para: brett_topowlski@millershanks-london.co.uk
Cc:
Assunto: permita-me apresentá-lo ao seu novo patrão

Pinki se demitiu. Crutton me chamou ao escritório dele e eu teria sido capaz de apostar as motos de vocês como era para me despedir, mas ele me pôs na direção. Bom, não chegou a tanto — disse que eu era o membro mais experiente que tinha restado no departamento de criação e perguntou se estaria preparado para apresentar a campanha da Coca na segunda. Eu pensei no trabalho roubado, na exploração impiedosa de estudantes indefesas e na questão de princípios que tinha levado minha parceira a fazer o sumo sacrifício.

E disse sim.

Olha, eu sei que a Pinki fez o que era certo, mostrou uma integridade rara, nobre, heróica, blá, blá, blá... mas tem a fama, os aumentos e os almoços de graça em jogo. E, na qualidade de"membro mais experiente que restou no departamento de criação", talvez eu possa conseguir o seu emprego de volta, Vin — pelo menos até o próximo puto que eles puserem no cargo de diretor de criação entrar pela porta adentro cantando de galo com aquele papo de fazer uma faxina no departamento (todos eles se amarram numa faxina) e te der um pé na bunda.

David Crutton — 14/1/00, 12:10
Para: Harriet Greenbaum
Cc:
Assunto: Coca

Como já era de esperar, Santa Pinki de Glastonbury se demitiu. Que seja. Espero que você não seja infectada pela irrupção de etiquite dela e demonstre a necessária determinação para levar o trabalho a cabo. Noventa e nove por cento do trabalho da concorrência já estão prontos, de modo que agora só faltam os últimos retoques. Você acha que aquele bugre do Liam é capaz de envergar uma beca legal para a apresentação na segunda?

A longo prazo, vamos precisar procurar outro diretor de criação. Simon é um caso perdido e, embora eu tenha acalentado tênues esperanças de que Pinki o substituísse, obviamente ela está fora do páreo. Você, que é meio tiete do pessoal da criação, tem alguma idéia?

✉ **Harriet Greenbaum — 14/1/00, 12:23**
Para: David Crutton
Cc:
Assunto: Coca

Você sabe qual é a minha opinião sobre o assunto. Eu me solidarizo com Pinki, mas, a esta altura do campeonato, seria irresponsável da minha parte me demitir. Você é o CEO, e só me cabe acatar as suas decisões.

Quanto a um novo DC, tenho, de fato, algumas idéias, e há uma pessoa em particular que eu gostaria de sondar. Talvez, quando a poeira assentar, na semana que vem, possamos bater um papo sobre isso.

✉ **harriet_greenbaum@millershanks-london.co.uk**
14/1/00, 12:33
Para: james_f_weissmuller@millershanks-ny.co.usa
Cc:
Assunto: preocupações

Jim, me perdoe por incomodá-lo logo no começo do dia, mas é que estou com algumas preocupações muito sérias que preciso dividir com você. Eu ficaria gratíssima pelo seu conselho em relação à melhor maneira de lidarmos com o problema. Estourou uma crise na campanha da Coca-Cola e, no seu compreensível afã de vencer a concorrência, acredito que David tomou a decisão errada.

Agora de manhã, descobrimos que a campanha que lhe mostramos dois dias atrás não é um conceito original. Pinki foi informada de que Simon Horne a vira como uma idéia para o 7UP num portfólio de estudantes e a adaptara aos nossos propósitos. Na opinião de David, dado o adiantado da hora e o fato de ser incontestavelmente uma boa idéia, devemos apresentar a campanha de qualquer maneira. Infelizmente, essa decisão acarretou a demissão de Pinki.

Embora eu não seja capaz de tomar uma atitude precipitada dessas, creio que David está errado. Acredito que, não apenas por uma questão de princípios, mas também de bom senso, não devemos proceder dessa forma. Suponha que vençamos a concorrência com "VOU DE COCA AONDE FOR" e o transformemos numa campanha. A prova do nosso roubo estará lá para quem quiser ver, não apenas as duas moças que tiveram a idéia. O que complica ainda mais a situação é o fato de que elas agora estão trabalhando na TBWA, que, como você sabe, está competindo conosco pela conta da Coca. Foi o que argumentei com David, mas ele permaneceu intransigente.

Temos pouco tempo para criar uma alternativa viável. Mas, ainda que tenhamos que sair da concorrência na última hora para não nos arriscarmos a ser desmascarados, a meu ver seria uma opção preferível.

Refleti longamente antes de lhe escrever a esse respeito. Não tenho a menor intenção de pôr David numa situação difícil. Como já disse, ele só quer o melhor para a Miller Shanks, mas acredito que seu zelo admirável turvou seu discernimento.

Aguardo sua opinião, e tomarei qualquer medida que você recomende.

Harriet

✉ **David Crutton — 14/1/00, 12:39**
Para: Harriet Greenbaum
Cc:
Assunto: Coca

Obrigado por não jogar a toalha, mesmo a contragosto. Você ainda há de descobrir que a lealdade rende seus frutos. Por que não almoçamos juntos? Podemos conversar sobre Barry Clement. É ele, não é? Por uma ironia do destino, Simon era a minha única segunda opção. Adivinha quem era a primeira.

✉ **Lorraine Pallister — 14/1/00, 12:42**
Para: Zoë Clarke
Cc:
Assunto: almoço

Enquanto o Valium e o paracetamol descem ao estômago de Susi, o poder e o sucesso sobem à cabeça de Liam. Te encontro daqui a dez minutos na recepção e te ponho por dentro do sobe-e-desce.

✉ **Harriet Greenbaum — 14/1/00, 12:44**
Para: David Crutton
Cc:
Assunto: Coca

Eu adoraria almoçar, mas tenho que ficar esperando uma notícia importante. A propósito, você é inteligente, hein?

✉ **David Crutton — 14/1/00, 12:49**
Para: Zoë Clarke
Cc:
Assunto: almoço

Estou de bobeira. Taí, que tal eu levar você para almoçar, como forma de lhe dar as boas-vindas à minha ante-sala? Veste o mantô.

✉ **Zoë Clarke — 14/1/00, 12:51**
Para: David Crutton
Cc:
Assunto: almoço

Não posso, já tenho um compromisso. Desculpe! Que tal na segunda?

✉ **David Crutton — 14/1/00, 12:54**
Para: Zoë Clarke
Cc:
Assunto: almoço

Como é?

✉ **susi_judgedavis@millershanks-london.co.uk**
14/1/00, 12:58
Para: simon_horne@millershanks-london.co.uk
Cc:
Assunto: sua volta

Estou tentando deixar tudo lindo e maravilhoso para a sua volta (não vejo a hora, lindinho!), e pensei em dar um pulo na Liberty para comprar umas flores de seda novas. Sei que compramos os lírios há apenas dois meses, mas eles já estão muito empoeirados. Pensei em procurar algum tipo de buquê de outono, ou será que você prefere os rosas e amarelos pastéis? Também estou reabastecendo a geladeira. Você prefere Charles Heidseck ou Mumm Cordon Rouge (a cozinha tem os dois)?

✉ **james_f_weissmuller@millershanks-ny.co.usa**
14/1/00, 13:15 (hora local 8:15)
Para: harriet_greenbaum@millershanks-london.co.uk
Cc:
Assunto: preocupações

Você está certíssima em se abrir comigo sobre as suas preocupações. David às vezes é teimoso como uma mula. Pode deixar que daqui para a frente eu cuido disso. E obrigado pela informação. Sua lealdade ao bem maior da Miller Shanks não será esquecido.

Jim

✉ **james_f_weissmuller@millershanks-ny.co.usa**
14/1/00, 13:34 (hora local 8:34)
Para: david_crutton@millershanks-london.co.uk
Cc:
Assunto: Coca

David, tomei conhecimento de uma questão que está me preocupando muitíssimo. Fui informado de que "VOU DE COCA AONDE FOR" é artigo de segunda-mão. Também fui informado de que, apesar de saber disso, você pretende apresentar a campanha.

Isso é inaceitável. É uma coisa feia, desonesta e anti-americana. Como CEO, você certamente sabe que, quando se estabeleceram em 1929 com apenas $50 e a conta dos Biscoitos Crabtree, o princípio dos fundadores Donald K. Miller e Cyrus Shanks era "vender com integridade". Este lema nos serviu bem durante os últimos setenta anos, e o seu gesto é uma traição pérfida aos nossos antepassados.

Me magoa mais do que você imagina pensar que você esteja disposto a implicar a Miller Shanks no crime de tráfico de mercadorias roubadas.

Agora, você fará o que é certo. Se ainda tiver alguma dúvida sobre o que seja, eu direi para você.

Mate "VOU DE COCA AONDE FOR" — sem réplicas, nem tréplicas.

Entre imediatamente em contato com Pertti van Helden. Implore, se humilhe, faça o que for preciso para trazê-lo com a sua campanha a Londres até segunda-feira. Como venho dizendo esse tempo todo, o trabalho dele é excelente. Relembra os tempos áureos dos grandes comerciais da Coca. Só posso presumir que a sua má vontade em relação a ele seja fruto de inveja.

E também recomendo que use todos os seus poderes de persuasão para fazer com que Pinki Fallon volte atrás em sua decisão de se demitir. Dada a sua lamentável falta de integridade, você precisa desesperadamente da dela.

Não preciso lhe dizer o quanto estou decepcionado.

Jim

✉ **david_crutton@millershanks-london.co.uk**
14/1/00, 13:44
Para: james_f_weissmuller@millershanks-ny.co.usa
Cc:
Assunto: Coca

Jim, você leu os meus pensamentos. Naturalmente, assim que desmascarei a desprezível fraude de Simon Horne, compreendi que devíamos nos purgar dele e de seu trabalho. A única razão para o meu atraso foi que eu quis testar o nível ético da minha equipe. Infelizmente, Pinki Fallon foi a única que passou no teste.

E, embora eu não sinta o mesmo entusiasmo pela "Melô do Chuá" que você, já estou em negociações com Pertti. Manterei você informado passo a passo dos acontecimentos.

David

✉ **David Crutton — 14/1/00, 13:52**
Para Harriet Greenbaum
Cc:
Assunto: fodeu tudo

Um rato miserável contou a Weissmuller do roubo de Horne. Só posso presumir que seja a idéia distorcida que Pinki faz de um presente de despedida. Ele está exigindo que mandemos buscar van Helden. Acho que as coisas não podem ficar piores do que isso. Não, podem, sim — ele pode trazer o Aqua com ele. Vem ao meu escritório.

✉ **david_crutton@millershanks-london.co.uk**
14/1/00, 14:13
Para: pertti_vanhelden@millershanks-helsinki.co.fin
Cc:
Assunto: Coca-Cola

Há quanto tempo, Pertti! Talvez eu tenha sido um pouco brusco com você outro dia. Minhas mais humildes desculpas. Minha única justificativa é que tenho andado muito estressado devido à concorrência da Coca.

Por falar nisso, andei refletindo seriamente sobre o nosso approach criativo, e cheguei à conclusão de que o caminho radical que adotamos aqui em Londres talvez seja um pouco "vanguardista" demais para uma empresa tão conservadora como a Coca-Cola. Minha equipe e eu fizemos uma reavaliação da sua campanha. Como Harriet Greenbaum escreveu em seu e-mail para você, a campanha do Aqua nos deixou profundamente impressionados — adoramos a singela ausência de ironia e o senso de diversão infantil.

Agora somos da opinião de que sua excelente criação é exatamente do que precisamos para vencer esse grande negócio. Ela relembra os tempos áureos dos grandes comerciais da Coca e explora as emoções expressas em "I'd Like to Teach the World to Sing". Não preciso dizer a um publicitário talentoso como você que a nostalgia talvez seja a arma mais poderosa do nosso arsenal.

Lamento profundamente por lhe causar esse transtorno já no fim da tarde, mas gostaria muito que você se reunisse à nossa equipe para a apresentação na segunda-feira. Compreendo que está muito em cima da hora para mobilizar o Aqua. No entanto, se pudermos contar com você e seu trabalho, tenho certeza de que daremos um show que fará as senhoras e senhores de Atlanta caírem no rock! Já participei minha decisão a Jim Weissmuller, e ele está ansioso para rever você.

Minha secretária está pesquisando os vôos disponíveis. Por favor, me avise o mais rápido possível como esse pedido de última hora se encaixa na sua agenda.

Atenciosamente,
David Crutton

David Crutton — 14/1/00, 14:15
Para: Harriet Greenbaum
Cc:
Assunto: uma missão para você

Acabei de escrever para van Helden. Agora estou com vontade de vomitar. Acho que sou incapaz de abaixar a crista mais uma vez e rastejar pelo esfíncter de Pinki. Por favor, faça isso por mim. Afinal, é muito mais provável que ela escute você.

David Crutton — 14/1/00, 14:19
Para: Zoë Clarke
Cc:
Assunto: você

Onde é que a senhora se meteu? Preciso que pesquise os vôos disponíveis de Helsinque para Londres. E preciso comer alguma coisa. Compra um sanduíche para mim. Qualquer sanduíche.

susi_judgedavis@millershanks-london.co.uk
14/1/00, 14:26
Para: simon_horne@millershanks-london.co.uk
Cc:
Assunto: sua volta

Comprei umas rosas de seda divinas de tão lindas — rosadas, roxas e amarelo-canário —, e encontrei uma outra coisa que você vai adorar: almofadas aromaterápicas para os seus sofás! Comprei três. Chamam-se "Inspirar", "Reviver" e "Sensual" e só custaram £ 49 cada. A moça no Aroma Amour disse que ajudam muito a mente criativa a encontrar o seu equilíbrio! Espero que você não se importe, mas troquei um ou outro móvel de lugar. Dispus os sofás em "L" sob as janelas e coloquei a sua mesa de frente para a porta. Acho que isso vai fazer com que você passe uma impressão mais enérgica e imponente quando as pessoas entrarem. Escreva logo — mal posso esperar para que a segunda chegue!! Bicotas, S.

✉ **Harriet Greenbaum — 14/1/00, 14:33**
Para: David Crutton
Cc:
Assunto: Pinki

Falei com ela, que ficou comovida ao saber que você tinha mudado de idéia. Já está vindo para cá a fim de ajudar como puder com a concorrência. Aliás, tenho certeza de que não foi ela quem contou a Jim — Pinki não tem a menor malícia para esse tipo de manobra política.

Reservei a maior parte da tarde para adaptar o documento da concorrência à campanha finlandesa, mas, se precisar de uma ajuda para resolver o problema da viagem de Pertti, basta me dar um toque.

✉ **pertti_vanhelden@millershanks-helsinki.co.uk**
14/1/00, 14:57 (hora local 16:57)
Para: david_crutton@millershanks-london.co.uk
Cc:
Assunto: Coca-Cola

Meu caro David,

Todos os desculpe-mes aceitados. Como colega de chefatura, estou familiarizado com as grandes pressões atmosféricas da cópula. Jim está também me telefonando para me pedir para me pôr ao seu indispor. Estou felicíssimo de estar entrando para seus serviços e estar "concorrendo"! Eu estava fazendo uma reserva nesse fim de semana para ensinar o prazer da pesca no gelo para o meu filho mais velho de todos os meus filhos, mas não tem importação. Ele está entendendo desde uma pequena idade que para o Guerreiro da Publicidade a batalha está vindo sempre em primeiro lugar.

Você está com boa sorte que os storyboards já estão completando e estamos prontos para mandar brasa. E a excelente notícia é que assim que estou lendo sua mensagem pego o telefone num paft-puft para o empresário do Aqua. Dá para acreditar que eles estão livres e muito encantados de entrar na dança? Eu agora estou confessando que estava prevendo que isso estaria acontecendo, por isso estou mantendo-los de plantão a semana toda. Não se esteja preocupando em estar reservando passagens. Isso nós estamos fazendo do lado de cá das coisas. Estou chegando no Aeroporto Internacional do Gatwick no amanhã nas 13:00. O Aqua está viajando no seu próprio avião charter executivo pop star no domingo.

Há muito a estar discutindo e planejando, mas talvez você está jantando comigo no amanhã e podemos bater dois dentes de prosa.

Tora, tora, tora!
Pertti

✉ **David Crutton — 14/1/00, 15:01**
Para: Harriet Greenbaum
Cc:
Assunto: ficou pior...

... ele vai trazer o Aqua.

✉ **james_f_weissmuller@millershanks-ny.co.usa**
14/1/00, 15:12 (hora local 10:12)
Para: harriet_greenbaum@millershanks-london.co.uk
david_crutton@millershanks-london.co.uk
Cc:
Assunto: chegada

Diante dos acontecimentos de hoje, resolvi antecipar a minha viagem. Rick Korning e eu chegaremos amanhã às 8:30. Seguiremos direto para o escritório, mas será que podem avisar o Marriott da nossa chegada antecipada? David, sei que Rick está afoito para lhe mostrar o seu plano bienal amanhã à tarde. Se Pertti já tiver chegado, será útil que ele esteja presente. Harriet, se estiver livre, gostaria de jantar comigo?

Estou ansioso para revê-los.
Jim

✉ **David Crutton — 14/1/00, 15:17**
Para: Harriet Greenbaum
Cc:
Assunto: jantar

Estou perdendo alguma coisa aí?

✉ **david_crutton@millershanks-london.co.uk**
14/1/00, 15:22
Para: james_f_weissmuller@millershanks-ny.co.usa
Cc:
Assunto: chegada

Adoramos saber que você vai chegar mais cedo. Harriet vai ter o maior prazer em jantar com você. A inexperiência dela só pode mesmo diminuir se ela sentar aos pés dos deuses! E isso também lhe dará uma oportunidade de mostrar a você a minha Nova Estratégia de New Business em Cinco Pontos. Até lá, tudo de bom.

David

✉ **David Crutton — 14/1/00, 15:26**
Para: Zoë Clarke
Cc:
Assunto: trabalho

Procura nos arquivos de New Business um documento chamado "Estratégia em Cinco Pontos, 95". Acho que tem o nome de Westbrooke na capa. Traz imediatamente para mim. E não marca nenhum compromisso para hoje à noite — depois que eu tiver feito as correções, você vai ter um trabalhinho de digitação para fazer.

✉ **Pinki Fallon — 14/1/00, 15:35**
Para: Harriet Greenbaum
Cc:
Assunto: voltei

Acabei de chegar. Posso ajudar na Coca de alguma maneira?... ☺

✉ **Harriet Greenbaum — 14/1/00, 15:44**
Para: Pinki Fallon
Cc:
Assunto: voltei

Graças a Deus. Vem falar comigo e com o Liam. A campanha finlandesa é uma bomba. E também é só para a TV — talvez vocês dois possam lhe dar um pouco de credibilidade com alguns cartazes.

✉ **liam_okeefe@millershanks-london.co.uk**
14/1/00, 16:12
Para: brett_topowlski@millershanks-london.co.uk
Cc:
Assunto: arremedo de publicidade

Você não vai acreditar na puta farsa que estão encenando. Alguém contou para Tarzan F. Weissmuller que nós íamos apresentar um trabalho roubado e ele resolveu tomar conta da jogada. Aí o Crutton detonou "VOU DE COCA AONDE FOR", e em vez disso vamos de uma bosta que eles criaram na Finlândia. Estive há pouco no cafofo da Harriet dando uma olhada no fax dos storyboards, e é dez vezes pior que constrangedor. Tem sol, sorrisos radiantes e adolescentes que fazem os Brady Bunch parecerem psicóticos viciados em crack. E saca só: tem o Aqua. Não preciso dizer mais nada. Harriet pediu à gente para fazer uns cartazes para a campanha, para dar um molho, sabe como é. Por onde é que a gente começa, cara?

Pinki à casa tornou. Pelo visto, Tarzan F. Weissmuller a convenceu a voltar. Ela entrou com altivez no escritório, envolta em uma aura de superioridade moral. Até pôr os olhos na Meleca Boreal. Agora está sentada diante da mesa com a caneta parada sobre o bloco — totalmente perdida, coitada.

Se a gente vencer essa concorrência, juro pela vida da minha mãe que vou aposentar meus pilôs e arranjar um emprego no McDonald's.

✉ **melinda_sheridan@millershanks-london.co.uk**
14/1/00, 16:22 (hora local 20:22)
Para: harriet_greenbaum@millershanks-london.co.uk
Cc:
Assunto: últimas notícias sobre a LOVE

Tivemos um dia hoje a que só as másculas palavras de Vincent fazem jus: "de encher os colhões de orgulho".

Começou igual aos outros — infernal. Depois de ficarmos temporariamente desfalcados de quatro garotas da LOVE, graças a um descuido conseguimos a proeza de perder as duas últimas. Sharon e Winona (Rides, dá para acreditar?) contraíram botulismo. Perdi a conta do número de vezes em que disse a elas para tomarem distância de qualquer coisa com pinta de ter rastejado pelo fundo do mar. Quando nos reunimos no café da manhã, as caras de tacho eram tamanhas que se eu batesse com uma colher nelas soariam como gongos. Mas Brett e Vincent me fizeram uma surpresa magnífica. Depois de traçarem dois pãezinhos de bacon, entraram em ação e tiraram um roteiro do nada. Deixe-me descrevê-lo, pois é o melhor que eles já fizeram até hoje.

Abrimos com um close-up na traseira imunda de uma caminhonete. O Sujeito Número Um (Vincent) entra em cena e com o indicador escreve na sujeira:

QUEM ME DERA QUE A MINHA MULHER FOSSE SUJA COMO ESSA VAN.

Sai o Sujeito Número Um e nós pausamos na frase por um momento.

Entra o Sujeito Número Dois (adivinhou, Brett), que lê o grafito antes de acrescentar um pós-escrito: ELA É, AMIGO.

Então fazemos um fade-out para o preto e surge a cartela:

CANAL LOVE.

COMPRE UMA ASSINATURA PARA ELA.

ANTES QUE OUTRO FAÇA ISSO.

Dirigimo-nos para o estacionamento, nos apropriamos de uma van (curiosamente, uma caminhonete da Coca-Cola) e filmamos. Foi tudo às mil maravilhas, querida. Frank Sinton veio conosco e disse: "Vocês podiam ter filmado isso na Wimbledon Broadway, pô". Mas havia uma coisa que ele não estava absolutamente entendendo — e essa coisa são os prêmios, anjo querido do meu coração. De mais a mais, ele é pão dormido, e será que estamos nos preocupando com a sua opinião? Ora, me poupe.

Danny Boy estava uma pilha de nervos pelo fato de esse roteiro não ter recebido o aval de ninguém, mas meus dois meninos não deram a mínima. Para ser franca, estou começando a tomar gosto por viver perigosamente.

Portanto, nosso filme está finalmente pronto. Vou fazer minhas malas, e depois vamos agitar como se fosse 1999 — bem, valham-me minhas meias de seda, mal acabamos de fazer isso. Estou de olho num garçom que é a cara de Omar Shariff em *Doutor Jivago* — você sabe que eu tenho um fraco por bigodes opíparos.

Simon voltou para a toca. Nem um piozinho do velho papagaio. Brett e Vince estão exibindo sorrisos de oitenta e oito teclas, e acho que há mais por trás disso do que a sua vitória cinemática.

✉ **brett_topowlski@millershanks-london.co.uk**
14/1/00, 16:30 (hora local 20:30)
Para: liam_okeefe@millershanks-london.co.uk
Cc:
Assunto: arremedo de publicidade

Nós somos dois gênios, cara. Fizemos o melhor filme da nossa carreira hoje. Lembra do script da van suja, aquele primeiro que a gente fez para a LOVE e que o Horne esculhambou? Estrelado por este que vos fala e pelo meu maravilhoso assistente, Vin. Tirando o fato de ele ter precisado de nove takes para escrever "FOSSE" direito, não ficou nada a dever a Robert de Niro.

Pelo jeito, você está curtindo à vera aí, né? Como é que a Finlândia foi se meter na parada? Não conte com a gente para te tirar dessa. A partir de segunda nossos passes estão à venda para quem der mais. Dessa vez não vou sair do quente por menos de 50.000 e uma moto de 325 cilindradas com um sound system do cacete.

Agora está na hora da nossa festa de despedida. Vamos assistir ao Nathan e à Mel disputando a tapas o garçom que passaram a semana inteira loucos para traçar. A gente se vê sábado à noite. Presumindo que não estejamos com o relógio biológico doido por causa da diferença do fuso horário e/ou você não esteja impalando a Lol no tapete.

✉ **David Crutton — 14/1/00, 16:43**
Para: Todos os Departamentos
Cc:
Assunto: Coca

Todos os que tiverem trabalhado na Coca, ou mesmo tomado uma nas duas últimas semanas, estarão às suas mesas amanhã. Tenho certeza de que posso arranjar mil e uma coisas para vocês fazerem. Além disso, James Weissmuller estará no escritório, e é do nosso maior interesse que ele pense que nenhum de nós tem uma vida fora dessas quatro paredes.

Quanto ao resto de vocês, passarão os próximos dois dias escolhendo suas roupas mais adequadas à visita de um cliente e refletindo como passarão a segunda-feira mostrando mais serviço do que jamais fizeram. A concorrência é às 12:00 e, quando o pessoal da Coca-Cola chegar, a agência não deve estar apenas nos trinques, mas também fervilhando de atividade.

Bom fim de semana.

David Crutton
CEO

✉ **David Crutton — 14/1/00, 16:50**
Para: Rachel Stevenson
Cc:
Assunto: Coca

Com relação à minha circular, gostaria que você calculasse o número de mesas vazias de secretárias que vamos ter na segunda e providenciasse interinas para elas. Se elas quiserem alguma coisa para fazer, dá uma Bíblia para cada uma, manda abrir no Gênese, capítulo 1, versículo 1, e começar a digitar.

daniel_westbrooke@millershanks-london.co.uk
14/1/00, 16:57 (hora local 20:57)
Para: harriet_greenbaum@millershanks-london.co.uk
Cc:
Assunto: Coca

Você não respondeu ao meu último e-mail. Se devo desempenhar um papel fundamental na reunião de segunda-feira, como manda meu status, não sei como você pode esperar que eu o faça sem ter visto a campanha. Sua avaliação semestral está chegando, Harriet, e seria bom que você não se esquecesse de que nem sempre sou misericordioso.

De resto, devo lhe informar que hoje Melinda, Brett e Vince filmaram um comercial sem nenhuma semelhança com qualquer script que já tenha sido aprovado. Deixei bastante claro para eles que nunca, durante meus anos de Diretor de Atendimento, permiti que algo assim acontecesse, e que não queria de modo algum tomar parte nisso. Tentei falar com David sobre o assunto, mas ele não retornou minhas ligações. Por favor, faça chegar ao conhecimento dele que faço sérias restrições ao que se passou aqui.

Zoë Clarke — 14/1/00, 17:05
Para: Lorraine Pallister
Cc:
Assunto: hoje à noite

O Crutton me deu um plano em cinco pontos para redigitar até amanhã de manhã!!! Setenta bostas de páginas para demonstrar cinco porras de pontos!!!!! Não acredito que vou perder minha noite de sexta e meu fim de semana também!!!!!!!!!!!!!

✉ **Harriet Greenbaum — 14/1/00, 17:11**
Para: David Crutton
Cc:
Assunto: Dan

Ele me atazanou o dia inteiro atrás de notícias sobre a Coca. O que devo dizer a ele, se é que devo dizer alguma coisa?

Ele também está aborrecido com o fato de o filme feito para a LOVE não ter sido o combinado. Mel me mandou um e-mail para dizer que fizeram um progresso gigantesco. Ela descreveu o roteiro e me pareceu espetacular. Segundo aquele seu critério de "apenas cuide para que eles voltem com qualquer filme", acho que eles cumpriram a ordem à risca.

A propósito, não tenho qualquer interesse velado em relação a Weissmuller. Eu tinha um compromisso para amanhã à noite e estou decepcionada por ter que desmarcá-lo. Se quiser me substituir no jantar com ele, vou adorar.

✉ **pertti_vanhelden@millershanks-helsinki.co.uk**
14/1/00, 17:21 (hora local 19:21)
Para: david_crutton@millershanks-london.co.ul
Cc:
Assunto: Coca

Estou fazendo brainstormings de última hora com minhas duplas e temos algumas idéias do barco da velha que talvez podemos incorporar.

- Bonés de beisebol e jaquetas aviadoras para dar um visual juvenil, de "banda de rock".
- Decorar a sala concorrente com um tema oceânico para estar refletindo o mundo submarino do Aqua (posso estar fornecendo muitas tréplicas de arenques finlandeses com esse intróito).
- Um caminhão cartaz musical que está cantando a canção enquanto os clientes estão indo embora.

Avise-me qual dessas está fazendo o seu queixo cair sentado na gravata. Estarei na minha mesa mais algumas horas e estou ao seu indispor — Pertti.

✉ **Nigel Godley — 14/1/00, 17:26**
Para: David Crutton
Cc:
Assunto: Coca

Eu processei inúmeras ordens de compra na concorrência da Coca-Cola. Isso me habilita a trabalhar no fim de semana? Em geral dou um pulo aqui na maioria dos sábados e/ou domingos, mas amanhã marquei de participar de uma Maratona de Hinos beneficente para angariar fundos para a reforma da torre da Igreja de Santa Maria de Balham. Eu não queria deixar o padre Clive na mão.

Nige

✉ **David Crutton — 14/1/00, 17:33**
Para: Nigel Godley
Cc:
Assunto: Coca

Use o seu bom senso.

✉ **David Crutton — 14/1/00, 17:42**
Para: Harriet Greenbaum
Cc:
Assunto: Dan

Não diga a ele mais do que ele precisa saber. Como ele não vai comparecer à concorrência, isso significa não dizer nada.

✉ **Lorraine Pallister — 14/1/00, 17:59**
Para: Liam O'Keefe
Cc:
Assunto: anda logo, pô

Quando é que você vai me tirar daqui?

✉ **Liam O'Keefe — 14/1/00, 18:04**
Para: Lorraine Pallister
Cc:
Assunto: anda logo, pô

Hoje à noite não vai dar. Eu e Pinki in the Sky with Diamonds estamos tentando criar novos cartazes para a Coca. Estamos atolados. Acho que não vou poder ir a parte alguma até a tarde de segunda.

✉ **Susi Judge-Davis — 14/1/00, 18:16**
Para: Departamento de Criação
Cc:
Assunto: a volta de Simon

Como vocês já estão a par, Simon volta na segunda-feira. Vocês sabem o quanto desagrada a ele ver os funcionários chegarem aos poucos, de modo que façamos um esforcinho especial para chegar na hora. Também gostaria de pedir a quem tiver posto aquele recorte da Charlotte Church em tamanho natural com uma fala obscena saindo de um balãozinho perto da máquina de café para retirá-lo. E só mais uma coisa: por favor, respeitem a proibição de Simon de fumar no corredor. Notei que ela foi ignorada nos últimos dias.

Como Simon estará ocupado com a concorrência da Coca na segunda, imagino que irá querer adiar a reunião de follow-up da manhã de segunda. Remarquei-a para as 8:45 da terça. Por favor, não deixem de anotar nas suas agendas.

Obrigada — Susi

daniel_westbrooke@millershanks-london.co.uk
14/1/00, 18:36 (hora local 22:36)
Para: david_crutton@millershanks-london.co.uk
Cc:
Assunto: Harriet

Passei o dia inteiro tentando encontrá-la, para que ela me ponha a par das últimas notícias sobre a Coca. Só quero ajudar. Talvez a minha experiência possa proporcionar alguns insights capazes de fazer a diferença entre a vitória e a derrota. Será que você podia dar um toque discreto nela para entrar em contato comigo? Você sabe que detesto acusar os outros, mas desconfio que ela está me evitando deliberadamente.

david_crutton@millershanks-london.co.uk
14/1/00, 18:42
Para: daniel_westbrooke@millershanks-london.co.uk
Cc:
Assunto: Harriet

Você pode estar a milhares de quilômetros e quatro fusos horários daqui, mas, mesmo a essa distância, sua perspicácia é assombrosa.

susi_judgedavis@millershanks-london.co.uk
14/1/00, 18:50
Para: simon_horne@millershanks-london.co.uk
Cc:
Assunto: notícias de casa

Lindinho, finalmente consegui arrumar tudo do jeitinho que você gosta. Não vejo a hora de a vida voltar ao normal. Já informei o departamento sobre as suas expectativas. Pinki deixou o nível despencar esta semana, de modo que eles estavam precisando de um lembrete. Espero que esteja tudo bem com você. Estou um pouco preocupada por não ter recebido notícias suas o dia inteiro. Mas você deve estar desestressando depois de uma filmagem difícil — estou sendo boba, não estou? Então, relaxe e divirta-se. Você merece... Bicotas, S.

✉ **Nigel Godley — 14/1/00, 18:55**
Para: David Crutton
Cc:
Assunto: Coca

O padre Clive ficou decepcionado, mas compreende a importância da minha carreira. Ele acha que é capaz de encontrar um tenor para me substituir. Até amanhã — Nige

✉ **Harriet Greenbaum — 14/1/00, 19:09**
Para: Pinki Fallon
Cc:
Assunto: Coca

Algum progresso com os cartazes?

✉ **Pinki Fallon — 14/1/00, 19:14**
Para: Harriet Greenbaum
Cc:
Assunto: Coca

Você só pode estar brincando. Me pergunta de novo amanhã... ☺

✉ **david_crutton@millershanks-london.co.uk**
14/1/00, 19:22
Para: pertti_vanhelden@millershanks-helsinki.co.fin
Cc:
Assunto: Coca

Obrigado pelas idéias, Pertti. Como o coelhinho da Duracell, você nunca pára. Suas idéias são extraordinárias, mas acredito que o segredo do sucesso de uma concorrência é não exagerar na dose. Vejo-lo no amanhã.

Sábado, 15 de janeiro

✉ **David Crutton — 15/1/00, 11:23**
Para: Todos os Departamentos
Cc:
Assunto: reunião

Gostaria de pedir a todos que estão trabalhando na Coca (menos Nigel Godley) para comparecerem à sala de reuniões. James Weissmuller chegou. Ele gostaria de conhecê-los e de fazer um pequeno pronunciamento.

David Crutton
CEO

✉ **Zoë Clarke — 15/1/00, 11:59**
Para Lorraine Pallister
Cc:
Assunto: eca!

O Crutton acabou de me passar a lista de encomendas deles para o almoço. Big Jim quer sushi! Peixe cru!!!! Ugh !!!!!!!!!!!

✉ **Lorraine Pallister — 15/1/00, 12:02**
Para: Zoë Clarke
Cc:
Assunto: Manhattan Trampa

Pensa só no discurso que ele acabou de fazer. Quando sai tanta merda assim da boca de uma pessoa, ela tem que substituí-la por alguma coisa.

✉ **Pinki Fallon — 15/1/00, 12:58**
Para: Harriet Greenbaum
Cc:
Assunto: cartazes

Tivemos algumas idéias. Não sei se são um luxo ou um lixo. É melhor você vir ver... ☺

✉ **Harriet Greenbaum — 15/1/00, 13:22**
Para: David Crutton
Cc:
Assunto: Coca

Pinki e Liam me mostraram agora mesmo algumas idéias, que, todos concordamos, ficaram muito aquém do esperado. Se conseguir se desvencilhar de Jim por alguns momentos, você devia vir dar uma olhada.

✉ **David Crutton — 15/1/00, 13:27**
Para: Harriet Greenbaum
Cc:
Assunto: Coca

Ele está de saída para o hotel. Estarei com vocês em dez minutos.

✉ **David Crutton — 15/1/00, 13:54**
Para: Harriet Greenbaum
Cc:
Assunto: Coca

Você tem razão. Esses cartazes estão uma merda, mas, francamente, não estou mais me importando. Vamos com eles (sem duplo sentido). A idéia de apresentar essa campanha não foi minha, mesmo, e, quando perdermos a concorrência, eu é que não vou pagar o pato por isso.

✉ **Zoë Clarke — 15/1/00, 14:48**
Para: David Crutton
Cc:
Assunto: chegou gente

O pessoal da segurança interfonou para dizer que tem um homem chamado Perry Van Halen na portaria querendo falar com o senhor. Devo ir lá buscá-lo?

✉ **David Crutton — 15/1/00, 14:54**
Para: Zoë Clarke
Cc:
Assunto: Coca

Ele se chama Pertti van Helden. É o CEO da filial finlandesa. Traga-o até aqui e seja extremamente simpática com ele.

✉ **David Crutton — 15/1/00, 14:58**
Para: Harriet Greenbaum
Cc:
Assunto: Pertti

Sibelius está no prédio. Por que não vem até aqui para ser apresentada a ele?

✉ **lorraine_pallister@millershanks-london.co.uk**
15/1/00, 15:34
Para: debbie_wright@littlewoods/manchester.co.uk
Cc:
Assunto: o que é que eu estou fazendo aqui?

Todos nós tivemos que vir trabalhar hoje porque vai ter uma mega-apresentação para a Coca na segunda. Não sei por que diabo estou aqui. Não tenho nenhum trabalho para fazer, mas acho que o lance é dar a impressão de que a gente está ocupada. O lugar inteiro está ficando mais idiota do que já é. O Presidente Americano de Tudo e Mais Alguma Coisa chegou para a apresentação. Está usando uma camisa de listras azuis com colarinho branco e um par de suspensórios amarelos. Ele trouxe um assistente que está usando uma roupa igualzinha, só que com listras e suspensórios um pouco mais finos. Deve ser um sinal de hierarquia. O Sr. Presidente fez um discurso para nós. Lembra do número "greed is good" que o Michael Douglas fez em *Wall Street*? Pois não teve nada a ver — esse foi uma babaquice. Eles devem estar gastando uma fortuna. Mandaram buscar o Aqua para a reunião de segunda para cantar uma porcaria de um jingle de trinta segundos. Sem sentido, sem bom gosto, só muito dinheiro. Responde logo e diz alguma coisa para eu não perder a sanidade — Beijão da Lol

✉ **Lorraine Pallister — 15/1/00, 15:38**
Para: Liam O'Keefe
Cc:
Assunto: levanta daí

Você parece estar precisando aliviar o estresse. Descobri uma chave extra do escritório do Daniel Westbrooke. Ele tem um sofá enorme e uma garrafa de vodca na geladeira. Te vejo lá.

✉ **David Crutton — 15/1/00, 15:55**
Para: Harriet Greenbaum
Cc:
Assunto: cartazes

Mostrei os cartazes a Van Halen (erro de digitação da Zoë, mas eu gostei) e ele adorou, principalmente aquele com as notas musicais saindo da lata. Quem diria, hein? Se precisar mostrar a ele a apresentação, instalei-o no escritório de Dan Westbrooke. Zoë o está levando para lá agora.

✉ **David Crutton — 15/1/00, 16:14**
Para: Liam O'Keefe
Cc:
Assunto: aviso

Sorte a sua que o homem que acabou de te flagrar com a bunda espinhenta em pleno vaivém é da Terra das Saunas Mistas e achou o episódio saudável e comovente. Podia muito bem ter sido o outro estrangeiro que temos entre nós — o que estaria exercendo o seu direito constitucional de portar armas, se não fosse pelos raios-X do aeroporto. Já que insiste em transar no escritório, vê se aprende a ter um mínimo de discrição e tranca a porta por dentro. Ou procura um armário de vassouras.

Domingo, 16 de janeiro

▼

✉ **David Crutton — 16/1/00, 10:19**
Para: Harriet Greenbaum
Cc:
Assunto: jantar

Ontem à noite passei três horas no Savoy Grill na companhia chatérrima de Van Halen, Korning e seus diagramas de fluxo, que são de enlouquecer qualquer cristão.
Foi bom para você e o Jim? A Terra tremeu? Espero que você tenha me pintado de ouro da cabeça aos pés.

✉ **Harriet Greenbaum — 16/1/00, 10:28**
Para: David Crutton
Cc:
Assunto: jantar

Foi muito bom, obrigada. Jim é muito divertido, embora tenda a monopolizar a conversa. Agora sei tudo e mais alguma coisa sobre a pesca de peixes de grande porte, a casa dele de cinqüenta cômodos nos Hamptons e os setenta home runs de Mark McGuire numa única temporada. Infelizmente, não pude apresentar o seu novo plano de New Business. Jim não queria falar de trabalho.

✉ **Liam O'Keefe — 16/1/00, 11:43**
Para: Todos os Departamentos
Cc:
Assunto: pilôs

Depois de desenhar a 5.000ª lata de Coca, meus pilôs vermelho-sangue (A313) finalmente acabaram. Alguém tem?

✉ **Nigel Godley — 16/1/00, 11:52**
Para: Liam O'Keefe
Cc:
Assunto: pilôs

Tenho uma caixa de esferográficas vermelhas. Serve? Nige

✉ **David Crutton — 16/1/00, 12:13**
Para: Todos os Departamentos
Cc:
Assunto: ensaio para a concorrência

Vai haver um repasse em grande escala às 13:00 na sala de reuniões. Todos os que tiverem que participar, não se atrasem. Os demais, um pouco de silêncio, por favor.

David Crutton
CEO

✉ **Lorraine Pallister — 16/1/00, 13:58**
Para: Zoë Clarke
Cc:
Assunto: eu me mijei de rir

Passei agorinha mesmo pela sala de reuniões e ouvi DC e o porra-louca escandinavo fazendo um dueto de "Barbie Girl". Quando terminaram, os ianques estavam gritando "Uuuuu! É isso aí! Uuuuu!". Acho que aqui quanto mais o cara ganha, mais boçal fica.

✉ **David Crutton — 16/1/00, 15:06**
Para: Harriet Greenbaum
Cc:
Assunto: o que é que nós estamos fazendo?

Ser obrigado a me levantar e a cantar aquela música ridícula com Van Halen como se fosse a noite do karaokê dos CEOs é o mais humilhante que isso pode ficar. Quaisquer que tenham sido os pecados que cometi nesta vida, já paguei por todos eles e ainda tem troco. Me lembra quando isso tudo acabar que a minha prioridade é arrancar o fígado do finlandês enquanto ele estiver acordado, para poder curtir bastante.

✉ **Zoë Clarke — 16/1/00, 15:35**
Para: David Crutton
Cc:
Assunto: chegou mais gente

O Aqua está na recepção. O que o senhor quer que eu faça com eles?

✉ **David Crutton — 16/1/00, 15:38**
Para: Zoë Clarke
Cc:
Assunto: chegou mais gente

Pede as porras dos autógrafos deles. Como é que eu vou saber o que você faz com eles, sua anta? Procura o Van Halen e manda ele atender os caras. A idéia imbecil foi dele.

✉ **David Crutton — 16/1/00, 16:03**
Para: Harriet Greenbaum
Cc:
Assunto: hoje à noite

Van Halen está insistindo para que eu me encontre com ele, Jim e o Aqua na porra do Fashion Café hoje à noite — por conta dele. Vou me safar inventando uma enxaqueca ou qualquer coisa assim. Vai no meu lugar. Por favor.

✉ **Harriet Greenbaum — 16/1/00, 16:09**
Para: David Crutton
Cc:
Assunto: hoje à noite

Jim já me convidou. É uma pena que você não esteja a fim de ir. Para ser franca, acho que Pertti foge ao máximo do estereótipo do CEO, e é tanto mais divertido por isso. Se você não estiver lá, até amanhã.

✉ **brett_topowlski@demon.co.uk**
16/1/00, 16:49
Para: liam_okeefe@millershanks-london.co.uk
Cc:
Assunto: lar, doce lar

Chegamos. Pitcher and Piano na Upper St. às sete. Vin vai ficar se lamuriando sobre Evander. Depois de uma semana com Godley, o gato fica entalado na porta da cestinha. Levanta o astral dele.

✉ **Liam O'Keefe — 16/1/00, 17:06**
Para: Lorraine Pallister
Cc:
Assunto: os garotos voltaram

Tenho que trabalhar mais uma horinha nessa merda, e depois vou me encontrar com eles em Islington. Está a fim de ir?

Segunda-feira, 17 de janeiro

▼

✉ **David Crutton — 17/1/00, 7:57**
Para: Susi Judge-Davis
Cc:
Assunto: Simon

Assim que ele chegar, pede para vir falar comigo. Temos muita coisa para pôr em dia, e tenho certeza de que e e gostaria de ver o que fizemos com a sua idéia para a Coca. Depois disso, eu gostaria de falar com Vince Douglas.

✉ **Daniel Westbrooke — 17/1/00, 8:02**
Para: David Crutton
Cc:
Assunto: bom-dia!

Na minha ansiedade de ver a campanha da Coca, quebrei todos os recordes para chegar aqui. Quando posso me encontrar com você e Jim? Passei uma boa parte da viagem de volta fazendo notas para o meu discurso para o cliente, e ficaria muito grato pela sua lúcida opinião.

Já esteve com Simon? Acho que ele embarcou mais cedo na sexta, de modo que presumo que tenha chegado no fim de semana.

Me avise que hora é mais conveniente.

✉ **David Crutton — 17/1/00, 8:15**
Para: Daniel Westbrooke
Cc:
Assunto: bom-dia!

Você não é muito bom de indiretas, é? Vou falar sem rodeios. Acho que seria muito injusto retribuir o empenho enorme que Harriet e outros fizeram na semana passada dando a você o papel principal — ou qualquer outro papel — nesta concorrência. Você não faz idéia das dificuldades que enfrentamos enquanto você acumulava milhas aéreas. E não adianta correr para o colinho do Jim: ele concorda que não devemos sobrecarregar a reunião com elementos supérfluos. De mais a mais, ele está de beiço caído por Harriet, de modo que acho que a sua casa na Toscana não vai mais colar.

Quanto a Simon, ainda não o vi, mas ele vai ser um corpo estendido no chão no momento em que isso acontecer.

✉ **Susi Judge-Davis — 17/1/00, 8:31**
Para: David Crutton
Cc:
Assunto: Simon

Nem sinal de Simon ainda — provavelmente preso no trânsito. Tenho certeza de que assim que chegar ele vai subir imediatamente. Vou passar o recado para Vince.

✉ **Daniel Westbrooke — 17/1/00, 8:44**
Para: Rachel Stevenson
Cc:
Assunto: secretária

Já passa das 8:40. Quando o relógio marcar as 9:00, espero testemunhar a chegada da nova secretária de alto gabarito que você me prometeu há mais de uma semana. Se isso não acontecer, considere-se avisada de que hoje eu não acordei bom.

✉ **Melinda Sheridan — 17/1/00, 8:49**
Para: Harriet Greenbaum
Cc:
Assunto: Simon

Não sei a quem dizer isso, mas estou com o horrível pressentimento de que Simon passou sebo nas canelas. Como lhe disse, não o vimos em momento algum na sexta, e, quando perguntamos na recepção, no sábado, disseram que ele já tinha ido embora. Dan presumiu que ele houvesse apenas voltado às pressas para botar banca na concorrência da Coca, mas alguma coisa nos sorrisinhos cúmplices de Brett e Vincent contavam outra história. Liguei para ele em casa ontem, mas Celine estava na base do "não vi nem ouvi nada". Acho que sem querer espalhei o pânico no *ménage* Horne.

Cá entre nós, estou com medo de que tenha acontecido o pior. Sei que ele já está bem crescidinho e sabe se cuidar, mas, como produtora da filmagem, me sinto responsável por não prestar conta de todos os meus patinhos. O que você sugere que eu faça agora? Será que David não vai ficar uma fera quando descobrir que ele não está aqui para desempenhar as suas atribuições na concorrência?

✉ **Harriet Greenbaum — 17/1/00, 9:02**
Para: Melinda Sheridan
Cc:
Assunto: sebo nas canelas

Se você se esqueceu de colocar Simon na sua valise, provavelmente prestou um grande favor a todos nós. David só vai ficar uma fera porque terá que esperar para satisfazer a sua sede de sangue. Dê um pulo no escritório da Pinki e diga a ela que tem a minha permissão para lhe dar o roteiro.

Em tempo: bem-vinda ao lar.

✉ **Susi Judge-Davis — 17/1/00, 9:04**
Para: Brett Topowlski
Cc:
Assunto: sejam muito bem-vindos

David Crutton gostaria de ver Vincent imediatamente. Como sei que ele não usa e-mail, será que pode avisar a ele?

✉ **Brett Topowlski — 17/1/00, 9:07**
Para: Liam O'Keefe
Cc:
Assunto: os últimos passos de um homem

Susi me disse que David quer ver o Vin. Dava para sentir as mãozinhas esfregadas nas entrelinhas do e-mail. Vin está com uma cara muito esquisita. Ou vai dar um soco no Crutton ou chorar. E nenhuma das duas coisas vai adiantar nada.

✉ **Liam O'Keefe — 17/1/00, 9:12**
Para: Brett Topowlski
Cc:
Assunto: os últimos passos de um homem

Diz a ele para receber o seu castigo como um homem. E pergunta se eu posso ficar com a luminária dele, o fícus, os esquadros, o porta-lápis...

✉ **David Crutton — 17/1/00, 9:17**
Para: Zoë Clarke
Cc:
Assunto: toma juízo

Cadê o terno azul que você prometeu mandar buscar na tinturaria hoje cedo? Já vou me sentir bastante paspalho nessa concorrência para ter que fazê-la de cueca.

✉ **Liam O'Keefe — 17/1/00, 9:20**
Para: Brett Topowlski
Cc:
Assunto: os últimos passos de um homem

... régua de aço, cinzeiro, gaveteiro de pilôs...

✉ **Harriet Greenbaum — 17/1/00, 9:25**
Para: David Crutton
Cc:
Assunto: se o meu Fusca falasse

Más notícias, infelizmente. Quando o motorista do táxi que Jim pegou soube que ele estava vindo para cá, soltou o verbo à moda da classe sobre a depravação do Canal LOVE e da agência de publicidade deles, repetindo como um papagaio (com alguns enfeites, é claro) toda a reportagem do *Sun* da semana passada. Jim não ficou nem um pouco satisfeito. Aliás, ele considerou isso um insulto pessoal, porque é membro de vários dos comitês de caridade de que Ivana faz parte. Ele me fez desencavar o jornal e agora está lendo-o no meu sofá. Tenho certeza de que vai subir quando acabar. Pensei que você fosse contar a ele.

✉ **David Crutton — 17/1/00, 9:32**
Para: Harriet Greenbaum
Cc:
Assunto: se o meu Fusca falasse

E eu pensei que *você* fosse. Pelo menos posso dizer a ele que despedi Vince. Eu soube que hoje ia ser um dia negro no momento em que vi Van Halen chegar. Ele está sentado na mesa da Zoë tentando convencê-la a provar um pedaço de carne-seca de rena.

✉ **Brett Topowlski — 17/1/00, 9:39**
Para: Liam O'Keefe
Cc:
Assunto: internet

Vin está tirando as tralhas dele da mesa e eu acabei de escrever o meu pedido de demissão. Com o Horne desaparecido em combate, a quem diabos devo entregá-la? Mas quer ouvir uma notícia quentíssima? Lembra que eu mandei uma cópia daquele minidocumentário que você fez para o Glenn e o Toni na Grey? Lembra que eu te disse há séculos que o Toni tinha uma homepage? Vai no http:www.antonio.com. Horne foi fazer companhia à Pammy e ao Tommy no universo do cybererotismo. O pau do Tommy é maior, mas na minha opinião os implantes do travesti tailandês são melhores que os da Pammy.

✉ **David Crutton — 17/1/00, 9:56**
Para: Todos os Departamentos
Cc:
Assunto: Vince Douglas

Agora de manhã fui obrigado a tomar a desagradável medida de demitir Vince Douglas, do Departamento de Criação. Isto se deveu exclusivamente aos comentários por ele feitos para um jornalista na semana passada, referentes não apenas à agência, mas também a um dos nossos clientes. Esses comentários não eram de modo algum autorizados e tiveram uma repercussão extremamente negativa para a imagem da agência.

Como vocês sabem, não tenho o hábito de dar tanto destaque assim à humilhação de um funcionário. No entanto, a medida tomada contra Vince Douglas serve como exemplo do que acontecerá com qualquer um que quebrar seu contrato e falar com a imprensa sem prévia autorização.

Eu não queria iniciar um dia tão auspicioso na nossa história com uma notícia triste. Talvez possamos deixar esse desagradável episódio para trás e avançar rumo à grandeza.

Vamos vencer a concorrência da Coca!

David Crutton
CEO

Susi Judge-Davis — 17/1/00, 10:12

Para: Melinda Sheridan

Cc:

Assunto: Simon

Estou estranhando Simon se atrasar tanto, ainda mais num dia tão importante. Ele falou alguma coisa sobre os seus planos durante a volta?

Melinda Sheridan — 17/1/00, 10:20

Para: Susi Judge-Davis

Cc:

Assunto: Simon

Minha querida Susi, ninguém falou nada para você? Desconfio que Simon talvez demore um tempinho para aparecer e, quando fizer isso, provavelmente será uma visita relâmpago. Se quer um conselho, fofinha, eu no seu lugar ligaria para a Alfred Marks, a Kelly Girl ou qualquer que seja a agência de empregos da atualidade para pesquisar as minhas opções.

Rachel Stevenson — 17/1/00, 10:22

Para: David Crutton

Cc:

Assunto: Brett

Desculpe por incomodar você logo hoje, mas Brett Topowlski está aqui comigo. Ele acaba de me entregar o seu pedido de demissão. Estando Simon ausente, gostaria que eu o aceitasse?

✉ **David Crutton — 17/1/00, 10:25**
Para: Rachel Stevenson
Cc:
Assunto: Brett

Na minha opinião, ele tem sorte por não ter sido despedido junto com o amigo. Manda ele chispar daqui.

✉ **Harriet Greenbaum — 17/1/00, 10:29**
Para: Pinki Fallon
Liam O'Keefe
Cc:
Assunto: Coca

Acabei de falar com Jim Weissmuller, que agora acha que, embora vocês não sejam os autores da campanha, seria errado não contar com a presença de membros da criação britânica na concorrência. Vocês estariam livres?

✉ **Pinki Fallon — 17/1/00, 10:38**
Para: Harriet Greenbaum
Cc:
Assunto: Coca

Liam está com a mesma camiseta que usou o fim de semana inteiro — está toda manchada de pilô vermelho e pizza — e eu não estou propriamente vestida para o Oscar, mas teríamos o maior prazer em ir. Temos que fingir que gostamos da campanha?... ☺

✉ **Harriet Greenbaum — 17/1/00, 10:43**
Para: Pinki Fallon
Cc:
Assunto: Coca

Infelizmente, sim — em geral é assim que funciona. E não se preocupem com o visual. É o que se chama de ser criativo.

✉ **Nigel Godley — 17/1/00, 10:50**
Para: Rachel Stevenson
Cc:
Assunto: David Crutton

Prezada Rachel,

Você deve ter lido a circular enviada por David Crutton em que ele publicamente me exclui de uma reunião no sábado. Agora está tratando Vince Douglas como um criminoso só por ter exercido o seu direito na nossa chamada "sociedade livre" de dizer o que pensava para a imprensa. Acho que devo tomar as dores dele e me demitir. Não posso trabalhar numa companhia que amordaça os seus funcionários como se estivessem na Rússia.

Atenciosamente,
Nigel Godley

✉ **Susi Judge-Davis — 17/1/00, 10:51**
Para: Rachel Stevenson
Cc:
Assunto: Simon

Será que alguém quer fazer o favor de me dizer o que está acontecendo? Simon desapareceu e tudo que recebo são risinhos abafados quando pergunto a alguém onde ele está. Será que ninguém compreende que Simon é uma das pessoas mais importantes desta companhia e que eu sou a sua Assistente Pessoal Executiva? Querem pelo menos me tratar com um mínimo de respeito e me dizer o que está havendo?

✉ **Daniel Westbrooke — 17/1/00, 10:52**
Para: Rachel Stevenson
Cc:
Assunto: estou esperando

Nem sinal da minha secretária e nem uma palavra sua sobre quando ela chegará. Você realmente espera que o Diretor de Atendimento busque seu próprio café e faça suas próprias ligações telefônicas? Se não tratar disso de uma maneira rápida e satisfatória, Rachel, não hesitarei em falar com David e, se necessário, com James Weissmuller enquanto ele está aqui.

✉ **Rachel Stevenson — 17/1/00, 11:04**
Para: Daniel Westbrooke
Nigel Godley
Susi Judge-Davis
Cc:
Assunto: já chega

Daniel, me acredite, encontrar uma nova secretária para você não é a tarefa mais importante na minha lista. Até eu finalmente fazer isso, por favor tente se defender como todos nós. Não cheguei ao cargo de Coordenadora de Recursos Humanos sendo grosseira, de modo que vou parar por aqui.

Nigel, ninguém está amordaçando você. Se quer mesmo ir embora, então vá, mas não faça disso uma questão de princípios.

Susi, como você, não sei onde Simon está. Só que, ao contrário de você, não estou me importando nem um pouco. Talvez as pessoas parassem de dar risinhos abafados e a tratassem com respeito se você não ficasse batendo o pé como uma criança de dois anos e aprendesse a ter um mínimo de educação.

Peço desculpas por escrever para vocês três ao mesmo tempo, mas é que tenho trabalho a fazer e isso poupa tempo.

✉ **Liam O'Keefe — 17/1/00, 11:24**
Para: Brett Topowlski
Cc:
Assunto: como cantava Thelma Houston, *don't leave me this way*

Harriet disse que a nossa presença é necessária na concorrência. Estou preocupado, porque acho que não vou conseguir segurar a bexiga quando o Aqua subir ao palco. Viu eles se preparando na sala de reuniões? Pareciam um desenho animado da Hanna Barbera. Quanto a vocês dois, não vão embora sem se despedir. Se esperarem até eu acabar, a gente pode sair e tomar um porre federal.

Ainda agorinha botei a bunda tremebunda do Simon na internet para a Pinki ver. Se prestarem atenção, vão ouvir os gritinhos de nojo. Quem teria imaginado que a pornografia pode ser uma coisa tão divertida?

✉ **David Crutton — 17/1/00, 11:47**
Para: Todos os Departamentos
Cc:
Assunto: nosso melhor momento

Dentro de menos de dez minutos embarcaremos numa jornada que pode nos abrir as portas de um futuro glorioso. James Weissmuller está comigo neste momento e, como eu, agradece a cada um de vocês pelo gigantesco empenho, independentemente dos resultados.

Desejem-nos boa sorte.

David Crutton
CEO

✉ **Lorraine Pallister — 17/1/00, 12:16**
Para: Zoë Clarke
Cc:
Assunto: o silêncio dos incompetentes

Não ficou o maior silêncio de repente? Até a Susi deu um tempo no chororô. É sempre assim quando tem uma apresentação?

✉ **Zoë Clarke — 17/1/00, 12:23**
Para: Lorraine Pallister
Cc:
Assunto: o silêncio dos incompetentes

Só durante aquelas em que metade dos empregos da agência está dependendo do resultado. Foi um prazer conhecer você!!!!!!!

Brett Topowlski — 17/1/00, 12:36
Para: Liam O'Keefe
Cc:
Assunto: se prepara

Vin está prestes a romper o hábito de uma vida inteira. Ele me pediu para iniciar o seu Mac. Vai mandar o seu primeiro e-mail.

Vince Douglas — 17/1/00, 12:54
Para: Todos os Departamentos
Cc:
Assunto: meu primeiro e-meio

OK seus babacas la vai uma coisa pra deixar voces duros/molhawdas (escole a opcao dezejada) http://www.antonio.com
divirtam-se

adoro voces
Vin

Zoë Clarke — 17/1/00, 13:06
Para: Lorraine Pallister
Cc:
Assunto: ai, meu Deus!!!!!!!!!!!!!!!!!!!!!!!!!!!

Mas que baixaria!!

Lorraine Pallister — 17/1/00, 13:13
Para: Zoë Clarke
Cc:
Assunto: ai, meu Deus!!!!!!!!!!!!!!!!!!!!!!!!!!!

Eu te disse que era nojento. Acho que agora a Judge-Dose pirou de vez. Estou ouvindo ela lutando com a tampa de segurança do vidro de Valium. Vamos tomar umas cervejas com V&B mais tarde?

✉ **Brett Topowlski — 17/1/00, 14:15**
Para: Todos os Departamentos
Cc:
Assunto: como cantava Frank Sinatra, *and now the end is near*

Chegou a hora de irmos embora. Aqueles de vocês de quem gostamos (vocês sabem quem são), venham se encontrar conosco no Bar Zero, onde vamos passar o resto do dia à sua disposição pagando cervejas de qualidade, vinhos e bebidas alcoólicas em geral. Quanto ao resto de vocês, vão ralar o cu nas ostras.

Brett + Vin
P.S.: Se estiverem fazendo uma vaquinha, Vin quer um Dreamcast e eu quero dinheiro vivo para pagar o seguro da minha moto.

✉ **Zoë Clarke — 17/1/00, 14:49**
Para: Todos os Departamentos
Cc:
Assunto: Coca

A apresentação acabou e o David mandou pedir a vocês todos para irem para as suas mesas, pois ele vai levar a cliente para dar uma volta rápida pela agência. Sorriam, por favor! Beijinhos, Z.

✉ **David Crutton — 17/1/00, 15:32**
Para: Harriet Greenbaum
Cc:
Assunto: concorrência

Que vergonha mortal. Eu lá, ensanduichado entre Weissmuller e Korning, num frenesi de pés batidos no chão. Se Van Halen tivesse tirado um isqueiro do bolso e levantado acima da cabeça, eu não teria ficado surpreso. E você acha que os clientes gostaram mesmo da campanha? Estou com o péssimo pressentimento de que gostaram.

Enfim, é melhor subir até o meu escritório. Pertti, Jim e o Aqua estão de saída e o festival da seda rasgada está para começar.

Em tempo: que site é esse de que todo mundo está falando?

✉ **Daniel Westbrooke — 17/1/00, 15:33**
Para: Harriet Greenbaum
Cc:
Assunto: idéias

Desculpe por não ter podido falar com você hoje, mas é que andei ocupadíssimo pondo o trabalho em dia. Parabéns pela direção da concorrência da Coca. É uma pena que, pelo que fiquei sabendo, não tenhamos a menor chance de vencer. No entanto, a experiência lhe será muito útil para o futuro.

Durante esse período em que estive fora, tive a oportunidade de refletir sobre algumas idéias para reestruturar o atendimento. Prevejo um papel redefinido para você: menor responsabilidade prática em relação aos clientes, maior dedicação à nova safra de recém-formados e o compromisso de tomar na unha o pião do treinamento da equipe.

Como você sabe, sou um defensor fervoroso da educação dos Cruttonzinhos e Westbrookezinhos do futuro, e acho que você tem o dom de ensinar, em oposição ao de realizar. Naturalmente, vou ter que submeter essas idéias à aprovação de David, mas quem sabe nós dois não podemos nos encontrar e trocar dois dígitos de prosa?

✉ **David Crutton — 17/1/00, 15:47**
Para: Todos os Departamentos
Cc:
Assunto: Coca

Tenho certeza de que todos vocês estão ansiosos para saber como foi a concorrência. Não acredito que uma estratégia ou criação mais forte poderia ter sido feita com o intuito de trazer a Coca-Cola para a Miller Shanks. Nosso desempenho me deixou muito orgulhoso de ser o seu CEO.

A TBWA, a WCRS, a O&M e a McCann Erickson também fizeram as suas ofertas. Acredito que a resposta ainda vá demorar alguns dias. Vamos ficar na torcida.

David Crutton
CEO

✉ **Ken Perry — 17/1/00, 15:58**
Para: Todos os Departamentos
Cc:
Assunto: grupos pop

Neste exato momento a recepção está sendo invadida por mocinhas que aqui se encontram para ver o grupo pop Aqua. O mobiliário e o carpete da zona frontal do saguão não foram projetados para resistir ao impacto provocado por um grande número de crianças em idade escolar sem o acompanhamento dos adultos responsáveis.

Este incidente é um bom exemplo de por que eu ou qualquer funcionário de meu departamento devemos ser avisados com antecedência sobre a chegada de quaisquer membros da indústria do entretenimento, a fim de que possamos providenciar para que a segurança adequada se encontre no local.

Grato pela colaboração.

Ken Perry
Coordenador de Serviços Gerais

✉ **Harriet Greenbaum — 17/1/00, 16:14**
Para: Daniel Westbrooke
Cc:
Assunto: idéias

Obrigada pelo e-mail. Por uma coincidência estranhíssima, ainda há pouco conversei com Jim Weissmuller sobre as minhas idéias para tornar a estrutura do atendimento mais eficaz. Precisamos nos ver e unir as nossas idéias. Me avise quando gostaria de fazer isso.

✉ **David Crutton — 17/1/00, 16:33**
Para: Susi Judge-Davis
Cc:
Assunto: Liam

Se ele estiver por aí, diga-lhe que eu gostaria de bater um papo. Desconfio que ele pode me dizer muita coisa sobre esse site em que a bunda do seu patrão de outrora desempenha um papel marcante. Se eu soubesse que ele é tão peludo, me acredite, jamais o teria contratado.

✉ **Susi Judge-Davis — 17/1/00, 16:41**
Para: David Crutton
Cc:
Assunto: Liam

Como o resto do departamento, ele está no Bar Zero enchendo a cara com Brett e Vince. Vou deixar um Post-it na mesa dele. Agora, se não se importa, eu gostaria de ir para casa. Hoje foi um dia muito difícil.

✉ **Kelly Derringer / k_derringer@cokeGB.com**
17/1/00, 17:12
Para: david_crutton@millershanks-london.co.uk
Cc:
Assunto: sua apresentação para a Coca-Cola

Caro David,

Obrigada pela extraordinária apresentação. Pareceu-nos impressionante sob uma variedade de aspectos, sobretudo as fortes provas de colaboração internacional com o seu escritório de Helsinque. Essa é uma meta que estamos procurando atingir na nossa busca por um approach mais homogêneo nos nossos mercados europeus.

Também adoramos a criação. É animada e jovial, e no Aqua vocês encontraram o difícil veículo capaz de agradar a uma grande diversidade de faixas etárias. Não só eu sou fã deles, como também o meu filho de doze anos e a minha filha de seis!

Permita-me ir direto ao ponto. Quando saímos da TBWA, na sexta, a campanha deles era a nossa favorita. Minha equipe e eu achávamos que seria preciso uma criação fora de série para desbancá-los dessa posição.

Durante o percurso de volta ao nosso escritório, concordamos por unanimidade que foi exatamente isso que você conseguiu fazer, e também que não fazia sentido adiarmos o nosso veredicto. Tenho, portanto, o maior prazer em lhe participar que gostaríamos muito de entregar a nossa conta de publicidade à Miller Shanks.

Resta apenas a questão de entrarmos num acordo sobre a remuneração. No entanto, não prevejo maiores entraves nesse sentido. Eu lhe ficaria muito grata se pudesse ligar para o meu escritório para marcar uma hora amanhã ou depois a fim de discutirmos. Também lhe agradeceria se pudesse manter a notícia dentro dos limites do seu escritório até que tenhamos a oportunidade de participar formalmente a nossa decisão às outras quatro agências concorrentes.

Parabéns, David. Estou extremamente ansiosa para começar a trabalhar com você e sua excelente equipe. Temos muito a fazer!

Atenciosamente,

Kelly Derringer
Vice-Presidente de Marketing e Promoção, Coca-Cola GB

✉ **David Crutton — 17/1/00, 17:20**
Para: Todos os Departamentos
Cc:
Assunto: Coca

VENCEMOS! CHAMPANHE E COCA NA SALA DE REUNIÕES AGORA!

✉ **David Crutton — 17/1/00, 18:58**
Para: Harriet Greenbaum
Cc:
Assunto: jantar

Me desculpe, mas não vou poder jantar com você e a equipe da Coca-Cola hoje à noite. Jim quer conversar comigo em particular antes de voltar para os EUA. Depois do sucesso de hoje à tarde, parece que ele tem planos para mim. Mas não se preocupe, não vou me esquecer de você quando estiver sentado no meu trono ao lado direito de JFW.

Terça-feira, 18 de janeiro

▼

✉ **Harriet Greenbaum — 18/1/00, 8:47**
Para: David Crutton
Cc:
Assunto: Coca

Como Kelly vem aqui às 16:30, achei que seria uma boa idéia apresentar a ela um organograma para a nossa administração da conta. Fiz um esboço. Pode reservar um tempinho para mim agora de manhã para eu mostrá-lo a você?

Você vai gostar de saber que Pertti sentiu sua falta ontem à noite. Ele subiu na mesa e cantou "I Need a Hero" em sua homenagem. Foi muito engraçado, mas acho que só mesmo você estando lá.

✉ **Zoë Clarke — 18/1/00, 9:10**
Para: Harriet Greenbaum
Cc:
Assunto: Coca

Estou ligando uma vez atrás da outra para marcar sua hora com o David, mas sempre cai na caixa-postal. Às 11:15 está bem? Ele ainda não está aqui, mas eu aviso a ele assim que chegar.

✉ **Zoë Clarke — 18/1/00, 9:19**
Para: Lorraine Pallister
Cc:
Assunto: a porra da minha cabeça!!!!!!!

Mal consigo enxergar de tanta dor de cabeça, e vomitei na plataforma da Baker Street!!!!!!! Nunca mais, nunca mais, nunca mais vou beber na vida, eu juro!!!!!!!!! Enfim, corri para cá feito uma doida só para o David resolver chegar tarde pela primeira vez em um milhão, em um zilhão de anos!!!!!!!!!! Ele acabou de me ligar do carro. Ainda vai demorar meia hora!!!!!! Que foi que aconteceu com você? Da última vez que te vi, o Liam estava com a cabeça enfiada debaixo da sua saia!!!!!! Se divertiu, então?!!!!

✉ **Zoë Clarke — 18/1/00, 9:43**
Para: Lorraine Pallister
Cc:
Assunto: Putton

Ele acabou de chegar. Me mandou cancelar todas as reuniões e não passar nenhuma ligação!!!!!!!!!!! Eu disse a ele que a Harriet precisava falar com ele pessoalmente e ele atirou o celular em cima de mim!!!!!!!!!!!!!! Depois entrou no escritório e bateu a porta!!!!!! Ele está muito puto da vida!!!!!!!!!!!!!!

✉ **David Crutton — 18/1/00, 9:48**
Para: Harriet Greenbaum
Cc:
Assunto: você

Minha conversa com Weissmuller conteve algumas mudanças inesperadas. Ele não está cem por cento satisfeito. Conseqüentemente, eu também não. Vem ao meu escritório agora.

Daniel Westbrooke — 18/1/00, 10:29
Para: David Crutton
Cc:
Assunto: Coca

Me desculpe por não ter tido uma chance de parabenizá-lo pessoalmente. Foi uma vitória surpreendente. Muitos pessimistas tanto dentro quanto fora da agência questionaram a nossa capacidade de chegarmos lá, mas eu disse o tempo todo que com você ao timão nós os deixaríamos com a cara no chão. Tive um bom pressentimento em relação à concorrência desde o primeiro dia, quando nos encontramos com o pessoal da Coca para receber o briefing.

Agora é que o trabalho para valer vai começar. Fiquei acordado até tarde ontem preparando um organograma para a nossa administração da conta, e gostaria de conversar com você sobre isso. Quando você estará livre?

David Crutton — 18/1/00, 10:37
Para: Daniel Westbrooke
Cc:
Assunto: Coca

vai à merda

liam_okeefe@millershanks-london.co.uk
18/1/00, 10:51
Para: brett_topowlski@demon.co.uk
Cc:
Assunto: muito estranho

Você já se levantou ou se sufocou no próprio vômito e morreu dormindo? Tem umas coisas estranhas acontecendo por aqui. Harriet teve uma sessão a portas fechadas com o Crutton, e um passarinho chamado Zoë me contou que houve um sério arremesso de objetos pesados e gritos de ambas as partes. Harriet desceu alguns minutos atrás e rebocou a Pinki para o banheiro. Mandei a Lol atrás delas para ficar na escuta e ela apurou que Tarzan F. Weissmuller deu cartão amarelo para o Crutton — o *Sun*, o Grande Roubo da Coca, as acusações de Carla Browne, o escambau. Provavelmente, a incapacidade dele de passar quatro horas por dia fazendo abdominais tarzânicos também pesou na balança. Como faz parte do cargo do Crutton passar a culpa adiante, ele está acusando a Harriet — alega que ela está armando uma cama-de-gato para ele. Se você perguntar a minha opinião, acho que o Rei das Selvas está sendo um pouco injusto. Conquistar a Coca não conta nada? Não me entenda mal, não estou com a menor pena do Crutton, apenas odeio aqueles filhos-da-puta ianques. Babacas.

Enfim, sai da cama e arranja um emprego. Já estou de saco cheio de pagar meus impostos e ver esponjas vagabundos como você ficarem coçando o saco e assistindo ao programa de Jerry Springer.

✉ **Kelly Derringer / k_derringer@cokeGB.com**
18/1/00, 11:13
Para: david_crutton@millershanks-london.co.uk
Cc: james_f_weissmuller@millershanks-ny.co.usa
Assunto: mudança de planos

Caro David,

Lamento profundamente por escrever esta carta, mas sinto que não tenho escolha.

Ontem à noite, ao chegar em casa, encontrei meu filho diante do seu micro. Em circunstâncias normais, as atividades privadas da minha família não seriam da sua conta, mas agora a situação é muito diferente. Contei a ele sobre nossa nova agência de publicidade e ele, para exibir seus conhecimentos de informática, digitou o nome da Miller Shanks e executou uma busca na internet.

O resultado foi o curto excerto de um filme, estrelado pelo seu Diretor Executivo de Criação e um travesti realizando um ato de indizível depravação no mesmo escritório pelo qual você me levou para dar uma volta ontem à tarde.

Você há de compreender que não tive opção senão participar essa penosa descoberta a meus colegas agora de manhã. Após uma curta discussão, chegamos a uma conclusão unânime.

Uma marca como a Coca-Cola, com uma história impecável de vida saudável e valores familiares, jamais poderia ser posta a cargo de pessoas com padrões morais tão baixos.

É, portanto, com grande tristeza que lhe participo nossa decisão de não entregar a nossa conta de publicidade à Miller Shanks. Como você terá oportunidade de ler na mídia especializada, confiamos à TBWA o desafio de nos representar.

Mais uma vez, gostaria de lhe agradecer pela apresentação altamente profissional. Apenas lamento que tenha pintado um retrato bem pouco fiel da ampla gama de talentos da sua agência.

Se me permite concluir este e-mail com um comentário pessoal, me enoja a mais não poder que eu tenha sido exposta à bandalha que você permite que corra solta dentro do seu escritório. No entanto, não tenho palavras para descrever o ódio que sinto pelo fato de meus dois filhos também terem sido atingidos por ela.

Atenciosamente,

Kelly Derringer
Vice-Presidente de Marketing e Promoção, Coca-Cola GB

✉ **Zoë Clarke — 18/1/00, 11:19**
Para: Ken Perry
Cc:
Assunto: emergência

Uma janela foi acidentalmente quebrada no escritório do David! Pode mandar uns caras aqui para varrer os cacos, por favor? Valeu!!

✉ **liam_okeefe@millershanks-london.co.uk**
18/1/00, 11:31
Para: brett_topowlski@demon.co.uk
Cc:
Assunto: seu presente de despedida

Sabia que ontem à noite você e o Vin estavam tão chumbados para voltar de moto para casa que deixaram as ditas-cujas estacionadas aqui em frente? Pois bem, agora a sua R1 tem um acessório com que a Yamaha jamais sonhou — o laptop do Crutton está enterrado no tanque de gasolina. Acho que acabamos de perder a Coca.

Segunda-feira, 7 de fevereiro

✉ **liam_okeefe@millershanks-london.co.uk**
7/2/00, 10:31
Para: brett_topowlski@demon.co.uk
Cc:
Assunto: bem-vindos

E aí, como é que foram de Tenerife? Beberam, transaram e pegaram uma cor? Vocês vivem me surpreendendo. Enfim, espero que estejam bem descansados para o Dia Um na TBWA. O que foi que o Beattie deu para vocês fazerem? Deixa eu adivinhar: a Coca.

Aconteceu de tudo e muito nessas três semanas depois que vocês se mandaram. Os detalhes:

Vocês perderam a primeira transmissão do seu anúncio da LOVE. Peguei-o durante o intervalo de *Friends* na sexta. Puta trabalho, garotos. Só que a Lol acha que você devia cortar o cabelo, Vin.

Vocês também perderam o bota-fora de primeira que a gente organizou para o Crutton na semana passada. Como babaca mais graduado, Dan Dantesco fez um discurso sincero e comovente, contendo as palavras "importante", "contribuição", "história" e "publicidade" — vocês pegaram o espírito da coisa. A vaquinha angariou 470 mangos, mas o Crutton só ficou meia hora e não estava presente para a entrega do estojo em couro sintético com seis copos de água da Dartington — babaca ingrato.

A turma da Miller Shanks de Bucareste nem sonha com a bomba que vai cair na cabeça dela. Dá duas semanas para os pobres coitados e eles vão morrer de saudades dos dias lindos, leves e soltos do comunismo.

Judge-Dose se adaptou ao trabalho com Dan maravilhosamente, e já está alardeando aos quatro ventos que é secretária de uma das figuras mais destacadas da publicidade e que as pessoas deviam tratá-la com um pouco mais de respeito — nem Cupido teria feito um par mais perfeito.

Lol está um espetáculo de tailleur na ante-sala do escritório de Barry Clement. Ele ainda não chegou, mas espero que não ponha na cabeça da futura sra. O'Keefe (olha aqui, ela conheceu a minha mãe, e isso para mim equivale a uma aliança) a idéia de que ela é importante demais para mim. Detalhe: sua caliente amiguinha, Debbie, começou hoje de manhã, de modo que, qualquer coisa, sempre posso apelar para o plano B.

Nenhuma dessas mudanças afetou a Pinki nem um pouco. Continua o mesmo morcego frugívoro de sempre. Seu hipnoterapeuta disse que ela é a reencarnação de Ernest Hemingway. Isso explicaria tanto o seu talento literário quanto o fato de ter começado a fumar charutos.

Até agora, nem sinal do Horne, e eles não podem despedi-lo até o encontrarem. O sacana é superescorregadio, mas não chega a ser Ronald Biggs. Mais cedo ou mais tarde vai dar as caras. Dizem as más línguas que o CEO da MS de Manilla o viu diante de um drag bar. E corre também o boato de que ele vai ganhar um espaço no horário nobre da LOVE para apresentar "AO VIVO DE MADAME JO-JO"... Brincadeirinha.

Essas são as notícias publicáveis. Me bate um fio assim que instalarem os seus telefones. Agora tenho que ir trabalhar — casting de um cara para contracenar com Ivana Trump no novo comercial da Freedom. Tem que ser jovem o bastante para parecer o garotão dela, mas não jovem o bastante para parecer seu filho. Estamos numa puta sinuca de bico.

Vou encerrar com uma notícia digna do seriado *Além da Imaginação*. Lol acaba de receber um telefonema do agente de Quentin Tarantino querendo saber quando é a filmagem da Kimbelle para poder encaixá-la na agenda apertadíssima de QT. Durma-se com um barulho desses.

✉ **Harriet Greenbaum — 7/2/00, 11:11**
Para: Zoë Clarke
Cc:
Assunto: estou morta de sede

Se puder tirar a cara da *Cosmopolitan* por um momento, um bule de café fresco seria bem-vindo.

✉ **Harriet Greenbaum — 7/2/00, 11:25**
Para: Todos os Departamentos
Cc: james_f_weissmuller@millershanks-ny.co.usa
Assunto: O DESPERTAR DE UMA NOVA ERA

Este ano teve um começo turbulento, mas estou convicta de que as mudanças decorrentes são extremamente positivas.

Em primeiro lugar, gostaria de agradecer imensamente a David Crutton. Seu empenho hercúleo nos proporcionou uma base sólida sobre a qual poderemos construir um futuro brilhante. Sua personalidade enérgica e dinamismo infatigável são uma perda para nós e um ganho para a Romênia.

Em segundo, gostaria que, como eu, vocês parabenizassem Dan Westbrooke, que abandona a diretoria de atendimento para assumir o importante cargo de diretor de recursos e treinamento. O programa de contratação de recém-formados está em excelentes mãos.

E, finalmente, gostaria que vocês oferecessem o seu total apoio aos nossos novos diretores de criação.

Durante os últimos seis meses, Pinki Fallon demonstrou tanto a sua dedicação quanto o seu talento em incontáveis ocasiões. Ela merece a oportunidade de liderar a Miller Shanks na busca da excelência criativa.

Em Barry Clement, que hoje vem trabalhar conosco, egresso da Abbott Mead Vickers, ela tem um assistente encantador, experiente e incrivelmente talentoso.

A promoção de Pinki e a chegada de Barry são um símbolo da nossa determinação de alcançar uma posição de destaque na publicidade britânica.

Vamos ajudá-los a começar com o pé direito vencendo a concorrência da Barbie!

Harriet Greenbaum
CEO

✉ **Pinki Fallon — 7/2/00, 11:34**
Para: Harriet Greenbaum
Cc:
Assunto: Barbie

Harriet, você conhece as minhas restrições. Acho difícil aprovar um produto que explora cinicamente as meninas numa idade vulnerável e apresenta a elas estereótipos opressivos. Eu me sentiria mais à vontade se nós propuséssemos um reposicionamento fundamental de toda a linha de produtos. Pense nos modelos positivos que poderíamos dar às crianças. Imagine a Barbie Motorista de Caminhão Lésbica, a Barbie Mãe Solteira ou a Barbie Manequim 44. Talvez fosse uma boa o Barry e eu nos reunirmos com algumas duplas para fazer um brainstorm em cima disso... ☺

Impresso no Brasil pelo
Sistema Cameron da Divisão Gráfica da
DISTRIBUIDORA RECORD DE SERVIÇOS DE IMPRENSA S.A.
Rua Argentina 171 – Rio de Janeiro, RJ – 20921-380 – Tel.: 2585-2000